刘火说

《金瓶梅》

瓶内片言

刘火 著

北方联合出版传媒（集团）股份有限公司

万卷出版公司

ⓒ 刘火 2020

图书在版编目（CIP）数据

瓶内片言：刘火说《金瓶梅》/ 刘火著. — 沈阳：万卷出版公司，2020.9

ISBN 978-7-5470-5350-8

Ⅰ.①瓶… Ⅱ.①刘… Ⅲ.①《金瓶梅》—小说研究

Ⅳ.①I207.409

中国版本图书馆CIP数据核字（2020）第068016号

出 品 人：王维良
出版发行：北方联合出版传媒（集团）股份有限公司
　　　　　万卷出版公司
　　　　　（地址：沈阳市和平区十一纬路25号　邮编：110003）
印 刷 者：辽宁新华印务有限公司
经 销 者：全国新华书店
幅面尺寸：145mm×210mm
字　　数：240千字
印　　张：10.75
出版时间：2020年9月第1版
印刷时间：2020年9月第1次印刷
责任编辑：张洋洋
封面设计：琥珀视觉
责任校对：高　辉
ISBN 978-7-5470-5350-8
定　　价：52.00元
联系电话：024-23284090
传　　真：024-23284448

目录

本书所据的《金瓶梅》底本：甲，"词话本"：一、人民文学出版社 1985 年初版 1992 年一印的删节本，由戴鸿森校点；二、台湾里仁书局 2016 年的修订全本，由梅节点校，统称"词话本"，特别时指出"戴本"或"梅本"。乙："绣像本"。一、日本早稻田大学藏影松轩即康熙三十四年（1695）皋鹤堂批评第一奇书《金瓶梅》扫描本；二、1989 年齐鲁书社王汝梅会校本。如举其他版本，将特别指出。

因两本问世孰先孰后仍有争议，本书统称"万历本"为"词话本"，"崇祯本"为"绣像本"。引"崇祯本"眉批、夹批时称"崇祯本"。

《金瓶梅》词话本与绣像本的优莠

——兼说"教化"在古典文学里的意义

除作者姓名是悬案外,《金瓶梅》(下简称《金》)的版本,不像《红楼梦》的版本那般复杂,但并非没有话题。就现在一般的认知,《金》主要由两个版本并行于世。一是 1932 年在山西发现的《金瓶梅词话》;二是在清初流传的《新刻绣像批评金瓶梅》。前者据说初刻在明万历后期,后者初刻在明崇祯后期。如果时间属实,那么,《金》的版本可以简称为《金》的"万历本"与"崇祯本"。但问题是,这两个版本的孰先孰后,经历 20 世纪 30 年代(即刚发现《金瓶梅词话》的当时)认定《金瓶梅词话》早于《新刻绣像批评金瓶梅》之后,并未形成统一意见。特别是进入 20 世纪后期到 21 世纪,这种认知遭遇极大的挑战。一派继续肯定前者先于后者,如戴鸿森、王汝梅等便认为前者与后者的关系是母子关系;另一派则反对这种说法,叶桂桐推翻鲁迅、郑振铎等的认定,认为两者不仅不是母子关系,而且前者还晚于后者。第三种看法比较中庸,认为两者是兄弟关系。本文不讨论两个版本的先后关系,主要讨论两个版本的文本优莠。因此,前者不标"万历本"而标"词话本",同理,后者不标"崇祯本"而标"绣像本"。

　　"词话本"在相当一个时期，至少是在它被发现以后到整个 20 世纪，都被看成是一个较为完整而又成熟的版本。人民文学出版社 1985 年版 1992 年第一次印刷的、由戴鸿森校点的《金瓶梅词话》，即是这种认知的表现。戴本是自 1950 年以来，大陆印行的最为完备（除删掉涉性描写近 2 万字外）的版本，也是具有通识的最为规范的版本。这个版本用的即是万历丁巳年（1617）本作底本，补以崇祯本。台北里仁书局 2007 年出版梅节的校注本《金瓶梅词话》也属于这一系统。吉林大学出版社 1994 年出版的王汝梅校点的《金瓶梅》则属"绣像本"系统。这一系统，随着抑"词话本"扬"绣像本"的思潮，特别是田晓菲的《秋水堂论金瓶梅》（简称《秋》）的传播，两个版本系统的平静被打破。即认为"绣像本"优于"词话本"。新加坡南洋出版社 2003 年初版、2006 年二版的《金瓶梅》也认为"绣像本"优于"词话本"。《秋》认为"绣像本"优于"词话本"主要有两条，一条是"词话本"过重过多的伦理说教妨碍了小说人物人性的复杂叙事（《秋》5页、63 页等），一条是"绣像本"的叙事与描写比"词话本"干净（《秋》7 页、160 页等）。前一条说的是小说的主旨趣味，后一条说的是文本本身。南洋本的前言，董玉振多次提及"绣像本"比"词话本"高明。而且就单一回目看，董说"就第五十四回来看，崇祯本也比词话本高明"。本文所述就是以第五十四回展开。

　　第五十四回的回目，词话本作"应伯爵郊园会诸友　任医官豪家看病症"，"绣像本"作"应伯爵隔花戏金钏　任医官哥帐诊瓶儿"（本文所引《金》文字，"词话本"引人民文学出版社 1992 年戴本，"绣像本"引日本早稻田大学藏本即康熙三十四年（1695）影松轩藏本 PDF 扫描本）。清人张竹坡对此回的总评"此一回既影瓶作死，复遥影莲摧梅谢"。张竹坡评点的《金》的底本是"绣像本"（估计，清初的张竹坡没有看到过 1932 年发现的"词话本"）。因此，张的评点完全依托于绣像本。100 回的《金》里，其文字、叙事与题旨差别最大的有两回：第一回与第五十四回。第一回，"词话本"（"景阳冈武松打虎　潘金莲嫌夫卖风月"）依托于当时《水浒传》的市民基础与社会影响，由《水浒传》的第二十二回（"横海郡柴进留宾　景阳冈武松打虎"）到第二十五回（"偷骨殖何九送丧　供人头武二设祭"），直接切入或导入到《金》。"绣像本"则完全抛开了这一楔子，直接进入到西门庆（绣像本作"西门庆热结十弟兄　武二郎冷遇亲哥哥"）叙事。"词话本"的文字长度大于"绣像本"（第五十四回的文字长度接近），抑"词"扬"绣"者认为，"词话本"比"绣像本"多了许多冗赘而使行文不干净。从《金》的成书过程来看，即是这种以说书的方式展开的文本，"词话本"可能更接近《金瓶梅》的成书缘由与过程。"绣像本"不从武松打虎、与亲哥相认、与潘金莲纠葛等的《水浒传》根由出发，是说不过去的。尽管"绣像本"在第一回里似乎比"词话本"更直接进入西门庆叙事，但是"词话本"的"伏脉千里"则在第一回里率先使用，并在后文里不断得到回应。如果没有第一回武松与潘金莲的关系、武松与武大郎的关系的交代，我们就会对八十七回（"词话本"回目作"王婆子贪财受报　武都头杀嫂祭兄"；"绣像本"回目作"王婆子贪财忘祸　武都头杀嫂祭兄"）里的武松大开杀戒既杀王婆又屠潘金莲一事，便莫名其妙。因为"绣像本"里没有这样的铺垫和"伏脉"。

现在来说第五十四回。五十四回，前半节写西门庆的第一狐朋狗友应伯爵邀诸友聚会，后半段写任医生为瓶儿看病。无论从文字的长度还是叙事的方式，"绣像本"与"词话本"差异甚大。在"词话本"里，详尽地叙述和描写了应伯爵的这一场聚会。几乎可以断定，在这一章里，应伯爵是主人公。本章把一个依附于西门庆的无赖和市侩，写得鲜活无比，极尽声色犬马，又极尽人情世故。这日，应氏请诸友一聚，先在城里花天酒地，但不尽兴时，便带上两妓女，与众友买船郊外，到一位刘太监的园子里再吃。"词话本"写这两地、写置身于两地的各色人物，移步换景，张弛有序，不动声色，又暗藏"杀机"。依附于西门庆的这伙滥友，看似温情，实则各怀主意。譬如，吃酒之前，应伯爵就对诸友说："我做主人行当然是行，可你们也着东道来凑凑。"意思就是我应伯爵一人不行，要大家来凑，也就是今天的 AA 制。应伯爵的小气与精明，在随口一说中毕现。于是有了白来创用扇子抵银两、常时节（"绣像本"作"常峙节"）用绒绣汗巾凑份子的趣事。应伯爵本就是一个超级混混，"词话本"写得清楚："原来应伯爵在各家吃转来。""词话本"还补充写道，正是这种"各家吃转"，应伯爵才做到了"色色俱精"。这为后来西门庆死时众狗友作鸟兽散埋下伏笔。"词话本"第八十回"陈经济窃玉偷香　李娇儿盗财归院"写道："但凡世上帮闲子弟，极是势利小人。……当初西门庆待应伯爵，如胶似膝，赛过同胞弟兄,那一日不吃他的,穿他的,受用他的? 身死未几,骨肉尚热,便做出许多不义之事!""绣像本"第八十回"潘金莲售色赴东床 李娇儿盗财归丽院"也有这段描写(虽然"绣像本"比"词话本"简略些)。如果,我们不在第五十四回对应伯爵极尽铺陈,我们怎么会在第八十回西门庆死后,看到了应伯爵的行为和嘴脸,如此的秽臭不堪! 同样,也看到了西门庆一类人的行为是那样的不堪却又那样的悲凉! 而"绣像本"对此的描写与叙事就简单多了。

诚然,第八十回对应伯爵的这段描写与叙事,有如《秋》不太认同的"词话本"里过多的"说教"。但当我们把第八十回的这段"说教"与第五十四回的细节场景描写联系在一起来读,那么,"词话本"的说教,并非空中楼阁,而是"事出有因"。再就是,一部《金瓶梅》没有说教,那《金》一书一定少了许多色彩。文学如果仅有对社会和人性的直接叙事而没有教化的话,那是不可想象的。而且可以肯定地讲,没有"说教",《金》的传播也一定会有问题。就以这第五十四回的楔子诗作例,也可见一斑。"绣像本"的楔子诗,是一小令《浪淘沙》:"美酒斗十千,更对花前。芳樽肯放手中闲? 起舞酬花花不语,似解人怜。不醉莫言还,请看枝间。已飘零一片减婵娟。花落明年犹自好,可惜朱颜。""词话本"的楔子诗,是一首七律:"来日阴晴未可商,常言极乐起忧惶。浪游年少耽红陌,薄命娇娥怨绿窗。乍入杏村沽美酒,还从橘井问奇方。人生多少悲欢事,几度春风几度霜。"尽管小令里的"花落明年犹自好,可惜朱颜"有预言的作用,即张竹坡对此回的总评"此一回既影瓶作死,复遥影莲摧梅谢"。但是整个词与第五十四回没有多大关联，倒是"词话本"的这首"七律"，几乎丝丝入扣于本书的第五十四回的叙事。即劝告如与西门庆、应伯爵等一干人物，其行为其下场：极乐处时便是极悲开始。虽说这说教，一源于佛教的因果，二源于儒家的劝世。无论因果还是劝世，这七律用于此第五十四回的场景与叙事，十分吻合。"绣像本"的小令倒显得有也可，无也可的。关于楔子诗，"词话本"与"绣像本"有很大的不同。"词话本"大都是诗，"绣像本"大都作词。从诗与词的关系和先后来看，词是诗的"诗余"，词与诗相比，词比诗可能更加感性，如词的正脉"婉约"以及词的先声与发轫——《花间集》。有趣的是，"绣像本"的楔子诗多是词，但在第一回则用的是诗；"词话本"的楔子诗多用的是诗，但第一回则用的是词。"词话本"词作："丈夫只手把吴钩，欲斩万人头，如何铁石，打成心性，却为花柔？请看项籍并刘季，一似使人愁。只因撞着虞姬、戚氏，豪杰都休。""绣像本"诗作："二八佳人体似酥，腰间仗剑斩愚夫。虽然不见人头落，暗里教君骨髓枯。"两本两诗词意思相近，显然，"词话本"的词更具感性。另外，与"绣像本"女人祸水的观念相比，"词话本"也更有历史的厚度。

"绣像本"与"词话本"在这一回里，有一个细节得专门一说。那就是"绣像本"作为回目的"应伯爵隔花戏金钏"。这一细节，两本都有，即应伯爵调戏妓女金钏一事。"绣像本"比"词话本"多一细节："不防常时节从背后又影来，猛力把伯爵一推，扑的向前倒了一交，险些儿溅了一脸子的尿。""词话本"没有这一细节。应伯爵作为西门庆的食客和跟班，其秽行其丑德，不比西门庆差。但毕竟，《金》不是主写应伯爵的。此处写应伯爵的秽行，也是从侧面写西门庆的秽行。像这种秽行以及由此引发的另一种秽行（即《秋》所说"所谓螳螂捕蝉黄雀在后"），确实是《金》的主叙事，但并非一定是这节的主叙事。"绣像本"把应伯爵调戏金钏的这一秽行写进回目，显然小题大做，远不如"词话本"的回目"应伯爵郊园会诸友"那样，更能呈现西门庆及西门庆诸友的种种秽行，而不止应伯爵一人，更不当是应伯爵此回的所谓"隔花戏金钏"一事。随便一说，对于这一细节，张竹坡有两段旁批，一段是"情理必至，却写得出"，一段是"一转更奇"。前一段表扬《金》敢于写男性在女性小解时调戏一事，后一段指应伯爵差一点跌跤吃金钏小便一事。在我看来，张竹坡于此的两段旁批，过于看重这节的调戏文本，而有可能忽略了对整回文本的统观，至少是忽略了应伯爵会诸友更为宽阔的叙事。甚至有可能放松了我们对《金》的整个文本的认知。"词话本"的回目所示，便没有这种带有欣赏的态度和趣味（低级趣味？）。《秋》批评"词话本"的一些回目"毫无含蓄与体面可言"，恰恰在这第五十四回"绣像本"的回目，太过于淫秽，而"词话本"的回目倒比"绣像本"的回目，含蓄体面多了。

第五十四回，上半段写应伯爵郊外聚友，下半段写李瓶儿就诊。李瓶儿生了官哥儿后，一直似乎有病（《秋》纠缠于李瓶儿病状两版本的不同，从而认定"绣像本"优于"词话本"）。就在西门庆与应伯爵一伙在郊外花天酒地时，家人来报，李瓶儿急需看医生。与应伯爵聚友一样，"绣像本"比"词话本"简单得多。"词话本"在任医官进府看病之前，有很长一段西门庆与病中的李瓶儿交流的描写。"绣像本"则不足一百字。重要的是,"绣像本"里请任医官到府上看病,好像只是西门庆的一桩例行公事。而在"词话本"却是另外一种叙事:听说李瓶儿病了,"西门庆来家,两步做一步走,一直走进六娘房里",走到床边,"只见李瓶儿咿嘤的叫疼",于是"词话本"写道:"西门庆听他叫得苦楚,连忙道,'快去请任医官来看你'",接着"西门庆攒着眉,皱着眼,叹了几口气"。"绣像本"把"词话本"所写的这些一律省去,只写作:"西门庆见他掉下泪来,便道:'我去请任医官来,看你脉息,吃些丸药,管就好了。'便叫书童写个帖儿,去请任医官来。"凡读《金》都知道,官哥儿走,预示李瓶儿大限即到。在李瓶儿大限即至和李瓶儿死后托梦的第五十九回、六十回、六十一回、六十二回、六十三回,以及七十一回里,我们看到了《金》的另一种叙事,那就是西门庆对李瓶儿的同情、怜惜与真情(是不是爱情也很难说,此说可参阅笔者《李瓶儿在幸福中死去》,载《湖南文学》2017年第9期)。专写西门庆于两性中对待女性的诸种秽行,《金瓶梅》此种写法是罕见的。或者说,用了整整六回的文字,极详尽地写西门庆与李瓶儿的这种关系,这是不同寻常的。甚至可以看成是在一部专写社会及人性黑暗的《金瓶梅》里,于此,我们似乎看到了一丝光亮。而这光亮,正表现在这第五十四回里西门庆听说李瓶儿病后"两步做一步走"的叙事及它的衍生叙事里。而这在"绣像本"是看不到的。关于扬"绣像本"叙述的简洁干净与关于抑"词话本"叙述的冗长累赘,许多时候得具体来观察。譬如这一节里的西门庆与李瓶儿的关系交代与叙事。再举另外一例。"词话本"里的服饰叙事与描写比"绣像本"丰富多了。"词话本"第五十九回"西门庆捧死雪狮子 李瓶儿痛哭官哥儿"（"绣像本"作"西门庆露阳惊爱月　李瓶儿睹物哭官哥"）写郑爱香儿的服饰是"头戴着银丝鬏髻，梅花钿儿，周围金累丝簪儿，打扮的粉面油头，花容月貌，上着藕丝裳，下着湘纹裙"；"绣像本"只一句"却说郑爱香儿打扮的粉面油头"。两本比较，前者因为服饰的"繁缛"或"冗赘"，活脱脱展示出一个娼门子弟在有钱客人面前的作态；后者，因太简，文字的意味便寡淡了许多。就在同一回，因两版本的繁简不同，也造成了两个版本的差异。五十九回上半回说西门庆与妓女郑爱月儿厮混，下半回说潘金莲养的雪狮子猫咬了李瓶儿爱子官哥儿。"词话本"在雪狮子惊吓官哥儿前有这样一段描写："不是生好意，因李瓶儿官哥儿平昔怕猫，寻常无人处，在房里用红绢裹肉，令猫扑而过食。""绣像本"则没有"不是生好意，因李瓶儿官哥儿平昔怕猫"这一句。由于没有这一句，雪狮子扑穿红缎衫儿的官哥儿、最后官哥儿夭折，就只是猫的本能，而没有潘金莲的恶念。"绣像本"少了这一句，这不符合潘金莲的性格。同时，也不符合这一故事的逻辑。"词话本""绣像本"第六十二回有一情节：李瓶儿已病入膏肓时，官哥儿子的奶娘为李瓶儿打抱不平，"俺娘都因为那边五娘一口气。他那边猫挝了哥儿手，生生的唬出风来"。"词话本"（潘道士解禳祭灯法　西门庆大哭李瓶儿）因有前面伏笔，不至于唐突；但"绣像本"（潘道士法遣黄巾士　西门庆大哭李瓶儿）却没有"李瓶儿官哥儿平昔怕猫"，前后故事便缺乏了联系。

另外，"绣像本"在应伯爵聚友与西门庆请医生给李瓶儿看病的中间，插入了陈敬济（"词话本"作陈经济）与潘金莲乘机偷情一事。张竹坡对此一节给予了很高的评价，认为西门、金莲、经济三人于此的关系与勾当，以及潘、陈二人在西门生前身后售奸"文字用地步如此，人乌之有"。事实上，"绣像本"的这节叙事在"词话本"里已经出现在第五十三回。"词话本"第五十三回陈、潘私情的描写与"绣像本"大同小异，"绣像本"在第五十四回重复，而"词话本"没有。"词话本"为什么没有将陈、潘二人的这段私情重现第五十四回，显然是不想让这种"乱伦"（潘与陈，名义上是丈母与女婿的关系）的场景与秽行，搅了西门庆照看李瓶儿的大事。如果这种判断有些靠谱的话。那么，是不是可以把它看成是，"词话本"可能比"绣像本"更接近事件叙述的文本真实与人性的真实，也有可能更接近《金瓶梅》的写作（或说书时的）初衷。在《万历野获编·词曲·金瓶梅》里，沈德符说，"五十三回至五十七回，遍寻不得。有陋儒补以入刻。无论肤浅鄙俚，时作吴语。即前后亦绝不贯串"。但仅从这第五十四回看，根本看不到什么"肤浅鄙俚"，倒是五十七回所述，精彩之至。

不过，"绣像本"的第五十四回有一段猜令的叙事，却写得非常的精彩。这段叙事，"词话本"没有：

众人都笑起来。三人又吃了数杯，伯爵送上令盆，斟一大钟酒，要西门庆行令。西门庆道："这便不消了。"伯爵定要行令，西门庆道："我要一个风花雪月，第一是我，第二是常二哥，第三是主人，第四是钏姐。但说的出来，只吃这一杯。若说不出，罚一杯，还要讲十个笑话。讲得好便休，不好，从头再讲。如今先是我了。"拿起令钟，一饮而尽，就道："云淡风轻近午天。如今该常二哥了。"常峙节接过酒来吃了，便道："傍花随柳过前川。如今该主人家了。"应伯爵吃了酒，呆登登讲不出来。西门庆道："应二哥请受罚。"伯爵道："且待我思量。"又迟了一回，被西门庆催逼得紧，便道："泄漏春光有几分。"西门庆大笑道："好个说别字的。论起来，讲不出该一杯，说别字又该一杯，共两杯。"……西门庆笑道："难道秀才也识别字？"常峙节道："应二哥该罚十大杯。"伯爵失惊道："却怎的便罚十杯？"常峙节道："你且自家去想。"原来西门庆是山东第一个财主，却被伯爵说了贼形，可不骂他了！西门庆先没理会，到被常峙节这句话提醒了。伯爵觉失言，取酒罚了两杯，便求方便。西门庆笑道："你若不该，一杯也不强你；若该罚时，却饶你不的。"伯爵满面不安，又吃了数杯，瞅着常峙节道……（按：刘火据日本早稻田大学藏本断句。另，"绣像本"与"词话本"的人名并不完全相同。如"绣像本"作常峙节，"词话本"作"常时节"；又如"绣像本"作"陈敬济"，"词话本"作"陈经济"等。）

这一节，要有好生动就有好生动，要有好有趣便有好有趣。真是了得的文字。《金瓶梅》对《红楼梦》的启发、借鉴，甚至有些情节、场景，《红楼梦》直接从《金瓶梅》中化出。对于这种认知，今天观察《金瓶梅》与《红楼梦》关系的，不再排斥。或者说，那种把《金》贬到地下，把《红》捧到天上的观念，因《金瓶梅》研究不断加深，尤其是《金》《红》两者比较研究的不断加深，可能不再有天上地下的评判。就此，我们看到，"绣像本"的这一节描写与立意，就是《红楼梦》第二十八回"蒋玉菡情赠茜香罗　薛宝钗羞笼红麝串"里猜令的描写与立意的蓝本！或者说，简直就是一个模版中刻印出来的。但是，这一节却没有出现在"词话本"里。这大概应算是"词话本"的遗憾与可惜！幸好，"词话本"第六十回（李瓶儿因暗气惹病　西门庆立段铺开张）有详细的行令描写。相反的是"绣像本"第六十回（李瓶儿病缠死孽　西门庆官作生涯）的行令，就简单多了。

《金》第五十二回到第五十七回，据说"祖本"有缺漏。并认为，现成的这些章回里的有些文字为后人所补。更有甚者认为，这几回尤其是这第五十四回，"不堪卒读"。从以上的简要评述来看，完全不是这码事，相反的倒是，正是有了"词话本"的这第五十四回，我们才有理由和阅读好奇，由此继续看下去。看下去的缘由，至少两个方面。其一，西门庆与西门庆诸友的最后走向，已经在此郊园聚友时成形；其二，李瓶儿的大限即至，而李瓶儿的死期，则预示着西门府上的败落开始。虽然，第五十四回在整部《金》中谈不上重要关节，但设想，倘若没有了这第五十四回，《金》会是一个什么样子呢？校点"绣像本"出版的王汝梅也说过："词话本第五十三、五十四两回与前后文脉络贯通，风格也较一致，而崇祯本这两回却描写粗疏，与前后文风格亦不太一致。"

笔者写此文，可见笔者是一位扬"词话本"的阅读者。不过，绝不是贬"绣像本"的阅读者。再就是，文本的优莠，并非黑白那般分明。况且，对于阅读者来讲，文本的优莠，还在于阅读者的趣味和价值观。

《金瓶梅》里的财富与财政

——兼议文学与历史"互文"

　　《金瓶梅》里的男一号西门庆，清河县财主，家有万贯钱财。早年在县衙门前开了个生药铺（西门庆这个男一号，并非郑振铎所说的"一般流氓"，见郑振铎《谈〈金瓶梅词话〉》），后结交官府，官至金吾卫先副千户后千户提刑所理刑，运用手中权势，抓拿骗吃，生意越做越大。"家中钱过北斗，米烂成仓，黄的是金，白的是银，圆的是珠，光的是宝，也有犀牛头上角，大象口中牙，又放官吏债、结识人"（王婆与潘金莲介绍西门庆时所讲）。是清河县"数一数二的大财主"（薛嫂与孟玉楼介绍西门庆时所讲）。"提刑院做掌刑千户，家中放官吏债，开四五处铺面：缎子铺、生药铺、绸绢铺、绒线铺，外边江湖又走标船，扬州兴贩盐引，东平府上纳香蜡，伙计主管约有数十。东京蔡太师是他干爷，朱太尉是他卫主，翟管家是他亲家，巡抚巡按都与他相交，知府知县是不消说。家中田连阡陌，米烂成仓"（文嫂与林太太介绍西门庆时所讲）。作为一部明朝中晚期的百科全书，除了小说里展现和叙事的人物命运和特定的社会现象外，在小说涉及的若干领域若干场景中，财富与财政是《金瓶梅》里的重要内容。这些内容在《明史》以及从明代财政研究起步，后来卓然成家的黄仁宇的作品里都很难看到。本文依据西门庆身前家庭财产的收支情况，观察那个社会的财富状况和豪门与底层的生活状况。并通过观察，看看《金瓶梅》在中国文学史上的重大贡献。

一

有明一代，赋税经历过许多变化。黄仁宇在《剑桥中国明代史（下卷）》专章"明代财政管理"里指出，以土木堡事件（1449）大致分为前后两期。前期以田赋、役、盐引专营等，基本适应明帝国的运转。而后期，由于缺乏适当的货币制度，加上谷物折银从来没制度化、帝国的边防设施常年得不到维修等一系列问题，帝国在后期，财政的窘境日益突出（黄仁宇还指出，相较于宋、清的赋税，明代是一个赋税较少的朝代）。不过，黄仁宇慧眼所讲到的"工商业的收入来源被忽略了"（见《剑桥中国明代史〈下卷〉》）则可以印证《金瓶梅》里所涉及的"工商业的收入来源"。工商业的繁荣正是明朝中晚期的时代特征，尤其是江南一带。《金瓶梅》里的西门庆就是这一工商业的代表人物之一。

就财富与财政话题，为了说明《金瓶梅》这样一部旷世巨著的社会意义和历史价值。先看正史里的当时明的赋税、财政及个人收入等情况。《明史·食货志》记有全国的如：嘉靖"天下财赋岁入太仓库者二百万两有奇"。崇祯三年，"共增赋百六十五万四千有奇"。记有多少钱物折兑的如：洪武九年，银一两、钱千文、钞一贯，皆折输米一石。棉一匹、折米六斗麦七斗，麻布一匹、折米四斗麦五斗。那么官员的薪俸呢?《剑桥中国明代史(下卷)》称,一名正四品知府年俸六十二两零五钱白银,一名正七品知县的年俸二十九两零五钱白银(黄仁宇注,知县一年的年俸不足皇帝一天的伙食津贴)。那么一般劳动者的工钱呢?《剑桥中国明代史(下卷)》称,一个健康的白天劳动者一月挣银一两。这是正史,在野史里也记有关于银两与物交换的情况。周玄暐《泾林续记》记载,一家患瘟疫仅有一幸存者,友人周某怜悯同情,伸出援手,送给这人三钱银两,嘱咐这幸存者买米度日。此记,虽没有表明三钱银子买的米可以度几天,但一定不是一天。在当时,一个平民一年生活大至一两五钱即能维持。戚继光的士兵,日饷三分月饷一两(明清一两白银等于十钱、十钱等于一千文)。清人《笑林广记·买酱醋》记一文钱可买一碗酱油,一文钱可买一碗醋。《泾林续记》所记三钱银子能买米度日,可见一钱银子的币值。这可以与正七品知县的年俸二十九两零五钱相对应。记载这一周济穷人善事的周玄暐,就是嘉靖万历年间的人。嘉靖万历年间,正与《金瓶梅》的作者大致生活于同一时代。《金瓶梅》的钱币记数,基本上没有最小的单位"文"(第三回写到潘金莲拿出三百文叫王婆买盏酒一事里的"文",在《金瓶梅》里实为罕见,而且还是"三百文"),"钱"也很少,主要以"两"计。以"两"计,足可以看到西门府财富的充盈。

二

《金瓶梅》对财政的记账即西门府的收支情况,从二钱至二万两银,都有涉及,非常详细。

二钱至五钱，可赏歌女一次。（第二十回）

五钱，可支付火化工钱。（第二十六回）

一两，可置办一桌酒菜，包括鸡、鱼、嘎饭、菜蔬、果品等。（第三十七回）

五两至七两，可买一个丫头。（第九回）

六两，可买一个童子。（第二十五回）

数两，可做水陆超度法事。（第八回）

八两，春梅买孙雪娥为厨火夫。（第九十回）

十两，可买上好棺材一副。（第五回）

十六两，可买一张黑漆欢门描金床。（第九回）

十六两，买春梅作丫头后又以原价卖出去。（第八十五回）

五十两，西门庆梳笼桂姐。（第十一回）

一百二十两，西门庆为外宠王六儿置一房。（第三十九回）

二百两，西门庆贿赂上司，得以副千户转正。（第七十五回）

三百两，买皇家旧址张安儿庄子。（第三十五回）

五百两，西门庆修了一花园。（第十六回）

五百四十两，花子虚（实为花公公）自家宅。（第十四回）

六百五十五两，花子虚南门庄田一处。（第十四回）

七百两，太监大宅一所。（第十四回）

一千两，送蔡太师生辰礼品。（第二十五回）

六千五百两，贲四绒线铺。（第七十九回）

一万两，为《金瓶梅》最大一单生意。（第三十八回）

二万两，印子铺占用银。（第七十九回）

为了表明一两银子值的大小，即银、物（人）的兑换，

《金瓶梅》写得清清楚楚。物如：潘金莲趁西门庆不在家，与李瓶儿计较，将陈经济输的那三钱银子，又教李瓶儿添出七钱来，教来兴儿买了一只烧鸭、两只鸡、一钱银子下饭、一坛金华酒、一瓶白酒、一钱银子裹馅凉糕（第五十二回）。此处一两银子办了"一只烧鸭""两只鸡""米饭""一坛金华酒""一瓶白酒"和裹馅凉糕。有明一代，一两银子还真不是小钱。《金瓶梅》写西门府及西门庆酒友嫖友的美食不厌其烦。对于这一点，台湾"金学"学者孙述宇在《〈金瓶梅〉的艺术》一书里注意到了这一点。孙说："以饮食来说，没有什么小说像这本讲得这么多。书中的饮食不但次数多，而且写得详细和生动；我们看见西门庆和他身边的人吃的几个菜是些什么，怎样煮的，又有什么点心、面食、汤和酒；时新的水果来了，帮闲的人抢了吃，还偷回家去……"如此丰富的美食（可参见《〈金瓶梅〉：第一部美食百科全书——兼论食的等级》），表明了财富的丰厚。又如，印绫壳《陀罗经》每部五分、印五百部共五两（第五十七回），可以想见当时印刷业的繁荣。试想，封面或书脊用绫做的木版或石版印刷物，如果放在宋代一定不是俗人穷人买得起的书，但在明的中晚期，这已经很是廉价了，甚至比今天都便宜。又如春梅为金莲置一棺木六两（第八十八回）等。工钱如：在西门府做厨的厨师一天五钱、妓女小唱一台二至三钱、端茶送水的二钱（第五十五回）。人口买卖，一般丫头如小玉五两（第九回），春梅算贵的，月娘先买后卖十六两。无论大钱还是小钱的用费，《金瓶梅》的叙事里从不放过。如买一个丫头五两银子即够，瓶儿身上穿的一件皮袄就值六十两银子；又如金莲、瓶儿、经济等几人一桌酒食一两银子即够，西门庆与酒友嫖友吃酒时，往往都在十两左右，在为宋御史摆一餐酒时，竟花去西门庆五十两银子（第七十五回）。

《金瓶梅》以北宋政知、重和、宣和、靖康（1113—1126）四朝即北宋末年作背景写西门府家族的兴衰，写"金""瓶""梅"等与西门庆相关各色女性的命运。但众所周知，《金瓶梅》的社会背景和人物现场都与《金瓶梅》作者生活的明中后期息息相关。或者说，一部《金瓶梅》，写的就是明朝中晚期社会和生活在这个社会中的从市井阶层到中级官场再到中央朝廷和皇帝等各阶层，特别是市井阶层的人物命运。写西门这一大家族（以家族作为叙事平台，为《红楼梦》提供了家族叙事的捷径）的大事与小事。在这些大事与小事中，财富与财政是《金瓶梅》文本的重要构件。特别是在叙述和描写西门府奢华即花大钱一事上，作者不竭余力地涂抹和书写。来看一看西门庆的几场花钱大戏。1. 为娶潘金莲，与王婆、金莲合谋杀了武大，先给媒婆十数两银子和绸缎，后付何九十两银子做伪证。2. 五十两银子、四套衣服梳笼丽春院李桂姐。3. 三十两银子包月妓女郑爱月。4. 五百两银子盖花园。5. 给蔡太师的生辰准备"蟒衣尺头"（包括四阳捧寿银高一尺有余，两件大红纱，两匹玄色蕉布，俱是金织边五彩蟒衣。两套杭州织造大红罗缎纻丝蟒衣）；接着又用三百两金银，在家中卷棚内打造蔡太师上寿银人，打两把金寿字壶，两副玉桃杯、两套杭州织造的大红五彩罗缎纻丝蟒衣，两件大红纱，两件玄色焦布，都为织金莲五彩蟒衣。6. 给新宠惠莲的老公来旺三百两银子做生意（后被西门庆陷害收回）。7. 为结交上层，用三百两银子买下颓败的皇亲家庄子。8.送蔡太师干儿子蔡状元金缎一端，领绢二端，合香五百，白金一百两。送与蔡状元同好安进士色缎一端，领绢一端，合香三百，白金三十两。9.因孝哥儿与乔大户结娃娃亲，兑了七百两银子，往对门乔大户家成房子去了。10.为瓶儿办丧事，三百二十两银子为瓶儿置办棺材；一百两银子买三十桶魁光麻布；二百匹黄丝孝绢在天井内搭五间葬棚；一匹缎子、十两银子请韩先生画瓶儿美人图，五两银子请黄真人为瓶儿写法；给银匠十两银子打三副银爵盏；瓶儿葬礼首七，桌席全管；赏来上祭瓶儿的妓女每人一匹整绢，凡来宾，西门庆赏赐亦费许多；给阳阴徐先生一匹尺头、五两银子；给前来帮忙的赏巡捕军人、衙门中排军、营里人马各十吊钱。瓶儿出殡时，仅吴月娘妻妾女眷等本家轿子就多达十余顶。李瓶儿盛大靡费的葬礼，为《红楼梦》秦可卿的葬礼直接提供了蓝本。（可参见《宋惠莲，秦可卿的"前世"》，那篇文里专门讨论过《红楼梦》脱胎于《金瓶梅》。）

这些近似流水账的财政收支，一是为西门庆炫富提供了重要依据，二是它们与西门庆猎色与西门庆政治晋阶相关。在此，西门庆从不含糊：大把用钱、大把甩钱，极尽炫耀。《金瓶梅》的作者在叙事书写时也从不含糊，用费的场面声势浩大，从不吝啬笔墨。如在青楼丽春院梳笼处子李桂姐的场面、如为蔡太师献寿礼的场面、如显赫的瓶儿丧事等，《金瓶梅》极尽铺陈。这样的叙事与书写，一方面，披露因结交官府、官商勾搭、发财成为土豪的暴发户嘴脸，以反讽的方式，直指其创作时代的腐朽与黑暗，同时也直指人性的堕落与黑暗。另一方面，则让人看到了明朝中晚期，由于皇室的衰微以及政治的昏暗，松弛的地方管理，从而促进了地方的商业繁荣。历史，从来不是教科书般的定义。历史的鲜活和历史的多面，在正史里或许看不到，但我们却在《金瓶梅》这样一部自然主义的超写实的小说里看到。也许，历史的吊诡和社会发展被忽视的某些状况甚至某种规律，可在文学艺术里寻得。文学与历史、文学与社会，有时可以"互文"。比恩格斯论巴尔扎克更早的王夫之，《读通鉴论·武帝》一章里，多次批评司马迁。在李陵一事上，王夫之说"司马迁挟私以成史，班固讥其不忠"（第三十节）。更有甚者，王夫之说"司马迁之史，谤史也，无所不谤也"（第十七节）。虽然我们知道王夫之作为一位苟儒，否多于臧。臧否人物，许多都过于凶险。而且直说"史有溢词，流俗羡焉，君子有所不取"（《读通鉴论·明帝之七》）。但我们却从王夫之那里看到，历史在历史学家那里，许多是不可信或不值得信的。如果与文学相比，或许文学更有质感、更真实一些。于是便不难理解，陈寅恪花那么大的力气写出《元白诗笺证稿》《柳如是别传》等巨著，表明了"以诗证史"或"诗史互证"的合理性和必要性。

三

《金瓶梅》中曾多次提及西门庆是巨富。如在第五十七回就说过西门庆共有几万产业。这是一个概数。具体的数字在第七十九回西门庆的遗嘱里清楚地列出：1. 贲四绒线铺本银六千五百两；2. 吴二舅绸绒铺五千两；3. 李三、黄四身上欠五百两本钱，一百五十两利钱未算；4. 印子铺占用银二万两；5. 生药铺五千两；6. 韩伙计、来保松江船上四千两；7. 刘学官少我二百两；8. 华主簿少我五十两；9. 门外徐四铺内，欠本利三百四十两。共计约四万余两（不包括不动产和妻妾手中的私房钱），与第五十七回所说"几万两产业"符合（西门庆死后，这些家业很快烟消云散，可参见《西门庆年表及批判》）。西门庆从一个小小生药铺发家到几万产业（包括生药、绸缎、粮食、盐业、典当等多种），不过就是三五年的时间。这期间，包括孟玉楼，尤其是李瓶儿那里的花太监不明的巨额财产（计，用五六府杠抬运了四五日才搬完的瓶儿家财、一百颗西洋珠子、一件金镶鸦青帽顶子、一顶金丝鬏髻重九两、三四十斤沉香、二百斤白蜡、两罐子水银、八十斤胡椒等）和贪赃枉法吃黑钱（如乔大户许银二千两，托西门庆救狱中的扬州盐商王四峰。西门庆只出了"一千干事的银两"。另一千两用作贩买绸绢丝线本钱）等，西门庆的发财却真实地表现了西门庆是一个精于商业的"有为"商人（当然也有如只有西门庆等少数人才能拿到"盐引"或粮食贸易）。西门庆的商业框架和经营方式，反映了当时商业进入到近代历史的可能。特别是交通的发展为商业贸易提供了便利。在京杭大运河于元代重凿、明代大修的基础上，从杭苏到山东区域间的广大地区，依托大运河，运河两岸商业迅速发展。《金瓶梅》里的清河县，便是这一水运的重要孔道和重要码头（这一标识在《水浒传》还不曾出现。由此，我们看到，《金瓶梅》与《水浒传》的社会背景，已经出现了重大变化）。西门庆基于这一水道和水运，南北腾挪直到东京（《金瓶梅》里有多处关于水运的叙事与描写。如"花石纲"从南京经水运到清河县，西门庆摆酒招待，又如一万两缎绢等货物从杭州运回清河县等），从而发财致富。商业的行为、贸易的秘诀、银两的过往，《金瓶梅》事无巨细，从不放过。像《金瓶梅》如此不厌其烦且精确的钱财记事，恐是中国古典小说里独一无二的现象。

前文已述，明代中晚期，由于皇室怠政，皇权式微，反而刺激了地方经济发展、民间资本的活跃和城市化的加速。《金瓶梅》里有一桥段可做实证。第七十回"词话本"作"西门庆工完升级　群僚廷参朱太尉"，"绣像本"作"老太监引酌朝房　群寮庭参朱太尉"。就这一回的主旨看，"绣像本"比"词话本"在此桥段更近文本旨义。桥段是皇帝赏赐大臣的场景：

蔡京、高俅等五位重臣各赏银五十两；蔡京另加食禄一千石、赐坐龙衣一袭。

殿前都朱太尉，荫一子为千户。

内侍李彦等五位宫近侍，各赐蟒衣玉带，荫弟侄一人为副千户。

礼部尚书张邦昌、左侍郎兼学士蔡攸、右侍郎白时中、兵部尚书余深、工部尚书林摅，俱加太子太保，各赏银四十两，彩缎二表礼。

巡抚两浙金都御史张阁等同等阁僚赏银二十两。

千户魏承勋、西门庆等，各升一级，赏银十两。

所官薛显忠等，各赏银五两。

校尉昌玉等，绢二匹。

《金瓶梅》的这一场景，极有意思。一是看出皇帝的奖赐比起西门庆的奢华来，真像穷人。这表明了明中晚期，政府的财政吃紧尤其是中央财政的吃紧，如黄仁宇所说，在明后期"政府不能动员国内的财政资金"（见《剑桥中国明代史（下卷）》）。《金瓶梅》虽是"小说家言"，但这"小说家言"却比正史里的记载丰富得多。日本学者泽田瑞穗在《随笔〈金瓶梅〉》（1969）里指出，《金瓶梅》的作者"是一个具有相当人生经验和社会知识"的人。二是表明当时的商业繁荣造就了如西门庆这样的大财主或超级土豪。

由于运河的发达、商业的繁荣、商人的涌动、财富的积累，城市也相机扩张。《金瓶梅》里的清河县县城，从一端走到另一端，西门庆都要骑马。西门庆骑马过街，当然是炫耀，但这一细节却可以看到明朝中晚期的县城特别是运河沿岸的城市，已有足够大的规模。城市的扩张和交通的便利，又进一步促进了商业的发展。商业的发展，便必然带来财富的聚集。《金瓶梅》里涉及发达的传统丝绸业（如西门庆新开的绸缎铺）、新兴的绵绸业（如孟玉楼有二三百筒好梭布）、松动的茶业贸易等。加之粮食充足（如前所述，因田赋没有与货币直接挂钩，农民生产的粮食便有了某些方面的自由处置）后的酒业等产业，仅不同地方不同品种的酒，《金瓶梅》里提及的酒，至少有五种（如南酒、金华酒、双料茉莉酒、豆酒、葡萄酒、羊酒等）。《金瓶梅》里呈现的五光十色的繁荣景象，才让我们看到那个社会有别于其他时代的风情与风尚。

四

西门庆从一个小小的生药铺开始，扩展到绸缎铺，再到粮食贸易、盐业贸易、期货贸易、亚金融的典当等多种行业，由这些行业带来了巨额利润。《剑桥中国明代史（下卷）》第二章"明代的财政管理——盐业专卖"中指出，1578年即万历六年产盐超过4.86亿斤，盐引56万。《金瓶梅》中写到的西门庆做盐生意，正是明中后期商业繁荣的一个写照。商业繁荣带来的财富，也是明朝中晚期社会一种标志。《金瓶梅》中的西门庆遗产，其金融资产高达四万余两（这还不包括不动产。如不动产，仅翻修扩建西花园就用了五百两银子）！如此巨额财产，绝非《金瓶梅》小说作者的虚构。黄仁宇在《万历十五年》第三章"世间已无张居正"里写道，正德朝（1506—1520）时的武宗亲信江彬凌迟处死后被抄家，抄出黄金十万两、白银四百万两。黄仁宇以为"此数字过于庞大，恐难尽信"。但江彬巨富是可以坐实的。据说西门庆的原形就是大财主，西门庆是否真有其人，不在本文所论范围，但《金瓶梅》所写西门庆有几万产业的财富，并非小说家的夸张和虚构。西人恩格斯论及巴尔扎克《人间喜剧》时说："他用编年史的方式几乎逐年地把上升的资产阶级在1816年到1848年这一时期对贵族社会的日甚一日的冲击描写出来。"

《金瓶梅》以"小说家言"建构起来西门府的财富叙事和图景，绝非只是小说家一家独说。比《金瓶梅》问世稍早的仇英（1498？—1552？），其《清明上河图》（现藏辽宁省博物馆，史诗性巨画，10米长卷。74个店铺、7座桥、42条船、2000多个人）里展现的明朝中晚期苏州城的繁荣与浩大；与《金瓶梅》几乎同时问世的屠隆（1544—1605）的《考盘余事》，其所录器物的精致多样，展现出在明朝中晚期的闲适与颓靡；稍后一点的张岱（1597—1680），其《陶庵梦忆》里所述所记的杂事、家事和国事，其繁华，如记录的花灯、大戏等几与《金瓶梅》里的花灯、听曲等相似。仇英用画展示城市的繁华与廓大；屠隆用器物展示器物的多样与精极；张岱以记事回忆了中晚期的奢华与嘈杂。几为同时代的仇英、屠隆、张岱等的记载与绘画，可以佐证西门府的财富并非虚构。还可以佐证《金瓶梅》一书的超写实本领，以及超写实小说的历史价值和美学意义。或者反过来讲，《金瓶梅》作为一部小说，其财富、财政叙事，又可证实仇英、屠隆、张岱等人的纪实文字和绘画中的繁华景象的真实，还可证实正史里所没有的细节。由此进入到"《金瓶梅》的商业财富学"，深入讨论财富给社会与家庭带来的影响和作用，特别是给《金瓶梅》里众多女性带来的影响和作用。

附：西门庆收支流水账

见潘金莲，西门庆想起间壁王婆，撮合得此事，破几两银子谢他。递一两一块银子与王婆。（按：此为"词话本"中西门庆第一次用钱记录）

买了三匹绉绢、十两清水好棉给王婆请金莲来王婆家缝寿衣。

与金莲第一次来王婆家时，带着三五两银子。

递一两一块与王婆办酒食，好与金莲对饮。

给了王婆三四两散银出门。（第三回）

武大被毒杀后，西门庆买了一棺材。第三回，西门庆与王婆说如西门与金莲事成，便给王婆十两棺材钱。

（第五回）

给何九十两银子做伪证。

王婆出门打酒与西门金莲遇雨，王婆讹西门庆一匹大海青。（第六回）

西门庆给薛嫂三十两雪花官银，西门庆还说，如明日娶过孟玉楼，再给媒钱七十两。

孟玉楼资嫁人，好梭布三二百筒，银子也有上千两。（第七回）

为娶玉楼，送（聘礼）锦帕二方，宝钗一对，金戒指六个。

西门庆拿了数两散碎银子、二斗白米斋衬来到金莲家，叫王婆到报恩寺请六个和尚为武大做水陆超度。（第八回）

西门庆用十六两银子买了一张黑漆欢门描金床，用五两银子买一个小丫头小玉伏侍月娘。替金莲六两银子买了一个上灶丫头秋菊。（第九回）

给唱乐的一个粉头、两个妓女每人二钱。

五两一锭银子给丽春院主李桂卿，改日再送李桂卿几套织金衣服。

用五十两银子、四套衣服梳笼桂姐。

丽春院三天大酒大肉，铺的盖的俱西门庆出。（第十一回）

花子虚买四盒礼物、一坛酒送至西门府上。（第十三回）

李瓶儿托西门庆代管花公公留下的财产，计：六十

锭大元宝，三千两，用两架食盒抬回西门府上。后因花子虚犯事，瓶儿兑出五百四十两。（第十四回）

瓶儿生日，西门庆先一日差玳安送了四盘羹菜、一坛酒、一盘寿桃、一盘寿面、一套织金重绢衣服给瓶儿。（按：用瓶儿的钱充大方）

掏三两银子给李桂卿丽春院玩耍。（第十五回）

瓶儿叫西门庆来花家搬走瓶儿的财产三四十斤沉香、二百斤白蜡、两罐子水银、八十斤胡椒。共卖了三百八十两银，留下一百八十两，余下的两百两全给予了西门庆盖花园。

西门庆用五百两银子盖花园。（第十六回）

陈经济来到岳丈家，把五百两银子给西门庆打点救父亲陈洪所用。

西门庆给吴主管五两银去县衙看京城下发的文书邸报。

又交来保、来旺二十两银子上东京打听事态进展。（第十七回）

来保、来旺给京官李邦彦五百两银子。李收下并回赏了五十两。（第十八回）

西门庆听了"草里蛇"鲁华、"过街鼠"张胜有关瓶儿与蒋竹山之事时，顺袋中递交国书与两人四五两碎银。

西门庆将鲁华、张胜敲诈蒋竹山得来的三十银子给了两人。

西门庆从瓶儿家里用五六府杠抬运了四五日把瓶儿家财全抬进了西门府，堆在了新盖的玩花楼上。（第

十九回）

瓶儿拿出一百颗西洋珠子与西门庆看，原是昔日梁中书家带来之物。又拿出一件金镶鸦青帽顶子，说是过世老公公的。起下来上等子秤，四钱八分重。李瓶儿教西门庆拿与银匠，替他做一对坠子。又拿出一顶金丝髻髻，重九两。西门庆收了。

给金莲打九凤甸儿三两金子。

西门庆自娶李瓶儿过门，又兼得了两三场横财，家道营盛，外庄内宅，焕然一新。米麦陈仓，骡马成群，奴仆成行。（第二十回）

西门庆对惠莲道："我茄袋内还有一二两，你拿去。"（第二十三回）

西门庆给蔡太师的生辰为"蟒衣尺头"：一座四阳捧寿银，高一尺有余。两件大红纱，两匹玄色焦布，俱是金织边五彩蟒衣。两套杭州织造大红罗缎纻丝蟒衣。

（按："绣像本"没有"词话本"这般对财物的细致叙述。明朝中晚期时，由于皇帝怠政，地方尤其是以苏州、杭州为中心的江南一带，商业发达了起来。商业的发展是和财物的自由流通以及货币流通分不开的。《金瓶梅》作为一部中国近古社会的百科全书，其中涉及货物流通、财产积聚等内容是其他所有中国古典小说所没有的，或没有达到的详尽和真实。不知为什么，今人黄仁宇研究明史的重要论著《万历十五年》，其参考书目没有《金瓶梅》；全书七章共有的几百条注中，也没有涉及《金瓶梅》里的关于财物的举证。须知，黄仁宇研究明史是从研究明代的财政制度开始的。)

许惠莲八两银子做拔丝（按：但此似乎没有下文）。

赏银五两给来旺。乔大户许银二千两，托西门庆救狱中的扬州盐商王四峰。后只出了"一千干事的银两"。另一千两准备叫来旺往贩买绸绢丝线做买卖。（第二十五回）

西门庆给惠莲老公来旺三百两银子做生意（后被西门庆陷害收回）。

袖中即掏出一二两银子，与惠莲买果子吃。

惠莲死后，西门庆用三十两银子贿赂知县。

给惠莲买一棺木，支火家（按：可见火化在有明一代已经很是普遍，武大郎也是火化的）五钱银子。（第二十六回）

赚了盐商王四峰回路五十两银子。

西门庆打点三百两金银，供在家中卷棚内打造蔡太师上寿的四阳捧寿的银人，每一座高尺有余。又打了两把金寿字壶。寻了两副玉桃杯、两套杭州织造的大红五彩罗缎纻丝蟒衣，只少两匹玄色焦布和大红纱蟒，两件大红纱，两件玄色焦布，俱是织金莲五彩蟒衣。（第二十七回）

西门庆封五两白银与吴神仙（吴神仙不收，只收了一匹大布），赏周备府来人五钱。

西门庆为金莲使了六十两银子，买了一张螺钿有栏杆的床。（第二十九回）

准备用二百五十两银子买赵寡妇庄子。

用七两银子为李娇儿买一丫头。

来保奉西门庆之命到京城给蔡太师送礼。门子不让，来保连忙拿出三包银子来，每人一两。

送与太师的礼为一对南京尺头，三十两白金。

因瓶儿产子，给接生婆蔡老娘子五两一锭银子。又拿十副方盒打发亲友。为给接下来三天新生婴儿洗澡，又给了蔡老娘一匹缎子。

买一奶娘如意儿六两银子，再雇一洗衣工每月五钱。（第三十回）

瓶儿产子，众亲友送礼。其中，薛太监差了家人，送了一坛内酒、一牵羊、两匹金缎、一盘寿桃、一盘寿面、四样佳肴；李桂姐、吴银儿也送了大礼，西门庆厚赏来人。

吴典恩托应伯爵向西门庆借一百两银子。

西门庆赏写字五钱银子。

兑了七百两银子，往对门乔大户家成房子去了。

为官哥儿大办家宴、官宴，且重礼回送来贺官哥儿满月酒的亲友。（第三十一回）

四百五十两银子做丝线生意。

与湖州一客商合伙做丝线生意，一日可卖十两银子。

一千二百两银子的大房子。（乔大户有一千二百两银子买的房子与西门庆房子差不多大，门面七间，到底五层。）

与韩道国同做钱铺生意，三七分钱。通过韩道国口说西门庆"掌巨万之财"。（第三十三回）

刘太监送西门庆一口猪、一坛自造荷花酒、两包糟鲥鱼，重四十斤和两匹妆花织金缎子。

应伯爵拿出十五两银子求西门庆办事。

西门庆为他人摆酒凑份子一两。

刘公公送西门庆木樨荷花酒。

买了四十坛河清酒。（第三十四回）

用三百两银子买下颓败的皇亲家庄子。（第三十五回）

蔡太师府翟管家娶二房，送十两银子，请西门庆寻一女子。

送蔡状元金缎一端，领绢二端，合香五百，白金一百两。送安进士色缎一端，领绢一端，合香三百，白金三十两。（第三十六回）

给蔡太师府翟管家娶二房寻到了韩道国与王六儿十五岁女，送锦帕二方、金戒指四个、白银二十两。

为了包占王六儿，先与皮条客冯妈一两银子，又与四两银子。（第三十七回）

因应伯爵，西门庆一千银子（五分行利）借与他做贸易，后又在应伯爵串通下拨五百两货物。

蔡太师府上翟管家云峰送给西门庆高头点子青马，值七八十两银子。

送夏提刑一黄马。（第三十八回）

一百二十两银子，买了一所房屋与王六儿居住。（第三十九回）

南边织造的罗缎尺头来。每人做件妆花通袖袍儿，

一套遍地锦衣服，一套妆花衣服，共三十件衣服。兑五两银子与赵裁做工钱。又叫十来个裁缝在家攒造。（第四十回）

给春梅单独制衣：五套缎子衣服、两套遍地锦比甲儿，一匹白绫裁了两件白绫对衿袄儿。又要一匹黄纱做裙腰，贴里一色都是杭州绢儿。厨役献了头一道水晶鹅，月娘赏了二钱银子；第二道月娘又赏了一钱银子；第三道献烧鸭，月娘又赏了一钱银子。

乔亲家送生日礼：一匹尺头、两坛南酒、一盘寿桃、一盘寿面、四样下饭。又是哥儿送节的两盘元宵、四盘蜜食、四盘细果、两挂珠子吊灯、两座羊皮屏风灯、两匹大红官缎、一顶青缎寨的金八吉祥帽儿、两双男鞋、六双女鞋。（第四十一回）

正月十四，送乔亲家美食抬盒外，又送两套遍地锦罗缎衣服，一件大红小袍儿、一顶金丝绉纱冠儿、两盏云南羊角珠灯、一盒衣翠、一对小金手镯、四个金宝石戒指儿。乔大户家还礼，一坛南酒，四样希肴（按："绣像本"无此句）。（第四十二回）

收合伙做生意的，四锭金镯儿，重三十两，算一百五十两利息之数。

封五两银子与扮戏的师徒二人。

月娘五两银子给唱钱。（第四十三回）

西门庆与乔大户结娃娃亲时，乔家并各家贴轿赏一钱，共使了十包，重三两。还剩下十包在此。

给来家驻唱的歌伎韩玉钏董娇儿唱钱。（第四十四回）

西门庆送两张桌面与乔家去。一张与乔五太太，一张与乔大户娘子，俱有高顶方糖、时鲜树果之类。

一个月满破认他五十两银子（"绣像本"作"三十两"），只当你包了一个月老婆。

支一千两银子与李智（李三）、黄四做贸易，以赚利钱。

支三十两银子赎买一座大螺钿大理石屏风、两架铜锣铜鼓连铛儿。

月娘给干女李桂姐一两银子。（第四十五回）

月娘与李瓶儿每人袖中拿出一两银子与吴大妗子。

瓶儿掏出五分一块银子，月娘和玉楼每人与钱五十文给卜龟儿卦儿的老婆子。（第四十六回）

西门庆黑吃了一千两银子，一口猪。

付与夏提刑五百两。（第四十七回）

西门庆金镶玉宝石闹妆一条、三百两银子（夏提刑百两银子、两把银壶）将礼物打包端正，西门庆写了一封书与翟管家，两个早雇了头口，星夜往东京干事去了。

赏了来保五两银子、两瓶酒、一方肉。（第四十八回）

设宴招待宋御史。送宋御史随从"每位五十瓶酒、五百点心、一百斤熟肉"。共花去千两金银。

送宋御史一张大桌席、两坛酒、两牵羊、两封金丝花、两匹段红、一副金台盘、两把银执壶、十个银酒杯、两个银折盂、一双牙箸。

送蔡御史一张大桌席、两坛酒、两牵羊、两封金丝花、两匹段红、一副金台盘、两把银执壶、十个银酒杯、两个银折盂、一双牙箸。

海盐戏子，西门庆与二两赏钱（按："绣像本"无此具体）打发去了。

送胡僧一匹五丈长大布（本想送胡僧二十两白金，胡僧不收）。（第四十九回）

从徐四家催债二百五十两银子。

借二十两修理社仓。

五钱银子打发送帖的。

巡按宋老爷送礼鲜猪一口，金酒二尊，公纸四刀，小书一部。（第五十一回）

给篦头的小周儿五钱银子。（第五十二回）

收回利息四百八十两银子，又称二十两，共五百两，拿做三万粮仓钞三万盐引的本钱。

力钱二封赏与合伙人派来的主事，又称出些赏与挑银子的脚夫。（第五十三回）

送蔡太师寿诞二十来杠礼物，计：大红蟒袍一套、官绿龙袍一套、汉锦二十四、蜀锦二十四、火浣布二十四、西洋布二十四，其余花素尺头共四十四、狮蛮玉带一围、金镶奇南香带一围、玉杯犀杯各十对、赤金攒花爵杯八只、明珠十颗，又另外黄金二百两。（第五十五回）

西门庆接济常时节十二两碎银。（第五十六回）

捐永福寺五百两银子。

三十两银子交薛姑子印五千卷经卷。（第五十七回）

一万两的缎绢货物，从杭州回清河县。

月娘吩咐四十一两五钱银子给薛姑子印《佛顶心陀

罗经》，后十三两五钱（按：此钱为瓶儿从花家带来的私房钱）。（第五十八回）

送妓女郑爱月三两银子、一套纱衣服。

送夏提刑寿礼四样鲜肴、一坛酒、一锭金子（按："绣像本"只概述"见玳安进来上房取尺头匣儿，往夏提刑送生日礼去"，无量化。"绣像本"与"词话本"比，关于西门府上费用物用等的量化，少于"词话本"）。

给鲍太医五钱银子给官哥儿开药。

十两银子给官哥儿打棺材。

西门庆拿出一匹大布、二两银子谢看官哥儿墓穴的风水徐先生。（第五十九回）

给常时节五十两银子买房子。（第六十回）

三钱银子赏小唱申二姐。

二两白金，一匹杭绢给瓶儿买药。

三钱银子请黄先生为瓶儿算命。

五十文钱赏拿盒人。（第六十一回）

三百二十两银子为瓶儿置办棺材。

一百两银子，买三十桶魁光麻布、二百匹黄丝孝绢，一面又教搭彩匠，在天井内搭五间葬棚。（第六十二回）

给一匹缎子、十两银子韩先生画瓶儿美人图。

为瓶儿葬礼，给银匠十两银子打三副银爵盏。

赏瓶儿葬礼一小工五钱银子。

瓶儿葬礼期间七天，卷棚里，自我桌席管待。

赏来上祭瓶儿的妓女每人一匹整绢。（第六十三回）

书童在西门府绸缎铺骗走二十两银子。（第

六十四回）

瓶儿出殡，凡来宾，西门庆赏赐亦费许多。（按："绣像本"无此记事。）

给阳阴徐先生一匹尺头、五两银子。

五吊赏巡捕军人，五吊与衙门中排军，十吊赏营里人马。（按：十吊为一钱，十钱为一两。）

一两银子打发宋御史差人。

五两银子请黄真人为瓶儿写法。（第六十五回）

赏小优六钱银子。

蔡太师翟管家吊孝仪银十两。

西门庆回礼翟管家十方乌纱汗巾、十方绫汗巾、十副拣金挑牙、十个乌金酒杯。

给前来瓶儿五七吊唁的六妓女还礼各一匹大布、一两银子。

给来做道场的黄真人一匹天青云鹤金缎、一匹色缎、十两白银。

给来做道场的吴道官一匹金缎、五两白银，十两经资。

给小优三钱银子。（第六十六回）

二千两，往湖州买绸子。（按：瓶儿丧事一完即做生意。）

四千两，往松江贩布。

给韩道国等每位伙计先拿五两银子。

给送书人五两白银。（第六十七回）

金莲在西门庆那里要了五两银子为她坐胎做道场。

两匹白鹇纻丝、两匹京缎、五十两银子，谢了龙野钱公。

赏吴银儿两侍女吴惠、腊梅各三钱银子。

三十两银子每月包郑爱月。

郑爱月家中置席十两，赏办席的黄四三四两。

郑爱月家，西门庆拿出大小十一包碎银：四个妓女每人三钱，厨役赏五钱，吴惠、郑春、郑奉每人三钱，撺掇打茶的每人二钱，丫头桃花儿三钱。（第六十八回）

与媒婆文嫂五两银子去林太太家"拉皮条"。

两匹绸缎赏文嫂。（第六十九回）

进京谢恩时送蔡京翟管家：一匹大红绒彩蟒、一匹玄色妆花斗牛补子员领、两匹京缎，另外梯己送翟管家一匹黑绿云绒、三十两银子。但翟拒收了三十两银子。（第七十回）

翟谦送金缎一端、云纻一端、鲜猪一口、北羊一腔、内酒一坛、点心二盒。

西门庆回礼一腔羊、一坛酒，赏来人二两银子，抬盒人五钱。

送一口猪、一坛酒、两盒点心给何太监。

西门庆从东京返家途中一寺谢老和尚一两银子。（第七十一回）

宰了半口猪、半腔羊、四十斤白面、一包白米、一坛酒、两腿火熏、两只鹅、十只鸡，并许多油盐酱醋之类，与何千户送程。

送一副豕蹄、两尾鲜鱼、两只烧鸭、一坛南酒为林太太补生日。

赏玳安三钱银子。（第七十二回）

宋御史送一匹缎子、一部书给西门庆。（第七十四回）

荆都监送西门庆厚礼白米二百石。

荆都监送西门庆一口鲜猪，一坛豆酒，四封银子。（按：二百两）。

用五十两银子为宋御史摆酒。

赏送礼的和抬盒的分别一钱和五钱银子。

送一口猪，一坛酒给胡府尹，以回报胡府尹送来的二百本历日。（第七十五回）

封了一两银子给任医官。

与了书办三两银子。

三十五两与吏房使用。

打点礼物猪酒并三十两银子送胡府尹。

一两银子并一盒点心送到韩道国家。

打发乐工赏钱。

收下新袭职山东清河右卫指挥同知门下生云理守貂鼠十个，海鱼一尾，虾米一包，腊鹅四只，腊鸭十只，油低帘二架。（第七十六回）

西门庆收了安郎中分资三两。

何九买了一匹尺头、四样下饭、一坛酒谢西门庆。

刘太监送给西门庆一食盒蜡烛，二十张桌围，八十股官香，一盒沉速料香，一坛自造内酒，一口鲜猪。

西门庆封五钱银子给刘太监送礼者赏钱。

各封二钱银子代应伯爵还礼乔亲家、云二哥。

十两银子给刚宠过的郑爱月儿。

五六两一包碎银子和两对金头簪儿给淫过的贲四娘子。

十两银子在扬州买了一个十六岁会唱三千小曲八百大曲的漂亮女孩。

兑了五十两银子税钱。

用五钱银子打听朝中的年终邸报。

一千两银子给吴月娘大哥新任摆酒所用。（第七十七回）

宰了一口鲜猪，两坛浙江酒，一匹大红绒金豸员领，一匹黑青妆花纻丝员领，一百果馅金饼，谢宋御史。

宋御史送了一百本历日，四万纸，一口猪回礼。

送应伯爵、谢希大、常时节、傅伙计、甘伙计、韩道国、贲第传、崔本，每家半口猪，半腔羊，一坛酒，二包米，一两银子。

送丽春院诸妓女李桂姐、吴银儿、郑爱月儿，每人一套衣服，三两银子。

除夕夜，给西门府伙计丫头手帕、汗巾、银钱赏赐。

与贲四嫂成奸后给三两银子。

准备拿一二万两银子来做朝廷派发给十三省的古器生意。（按：这古器生意是为了皇宫新修寿岳即宋徽宗时大兴土木的著名"花石纲"。事实上，这是《金瓶梅》讽刺在万历年间大修万寿宫一事。）

封十两叶子金到朝廷讨做花石纲的批文。（第七十八回）

打发王皇亲戏子二两银子唱钱。

送一对金镶头簪、四个乌银戒指，与头天奸玩过的来爵媳妇。

封一匹杭州绢，一两银子给前来治性病的刘橘斋。

西门庆的遗产（按：不包括不动产和妻妾手中的私房钱）：1.贲四绒线铺本银六千五百两；2.吴二舅绸绒铺五千两；3.李三、黄四身上欠五百两本钱，一百五十两利钱未算；4.印子铺占用银二万两；5.生药铺五千两；6.韩伙计、来保松江船上四千两；7.刘学官少我二百两；8.华主簿少我五十两；9.门外徐四铺内，欠本利三百四十两。（第七十九回）

《金瓶梅》，写尽中国古代服饰

——兼说明代市民的平等意识

　　《金瓶梅》里有两位主要人物，一为潘金莲，另一为西门庆。《金》眼花缭乱的服饰，也正是从这二人开始的。

　　头上戴着缨子帽儿，金铃珑簪儿，金井玉栏杆圈儿；长腰身，身穿绿罗褶儿；脚下细结底陈桥鞋儿，清水布袜儿；手里摇着洒金川扇儿，越显出张生般庞儿，潘安的貌儿。

　　头上戴着黑油油头发髻鬏，一迳里踅出香云，周围小簪儿齐插。斜戴一朵并头花，排草梳儿后押。难描画，柳叶眉衬着两朵桃花。玲珑坠儿最堪夸，露来酥玉胸无价。毛青布大袖衫儿，又短衬湘裙碾绢纱。通花汗巾儿袖口儿边搭刺。香袋儿身边低挂。抹胸儿重重纽扣香喉下。往下看尖翘翘金莲小脚，云头巧缉山鸦。鞋儿白绫高底，步香尘偏衬登踏。红纱膝裤扣莺花，行坐处风吹裙裤。

　　第一段写的是西门庆的服饰，第二段写的是潘金莲的服饰。在《金瓶梅》一书里，作者不仅深谙当时的社会、世俗和人情，而且对服饰、服饰制度及服饰的变化也相当的熟稔。重要的是，《金瓶梅》写服饰还有更重要的关节，那就是对旧制度的挑战。《礼记·玉藻》专讲服饰制度，并在《礼记·深衣》指出："古者深衣，盖有制度。"君臣有别、尊卑有别、老幼有别、男女有别、士庶有别。从《后汉书》至《清史稿》，辟有的专志"舆服志"。服饰与制度密切相关，《金瓶梅》却开辟了服饰的另外写作。《金瓶梅》里的服饰，展示出了灿烂中华文明的另一种风采。

一、《金瓶梅》里的女性服饰

月娘的：穿着银鼠皮袄，遍地金袄儿，锦蓝裙；金莲的：两个大红遍地金鹤袖，衬着白绫袄儿；李瓶儿：貂鼠皮袄；……这还只是妻妾冬装一部分。平日子的则更讲究。月娘有时穿"大红路绸对衿袄儿，软黄裙子；头上戴着貂鼠卧兔儿"，有时又"头戴银丝鬏髻，周围金累丝钗梳，珠翠堆满，上着藕丝衣裳，下着翠绫裙，尖尖趫趫一对红鸳，粉面贴着三个翠面花儿"等。我们知道吴月娘是西门府上大娘，穿戴自不一般。第二十四回，西门与众妻妾正月十六，喝"合家欢乐"酒。作者写道："西门庆与吴月娘居上，其余李娇儿、孟玉楼、潘金莲、李瓶儿、孙雪娥、西门大姐都在两边同坐，都穿着锦绣衣裳，白绫袄儿，蓝裙子。惟吴月娘穿着大红遍地通袖袍儿，貂鼠皮袄，下着百花裙。"此处，因服饰制度，妻妾的等级是相当清楚的。不过，《金瓶梅》的杰出在于，这种服饰的制度，以及在服饰制度上的等级，并没有妨碍《金瓶梅》充分显示市民社会兴起时的平等诉求。

服饰于《金瓶梅》，当然具有小说家言的"炫技"。但是"炫技"，不仅展现出一部杰出的市民小说断不能缺少的"道具"，同时又建构了文本自身。春梅先是大房吴月娘的丫鬟，后成了宠妾潘金莲的丫鬟，接着又成了西门庆的"情人"，再以后又成陈经济的"情人"，最后，则成了周守备的正牌夫人。因此，春梅的服饰前后有极大的变化。做丫鬟时，大概是"头戴银丝云髻儿，白线挑衫儿，桃红裙子，蓝纱比甲儿"（见第二十九回）。到了守备夫人时，春梅的服饰是"打扮的粉妆玉琢，头上戴着冠儿，珠翠堆满，凤钗半卸，上穿大红妆花袄儿，下着翠兰缕金宽襴裙子，带着玎珰禁步，比昔不同许多"（见第八十九回）。春梅服饰的流变，可见服饰制度的投射。宋惠莲，本是西门庆仆人来旺的媳妇，成为西门庆宠爱的"地下情人"之后，"一套绿闪红缎子对衿衫儿、白挑线裙子。又用一方红销金汗巾子搭着头，额角上贴着飞金并面花儿，金灯笼坠耳，……月色之下，恍若仙娥，都是白绫袄儿，遍地金比甲"；"被一阵风过来，把他裙子刮起，里边露见大潞绸红裤儿，扎着脏头纱绿裤腿儿，好五色纳纱护膝，银红线带儿"。事实上，《金瓶梅》写惠莲服饰，写得这般光彩和这般的性感，从某种意义上看，则是为惠莲"命薄"吁不平。

服饰于此，我们可以管窥到作者的趣味和价值取向。不仅惠莲的服饰与西门府上众妻妾的服饰相近，而且像爱月儿、吴银儿这样属于娼门的女性，在服饰上也被"一视同仁"。如吴银儿的服饰"头上戴着白绉纱髻髻、珠子箍儿、翠云钿儿，周围撇一溜小簪儿。上穿白绫对衿袄儿，妆花眉子，下着纱绿潞绸裙，羊皮金滚边。脚上墨青素缎鞋儿"；爱月儿的服饰"新妆打扮出来，上着烟里火回纹锦对衿袄儿、鹅黄杭绢点翠缕金裙、妆花膝裤、大红凤嘴鞋儿、灯下海獭卧兔儿"。

等级、性别、尊卑里的人，都追求服饰的华丽，在《金瓶梅》里确实是一种众生平等的暗喻。《宋史·舆服五》指出"士庶之间、车服之制至于丧葬，各有等差。近年以来，颇有逾僭"；"诏县镇场务诸色公人并庶人、商贾、伎术、不系伶人，只许服皂、白认、铁、角带，不得服紫"；"倡优之贱，不得与贵者并丽"等。《明史·舆服三》对士庶妻妾服饰也有明确规定"不许用大红、鸦青、黄色"等。无论按宋季服饰制度还是明季服饰制度，《金瓶梅》于服饰制度上的僭越与叛逆，仅服饰而言，这部小说反礼教的价值取向非常鲜明。

　　仕宦大家王招宣府的寡妇林太太的服饰，则又有另一层深意。招宣府林氏的服饰是："妇人头上戴着金丝翠叶冠儿，身穿白绫宽绸袄儿，沉香色遍地金妆花缎子鹤氅，大红宫锦宽襕裙子，老鸦白绫高底鞋儿。"这一套服饰，是西门庆众妻妾、丫鬟以及有的娼门女子所没有的。崇祯版绣像本《金瓶梅》有 200 幅插图，独林氏服饰唯一。其他女性服饰都没有花纹，林氏的服饰描有花纹（即妆花缎子鹤氅）；其他女性没有头饰，即便有，也只是束带与简单的钗簪，独林氏头上有冠。这表明林氏的"命妇"（祖上是所谓的"太原节度邠阳郡王"）身份，同时叙述了林氏久寡的欲望与西门庆以粗鄙之人征服上层女子（"命妇"）的"业绩"（对此，清人张竹坡曾给予招宣府主人痛斥"一丑招宣"）。可见《金瓶梅》里的服饰描写与叙事，不仅在于作者对于服饰的展示，同时也是对人物性格与命运的一种叙事。

二、《金瓶梅》里的男性服饰

　　女性服饰在《金瓶梅》里是服饰叙事的重头戏，但男性服饰的描写与叙事，同样是其整个文本的重要组成部分。西门庆的第一次亮相，作者用了九个"儿化"的词来写西门庆服饰。此形象即土豪标准像。到了西门庆贿赂做上了"金吾卫左所副千户"一职后，西门庆的服饰有了重大的变化。西门庆官职刚到手，就"使人做官帽，又唤赵裁率领四五个裁缝，在家来裁剪尺头，攒造衣服"；迎请朝廷大员着"青衣冠带"；去京都拜见位极人臣的蔡太师"戴上忠靖冠"和"穿上外盖衣服"。此时的西门庆，毕恭毕敬，不再是阳谷县寻花问柳的土豪，而是一位像模像样的官员。

全书虽写的是大宋故事，但所有场景都发生在明朝（《金瓶梅》初刻大致在隆庆、万历年间，即公元 16 世纪中期），服饰于此，既给我们留下（近）古代服饰的样式和（近）古代服饰的制度的真实记录，又留下了许多想象空间。

西门庆本是阳谷县的地痞土豪，即使当了"金吾卫所副千户"（宋并无此官职，《明史·官职》记有"金吾"等十九卫，"副千户"一职，从五品），他更多的时间，仍是在阳谷县做生意和找女人。所以西门庆平素最喜的服饰是"五彩飞鱼氅衣，白绫袄子"，尤其是"白绫"。"白绫"在《金瓶梅》里，并非吉物，相反，是西门庆与他的女人们的凶兆和死亡的转喻。西门庆的女人，大都喜欢穿红色的服饰。潘金莲、李瓶儿、庞春梅、宋惠莲等，包括一身豪装的林太太在西门庆面前也穿的是"大红裙"。一白一红，极具性感和文本暗喻，同时也见证了色彩于服饰是服饰制度的重要内容。尤其是像《金瓶梅》这样用于人性的善恶、用于人物的性格、用于人物之间错综复杂的关系，在中国文学里，是罕见的。

三、《金瓶梅》里的服饰，既是"道具"更是文本

《金瓶梅》里的服饰花样繁多、流光溢彩，几为穷尽其有：皇亲国戚、达官贵胄、士子商贾、命妇庶妻、小姐丫头、贩夫走卒，朝服礼服、官服民服、时装职装、外套内衣……在《金瓶梅》里，连一些过客，如只出现一次的兵勇等的服饰，都写得极为认真、决不马虎。当然，一些服饰或许是"小说家言"，尤其是官服，如提刑官的服饰。提刑官一职独见宋，即"提点刑狱司"里任职官，品级大约在三至四品之间。查《宋史·诸臣服（下）》并不见"黑青水纬罗五彩洒线猱头金狮补子圆领，翠蓝罗衬衣，腰系合香金带"之制度；再查《明史·文武官冠服》也不见此制，可见其杜撰的意味。即便是杜撰，《金瓶梅》也有根据。《明史·文武官冠服》标出三品、四品的文官服为"孔雀"（三品）、"云雁"（四品），武官为"虎豹"，《金瓶梅》将其"虎豹"转为"金狮"。并在"金狮"之前，还加一"猱头"。猱，是一种类猿动物，猱作为服饰制度的标识，均不见宋明两季官职服饰制度。"猱头金狮"显然具有搞笑的元素。此"搞笑"以及另一些场景里的服饰"展演"，把服饰的现实与超现实、真实与虚构，结合得天衣无缝。仅此，足显《金瓶梅》文本的讽喻与反讽的卓尔不群。

四、《金瓶梅》的服饰研究目前尚很薄弱

《金瓶梅》里所涉及的服饰制度及服饰的丰富性，是当时及后来的文学作品（包括《红楼梦》在内）所没有的。与《金瓶梅》几乎同时期的《水浒传》（说唱成于元末明初、刊

刻于明中期、通行本于明晚期），服饰描写与叙事算是丰富的，沈从文晚年的鸿篇巨制《中国古代服饰研究》（商务印书馆，2011）有专节论及《水浒传》及明人绘水浒画。沈先生指出"衣着形象描写相当清楚"，男性方面的特点是"素朴"。沈先生也指出《金瓶梅》里的服饰"衣着首饰，反映相当真实具体"。不过，从沈先生的论述看，存在两个方面的疑问。一、沈著有专节论述《水浒传》而没有《金瓶梅》的专节；二、《金瓶梅》里的服饰不是素朴而是华丽的（前文所引即可证明）。

哈佛学者田晓菲在《秋水堂论〈金瓶梅〉》（天津人民出版社，2014）一书里，以教化叙事不如人性的复杂和幽微叙事，反复申诉"词话本"不如"绣像本"。如田晓菲说西门庆的形象，"绣像本的描写比词话本中那个比较常见的、比较漫画化的浪荡子形象更加复杂和全面"。其实，就服饰而言，"词话本"比"绣像本"丰富多了。特举一例："词话本"第五十九回写郑爱香儿的服饰"头戴着银丝髾髻，梅花钿儿，周围金累丝簪儿，打扮的粉面油头，花容月貌，上着藕丝衫，下着湘纹裙"；"绣像本"只一句"却说郑爱香儿打扮的粉面油头，见西门庆"。

两两比较，前者因为服饰的"繁缛"，活脱脱展示出一个娼门子弟在有钱客人面前的作态；后者，文字的意味寡淡了许多。"词话本"里的服饰描写与叙事，除了作者有些"炫技"外，实际上是小说人物形象与人物关系的重要"构件"。如果这个话题有些"靠谱"，那么，如同"金学"远不如"红学"那样"显学"，《金瓶梅》的服饰研究似乎也很薄弱。

再举几件个案，以证《金瓶梅》的服饰描写与叙事前无古人。张岱的《陶庵梦忆》写尽晚明繁华，对于庙宇、楼台、街市、居家、人物、器物、酒肆、茶楼、美食、游冶、戏曲、评书、礼祀、节庆等等，都有详尽且妙笔生花的记录，却没有服饰的记录。晚明屠隆的《考盘余事》，几乎写尽人间乐事器物，共分"书""画""纸""墨"等十五笺，只在"起居器服笺"中有很少一部分谈及服饰。谈及的也只是简单的"禅衣""道服""冠""披云巾"和"文履"（顺便一说，后人有人认为屠隆是《金瓶梅》的作者，仅此看，我是不相信的）。

如果再作横向比较，更能看出《金瓶梅》在服饰描写与叙事上的史学价值和美学价值。初版于 1930 年的《图说日本服饰史》（高桥健自著，李建华译，清华大学出版社，2016 年出版），是日本服饰史的筚路蓝缕之作。这部服饰史（起于大约公元 6 世纪的"飞鸟时代"至仿效欧美的 19 世纪末 20 世纪初的"明治时期"）所提供的服饰样品与个案，总共不过300 件左右。如果专门编一部《金瓶梅服饰谱》，其样品和件数肯定不会少于《图说日本服饰史》。

一部《金瓶梅》写尽天下服饰！一部《金瓶梅》集古代服饰之大成！一部《金瓶梅》就是中国古代服饰的博物馆！

五、《金瓶梅》里的服饰，旨在寻求市民生活平等的趣味

有繁花似锦的描写与叙事，《金瓶梅》还不只于服饰的制度，更在于打破制度以寻求市民生活平等的旨义和趣味。《金瓶梅》里的服饰，还涉及服饰织造的规模与服饰的商品价位

（这对于明代经济研究一定大有裨益）。

先说规模。第四十回有专门写西门庆府上为其妻妾做衣服的章节。一段是："西门庆衙门中回来，开了箱柜，打开出南边织造的夹板罗缎尺头来……每人做件妆花通袖袍儿，一套遍地锦衣服，一套妆花衣服。惟月娘是两套大红通袖遍地锦袍儿，四套妆花衣服"；一段是："李娇儿、孟玉楼、潘金莲、李瓶儿四个都裁了一件大红五彩通袖妆花锦鸡缎子袍儿，两套妆花罗缎衣服。孙雪娥只是两套"，月娘则有"一件大红遍地锦五彩妆花通袖袄，兽朝麒麟补子缎袍儿；一件玄色五彩金遍边葫芦样鸾凤穿花罗袍；一套大红缎子遍地金通袖麒麟补子袄儿，翠蓝宽拖遍地金裙；一套沉香色妆花补子遍地锦罗袄儿，大红金枝绿叶百花拖泥裙"。在此，西门庆为妻妾共做衣服"三十件"。"词话本"为此专为西门府上做衣服的赵裁缝题写了一首六言长排（"绣像本"无此诗）。起首便称"我做裁缝姓赵，月月主顾来叫。针线紧紧随身，剪尺常披靴勒"。从裁缝的繁忙到服饰的呈现，其规模和数量，几乎难以估计。

西门庆从开药铺和坑蒙拐骗发家，到后来开缎铺（西门庆黑吃了别人的钱所开）。这表明：一、服装生意也许比药铺更赚钱，二、当时对服装的需求都很旺盛。第六十回"西门庆立段铺开张"，开张货物"共装二十大车"，开张喜宴"十五桌"。西门庆的狐朋狗友、三大姑六大舅，还有官场中人夏提刑的礼物，其场面之铺陈和热闹，可见当时服装业的繁荣——这哪里是沈从文先生所说的"素朴"？

再说服装的价位。李瓶儿一件皮袄六十两、祭李瓶儿孝绢二十两，西门庆为梳笼粉头李桂姐，出手就是五十两银

（为李讨四套衣服），第四十回提到赵裁缝为西门府上做衣服工钱五两等。可见，服装动辄以两、几十两计。那么，现在我们来看看《金瓶梅》里其他地方涉及银两价位的话题。第七十回里有一张皇帝嘉奖众大臣的钱物清单，皇帝奖赏最高者五十两，最低者五两。与西门府上妻妾的服饰价位比，皇帝嘉奖的最高价位，不值李瓶儿一件皮袄，皇帝赏给某大臣的五两，只是赵裁缝为西门府上众妻妾做一次衣服的工钱。

再看，西门府上的丫鬟卖出买进，大约一个值四两至七两（见第三十回，李瓶儿买一丫头，讲价从七两五钱讲到七两成交；第三十七回，四两一个）；西门庆纵欲身亡后，西门府上作鸟兽散，曾是西门庆小妾的孙雪娥只卖了八两（见第九十回）……据一明小品所载，在明一季，平民的生活每年大约一两五，戚继光的士兵军饷月银一两。明中期一两白银兑换铜钱十钱（一千文）。那么一钱可以做什么呢？第六十八回，西门庆请娼门四女献唱，打发的钱是：四妓女每人三钱、厨子五钱、倒茶小儿每人二钱、丫头桃花儿三钱。可见一两银子是可以做许多事的。这般看来，西门府上的服饰，大都是"天价"。

六、《金瓶梅》中奢华服饰与"本朝之制，敦尚节俭"的对比

凡涉明史，我们知道，"本朝之制，敦尚节俭"（明·刘侗等《帝京景物论·方逢年序一》），但我们在《金瓶梅》里看到的却是如此奢华的服饰。明自万历进入它的后期，明后期有两大社会现象：一是明皇的怠政（如明神宗自万历十六年

后便基本不上朝，须知万历一朝共四十八年），二是以苏州为中心的江南，其经济与文化非常繁华。对于后者，《剑桥中国明代史（下）》（中国社会科学出版社，2006年）写得清楚："在向整体化迈进的步伐加大的同时，明代中国农业的专业化和商业化程度急剧发展，丝、棉、瓷器产业快速增长。"

《剑桥中国明代史（下）》还特别指出"这些地区的中心都市，如苏州、松江、嘉兴、南京都出现了前所未有的繁荣。业已成为中国丝绸业之都的苏州……甚至农村附近的一些小集镇也变为兴旺的染色、上浆及相关行业的中心"。海外史家于此注意到了"丝"与"棉"在明代中后期的快速增长，以及与丝、棉、绸、缎相关的产业和工艺的繁荣。由于，日益壮大的服饰产业所带来的赋税与管理等，明中央政府专设"织染杂造局"（《明史·职官四》）。

正是这一"快速增长"与"繁荣"，为《金瓶梅》里锦绣灿烂的服饰（尽管有些是小说家言）提供了施展天地的平台。"节俭"于此，因经济的繁荣和文化的多元，便"销声匿迹"。我们知道，《金瓶梅》事件发生的地点在一个叫阳谷县的地方。阳谷县，在《水浒传》里明确指定为在山东（小说中有山东方言）。如果通过《金瓶梅》的小说文本来看，再通过小说中描写的西门府上的亭台楼阁来看，很显然，它们与江南的园林近似。崇祯绣像本《金瓶梅》的插图（200幅没有画工的署名，仅几图有刻工的署名）有可能出自陈洪绶等明末著名画家之手，而陈老莲的出生地和谋生地，正是明后期中国出版业最为盛行的闽浙地区。如果从"绣像本"的200幅插图所提供的背景看，小说里的事件、人物，特别是生活细节，很有可能发生在江南，至少有清楚的江南场景（小说中曾提及漂亮的绸缎来自"南边"）。

明后期江南地区的商业繁荣，带来了文化的繁荣和多元，由此推动了戏曲和小说的发达，于是《金瓶梅》应运而生，书里对服饰的描写和叙事所达到的万千气象也应运而生。

说《金瓶梅》里的服饰为中国古代服饰的集大成者毫不为过，服饰是如此的丰富与繁华，显现出中华文化的悠久与灿烂。就服饰而言，无论是服饰的制度、服饰的多样、服饰的生产、服饰的价位，还是服饰与人物的关系，以及通过服饰来传达追求人性的解放和人性的幽微，凡此种种，小说的美学意义与历史取向，在中国的古典小说里，没有任何一部可以与之相颉颃。

《金瓶梅》：第一部美食百科全书

——兼论食的等级

"食色，性也。"这是中国亚圣孟子转述告子的语录。按照近人治《论语》《孟子》的学者杨伯峻先生的理解，"食色，性也"，即"饮食男女，这是本性"。此处，饮食居其前，男欢女爱居其后。为何？因为，食物是人这一生命个体得以维持的原初需求，只有这一原初的需求得到维持或满足后，生长、思考、劳作、求偶、婚娶、理想、野心、礼祀等才有可能成为事实。因此，告子的这一表白，反映出古人于人自身的重要认知。也就是说，谈食（当然也包括谈色）是再正常不过的事，或者远比谈高大上重要得多。

具有文学史划时代意义的《金瓶梅》（引文出自1982年人民文学出版社出版的《金瓶梅词话》，下简称《金》）在"食"这一人的原初需求的叙述上，极尽人间的饮食场景。或者说，作为一部伟大的世情小说，"食"在书中占有重要的篇章。《金》的第一回的回目为"景阳冈武松打虎　潘金莲嫌夫卖风月"。由于《金》在这第一回开篇就说道"单说着情色二字，乃一体一用"，也就是说，《金》开宗明义地表明《金》的故事内核、叙事重点、人物关系、价值取向、语言能指等都与情色密切相关相连。不过，这第一回在触及全篇故事时，却不是写情色的，而是写饮食的。

"这武松听了，呵呵大笑，就在路旁酒店内吃了几碗酒，壮着胆，横拖着防身稍棒，跟跟跄跄，大叉步走上冈来。"

"吃了几碗酒"与《水浒》第二十三回"横海郡柴进留宾 景阳冈武松打虎"里关于武松在吃二斤牛肉连吃十八碗酒的场景比起来，简直可以说，兰陵笑笑生于此惜墨如金。或者说，"吃几碗酒"几乎就是对吃的敷衍。如果，吃，在此就打住了的话，那么《金瓶梅》就不是《金瓶梅》了！读过《红楼梦》的人都知道，吃或者以吃所展示的中国古代美食，算得上曹雪芹对美食的偏好。殊不知，吃或者美食花样百出，《金瓶梅》才是中国古代的美食手册。也许没有任何一部中国的小说有像《金》里的"食"那般的丰富多彩。即便被后人津津乐道的袁枚《随园食单》，看似应有尽有，却没有《金》里的场景和情趣，仅一份菜单而已。何况，《随园食单》也并非应有尽有，如《随园食单》里"点心菜"一节里，就没有提及下文的小吃。

小吃在《金瓶梅》里几乎每回都有所涉及。吃于《金》里的那些鲜活的人来说，太平常也太重要了。六十七回里，有一干碟菜谱：一碟果馅饼，一碟顶皮酥，一碟炒栗子，一碟晒干枣，一碟榛仁，一碟瓜仁，一碟雪梨，一碟苹波，一碟风菱，一碟荸荠，一碟酥油泡螺。共 12 碟 12 个花样（在四十三回里每桌酒席子竟有 40 碟之多！），其中 11 碟是素果品，仅一螺（不知是海螺还是田螺，抑或河螺？刘案无考）好像应归于荤小吃。它的做法大致是，螺丝先泡，再用油酥。今天川菜凉碟里往往有一道下酒菜，叫泡凤爪。泡凤爪的用料是鸡脚爪，做法大致是，先清水煮熟，然后放入四川特有泡菜坛里，三两日，一旦入味（入泡菜的味）即可捞出，摆碟上桌。由于泡凤爪这道凉碟，又衍生出"泡猪蹄"等肉食性泡菜来。读《金》，方知泡肉食性凉碟的祖师爷远在宋明（至迟在《金瓶梅》成书时的明）就已经有了。而且从这一份干碟菜单里还看到，凡果品，凡鲜蔬，几乎无一不可以制成干碟、制成小吃的。"油泡螺"小吃，是大放光彩的小吃。在六十七回里，应伯爵是这样称赞油泡螺的："老先儿，你也尝尝。吃了牙老重生，抽胎换骨。眼见希奇物，胜活十年人。"可见，有时的小吃远比盛宴更让吃客嘴馋和更具美颜养生意义。大概因为，一、小吃味道地道且又怪异；二、重要的是吃小吃时，吃客之间，不像盛宴那样一本正经，小吃时，彼此之间没有芥蒂，玩笑也好，龙门阵也罢，插科打诨也好，于是乎，小吃里的吃客，在随意、亲昵或者猥亵的场景中，享受着小吃带来的美好和人性的温暖。当然，小吃，也许还有另外的用场。

争风吃醋是《金》故事里的主要关节。在潘金莲、李瓶儿、春梅（合起来即金、瓶、梅）、孟玉楼等之间的争风吃醋，构成了《金》故事的推进、演义，以及当下我们所说的"狗血"（不过《金》里的狗血以及由此的生活与情感的逻辑，那是当下狗血所不能及的）剧情。在这一剧情里，美食的介入和掺和无处不在。甚至可以说，也许有了那些我们只有在《金》里才会看到的美食，《金》中的女人们的争风吃醋，才显得真实而惊艳。三十三回，潘金莲对她老娘潘姥姥说："我比不得他有钱的姐姐。我穿的还没有哩，拿什么与你！你平白吃了人家的来，等住回，咱整理几碟子来，筛上壶酒，拿过去还了他就是了。到明日，少不的教人掂言掂语，我是听不上。"这段不酸不醋的话后，潘金莲吩咐春梅，定八碟菜蔬，四盒果子，一锡瓶酒。一个正餐，大概就是"几碟子菜"与"一锡瓶酒"，而且全是素的，既不失主人家的身份，但却让客人知道，她潘金莲并非情场的等闲之辈，也非日常生活的等闲之辈。事实上，食物或者美食，从来就跟人的心境有关，即使她（他）是一个饥饿的人，几乎可以说是精彩绝伦的叙述与描写。在《金》中，食、美食（柏拉图《理想国》的"把美味赋予食物"的一语，可见，美味与食物并非天然结合）几乎散见每一回。不过，像第六十七回从早到晚一直在写食的，在《金》里也绝无仅有。六十七回"西门庆书房赏雪 李瓶儿梦诉幽情"分为两段，前一段写西门庆与其狐朋狗友在西门大官人家中赏雪，后一段写刚刚故去的六娘李瓶儿托梦西门庆。第一段里说是赏雪，其实写的是吃，而且从早到晚都在吃。这日，西门大官人因昨夜劳累（西门庆本就是一夜猫子）"日高还未起"，一起床便吃大娘准备好了的粥。粥毕，便是一天的日程：赏雪。西门请应伯爵等来赏雪，王经端上"银厢雕漆茶锤，拿了两盏酥油白糖熬的牛奶子"，伯爵取过一盏，见白溦溦鹅脂一般酥油漂浮在盏内，应二爹"呷在口里，香甜美味，那消气力，几口就喝没了"。美食真好！又没人与应伯爵抢，但就像别人要抢一样！接着两人便交流吃小吃的经验或者教训。在西门庆去接待来客（韩道国）后不多时重回赏雪，温秀才加入，接着拿粥（粥是"软稻粳米粥儿"）上来，又摆四碟小菜，计：一碗炖烂蹄子、一碗黄芽韭熏驴肉、一碗鲊馄饨鸡、一碗炖烂鸽子雏儿（请注意，这四碗菜,《金》说是"四碟",可见小吃完全可以升格上档成豪宴标准和水平）。赏雪继续,月娘侍女郑春送来一盒果馅顶皮酥,一盒酥油泡螺儿。这酥油泡螺儿可是一道在《金》里的名小吃。它入口而化,不仅可以"牙老重生",而且"脱胎换骨"。如此的夸张,真是罕见。倘若这就是那碟酥油泡螺儿的广告词,相信,今天那些无中生有的广告词,真不及这一广告词的百分之一。吃后"不一时",便又"杯盘罗列,筛上酒来"。一直吃到下午。快到正餐（正应了英文正餐即晚餐Dinner 的说法）时间,西门庆打开一坛双料麻姑酒,让下人们摆上八碗下饭。八碗计有:一碗黄熬山药鸡、一碗臊子韭、一碗山药肉圆子、一碗炖烂羊头、一碗烧猪肉、一碗肚肺羹、一碗血脏汤、一碗牛肚儿、一碗爆炒猪腰子,还另有两大盒玫瑰鹅油汤面蒸饼儿（请注意,《金》说,这些食物就西门庆应伯爵陈经济等四人吃了,好胃口！）。后又叫安儿拿来几碟果食（上文已列的 12 果盘）。就这样,一边赏雪,一边美食,直到"饮酒至昏、掌烛上来"。照此围观,这哪儿是在赏雪,分明就是几位食客团结在西门大官人周围,从早到晚吃个不停罢了。因美食,全都馋猫一般！

同为明人施耐庵的《水浒传》,也写了不少的酒局,但是与《金》比,《水》里的酒局还真是只见酒不见菜的。《水》里写菜写酒,极为粗鄙和简约。无非就是"烫酒上来下口酒食""摆一桌子"菜（《水》第二回）之类的;或者"连吃三碗""再来十来碗"（《水》第二十八回）;把食写得最为详细的当数第三十七回"及时雨会神行太保 黑旋风斗浪里白条"。因为宋公明哥哥喜吃鱼,也不过只仅于"鱼腌""鱼汤""红（辣子鱼汤）白鱼汤""牛肉""羊肉"等，菜谱简单得不过如此。或许，不是施耐庵氏比兰陵笑笑生氏的美食经验少，而是这般写，大概才与《水》里的打家劫舍、杀人放火的英雄好汉相匹配。《金瓶梅》里大概一定不会有《水浒传》里的人肉美食的，譬如李逵吃李鬼的腿子肉、孙二娘做人肉包子等（好血腥，所以笔者一直不太喜欢《水浒》的，另外，专门写阴谋诡计的《三国演义》笔者也不喜欢）。

说了小吃再说盛宴。一般地说，盛宴大概是检验美食的标准与筹码。第十回，西门庆听说武二郎充配孟州的消息后，第一件事就是大摆宴席。其宴席的豪华程度令人咋舌：

香焚宝鼎，花插金瓶。器列象州之古玩，帘开合浦之明珠。水晶盘内，高堆火枣交梨；碧玉杯中，满泛琼浆玉液。烹龙肝，炮凤腑，果然下箸了万钱；黑熊掌，紫驼蹄，酒后献来香满座。更有那软软红莲香稻，细脍通印子鱼。伊鲂洛鲤，诚然贵似牛羊；龙眼荔枝，信是东南佳味。碾破凤团，白玉瓯中分白浪；斟来琼液，紫金壶内喷清香。毕竟压赛孟尝君，只此敢欺石崇富。

钱对西门庆来说不是问题，但是西门庆并不是钱多得可以任意如雨乱洒（其实，西门庆如"梁山好汉"一样，也是一位仗义疏财的"好汉"，此将是另一文的话题）。为什么会在此时大摆宴席？因为西门庆打听到武二郎上路去了，于是"一块石头方落地，心中如去了瘊一般，十分自在"；于是"收拾打扫后花园"，还叫来"一起乐人吹弹歌舞"，请了大娘子吴月娘、二娘李娇儿、三娘孟玉楼、四娘孙雪娥和五娘潘金莲（刘按：此时老六李瓶儿还没有来到西门大官人家里），"全家欢喜饮酒"。这当然得破费，这当然得摆餐标顶格的豪宴！重要的是，只有这样的餐标才配得上西门大官人在阳谷县的地位。

自然，豪宴并不是时常有的。作为一部市井市民的小说，作为一部真实反映大宋（或以著者生活的明代为范本）王朝繁华的小说，美食在民间，已经成为《金》重要的体验、感悟和认知。于是，《金》里所叙述、所描写、所演绎、所赞美的美食，大都在家里，大都是小吃，也大都在如《清明上河图》般的街边、瓦肆、勾栏里。中国道统，食物也许从它诞生起就具备了"礼"的意义和仪式。《礼记》（刘按：大约成书于公元前五世纪至公元前一世纪）不但详尽地规定了"进食之礼"（《礼记·曲礼上》），而且开宗明义在"曲礼下"写道："天子以牺牛，诸侯以肥牛，大夫以索牛，士以羊豕。"像"肥牛"之"肥"，在"礼"的梯级层次上属于二等。仅低于天子，高于大夫与士。可见"肥"以及由"肥"衍生的"豪宴"是"礼"的重要组成部分。它不仅具有果腹的重要实用，另一面作为"礼"的重要构件进入了中国古人的日常生活和政治生活之间。在还没有达到"锦衣玉食"的年代，能不能吃上肉本身，便可以决定其身份的。《春秋·左传》"庄公十年"，左丘明左氏就有一段与此相关的叙述与对白："十年春，齐师伐我，公将战。曹刿请见。其乡人曰：'肉食者谋之，又何间焉？'刿曰：'肉食者鄙，未能远谋。'"这一传诵千古的桥段被认定为"曹刿论战"，但这桥段却是以吃不吃得上肉作为论战前提的。也就是说，吃肉与否具有当政者的资历与资格与否的话题。可见《春秋·庄公十年》的时代（公元前六世纪），能否吃上肉，显然是一件天大的事。一方面"肉食者谋之"，即吃得上肉的，当政或谋大事是其本职，一方面又有人则认为"肉食者鄙"即其实当政者是愚蠢的（不知后来的"高贵者最愚蠢，卑贱者最聪明"一谚是否化于此）。钱锺书的《管锥编》"左传正义"六十七则里有一则专门论及此事。食的内容与餐标，决定了食者的等级与财富，从古至今，似乎变化不大。就"礼"的本质上讲，礼即等级。不然，《礼记》不会如此庄重地申明并表示，《礼记》里那四类人食的内容与标准。唐人的《艺文类聚》有一节专门讲饮食者的地位与属性如何决定其食物内容与餐标。《艺文类聚》据前人典籍提供的资料，把食及美食做了如下划分：王之食（又称"玉食"，"玉食"与"锦衣"相匹配）为"六食六饮六膳百羞百酱八珍"；君子之食为"雁宜麦鱼宜菰"；商贾小贩之食为"饼"；仙之食为"百花珍药之果"；隐者之食为"盐菜"（且"不以酒肉为礼"）等。《艺文类聚》提供的这个谱系，我们看得清楚，首先餐标高低决定地位高低，同时不同的食物还构成了不同的食客类型（这是一件非常值得当下玩味的话题）。《金瓶梅》的作者是明人，写的是宋事。很显然，《金瓶梅》里的美食以及美食的其他衍生物，肯定受到了《东京梦华录》的启示。甚至可以说，《金瓶梅》里的美食与美食带来的衍生品有些便直接源于《东京梦华录》。譬如对食物的管理和分配所呈现的等级，在《东京梦华录》里就写得清清楚楚。在宋的中央政府里就有专管食物的机构。主管大内（禁中）的"内诸司"有一机构叫"殿中省六尚局"，其中有一尚就是"尚食"。"尚食"一局，估计是专为皇室提供美食的机构（但《梦华录》里却没有"贡品"一说）。另有"外诸司"，专管政府物资。在这一机构里，又分"法酒库""内酒坊""牛羊司""乳酪院"等。仅此一端，我们看到皇室及政府的"特供"以及由此产生的特供机关和渠道。又譬如，在《东京梦华录》里，首都汴京即东京的街道布局，就有"御街"和百姓的"夜市"之分。在"御街"，有一称"台上"的超五星酒店，《梦华录》将其定义为"酒店上户"。在这酒店上户里，美食高档且价格不菲，如"银瓶酒七十二文一角""羊羔酒八十一文一角"，这般的价钱，想来不是一般人吃得起的。而在夜市里便是如"凤栖梨""河阳查子""金桔"等平常干果与如"煎鱼""炒野兔""炸片酱"等大众货，每一份不过区区十五钱。可见，在宋一朝，美食已经花样百出，但依然有等级。如果以食的餐标与食的内容来决定礼之高下和人群的贵贱，是整个封建王朝的惯例，那么我们便反观到了《金瓶梅》里的"平等"意识。农本商末，是两千多年中国社会的主流意识形态，但却在明后期被冲击。其实这一态势在宋就开始了的，在《东京梦华录》里，整个开封"纵横万数"的院落形成的"酒肆瓦市"，早已经让宋的京城变成了平民百姓的乐园。连皇家的寺庙"相国寺"内也竟允许"万姓交易"，而花样繁多的食材食物就是交易的重要内容之一。按华夷观念（且元仅有97年历史），明接宋而来，《金瓶梅》又正是状写的大宋市井的场景。因此，《金瓶梅》于食与美食的观念、状写，显示出了作者的非皇室非贵族（据史家认为，晚唐之后，中国就与贵族告别了）身份与写作态度。《金瓶梅》里的主要人物都不是皇家贵胄，仅此一点，它也许就比《红楼梦》更具有平民意义。西门庆虽然腰缠万贯（还是官府的下级官员即财税员），但他并没有进入主流社会，至少是一个连下级军官的武松都瞧不起的人。于是，我们才能从《金瓶梅》里读到那么多在市井人生里关于美食的叙述与描写。

由此，我们发现《金瓶梅》颠覆了原来的食于礼的观念，譬如，不再把"肥"作为重量等级（二等）的美食参数。也就是说，对于"肥"这一原来礼之于某一地位的对应物，在《金》里，已经不把它当回事了。除了这可能与当时饮食美食的时尚有关，极有可能是通过对美食非肥的偏爱，表达了对礼教的厌恶与反动。从叙述与描写的进程看，《金》极吝啬"肥"字。"那婆子正打了一瓶酒，买了一篮鱼、肉、鸡、鹅、菜蔬、果品之类"（第六回）；"西门庆上寿的酒肴，无非是烧鸡、熟鹅、鲜鱼、肉鲊果品之类"（第八回）；"两坛南酒，四只鲜鹅，四只鲜鸡"（第三十九回）；等等。以写尽市井及市井"中产阶级"和"有产阶级"风貌世风的《金瓶梅》来看，可见"肥"在美食里地位的某种下滑。一个正餐（晚餐还是午餐不得而知），大概就是"几碟子菜"与"一锡瓶酒"。这样的餐标，在《金瓶梅》里比比皆是。三十一回"一盘子烧鹅肉，一碟玉米面"；六十七回，来安儿用方盒拿了八碗下饭：一碗熬山药鸡，一碗臊子韭，一碗山药肉圆子，一碗炖烂羊头，一碗烧猪肉，一碗肚肺羹，一碗血脏汤，一碗牛肚儿；六十八回"不一时汤饭上来，黄芽韭烧卖，八宝攒汤，姜醋碟儿"；甚至根本上不得台面的"羊蹄黄芽、臊子韭、肚肺羹、血脏之类"的杂七杂八的内脏之类的腥货（《东京梦华录》里记载了诸如"血羹""生炒肺""灌肺"等），也正儿八经地端上了餐桌。这于《艺文类聚》里的那些"高雅"的食物，显然是一种背叛或者一种挑战。像内脏这种"下三烂"的食料，《金瓶梅》却写得津津有味。这种具有"平民"性质的美食，到了清末民初，即便在大上海，即便殖民统治的进入、租界的形成、西餐的时尚已经怪物般地出现，也就是说市井的食谱有了相当大的变化即多元，但是这类吃牲畜内脏已成为常态，譬如陆士谔（1878—1944）的《十尾龟》有关于吃内脏的桥段："倪雨生便开了个菜壳子，阿根拦住道：'你我通只两人，要这许多菜来做什么。吃又吃不下，白糟蹋也可惜。我看还是少几样，只是可此是了。'雨生拗不过，只得遵命。于是要了红烧大肠、油爆肚、炒肉片、炸八块、醋青鱼、炸虾腰儿几样，又要了两壶京庄酒。"从"肥"及"肥"衍生的豪宴，到吃家养牲畜的内脏再到小吃的风靡，这一市井市民世情的演化，不仅显示出中国传统社会结构的变化，同时也表明食谱的变化。重要的是，显现出中国人于食物（包括它的食料、做法等）美学的变化，以及价值观的变化。于阳谷县，"镏下一两五钱来，教人买了一坛金华酒，两只烧鸭，两只鸡，一钱银子鲜鱼，一肘蹄子，二钱顶皮酥果馅饼儿，一钱银子的搽穰卷儿，送到来兴儿屋里，央及他媳妇惠秀替他整理。"如果这是一桌八人的餐标，那即便在当下也算得上是高档餐标了。这与兰陵笑笑生同时代的袁中郎的美食有异曲同工之妙。袁中郎在其《觞政》十四"饮储"里，记载自家的食谱既简单又不简单：一清品如鲜蛤、糟蚶、酒蟹等；二异品如熊白、西施乳等；三腻品如羔羊、子鹅炙等；四果品如松子、杏仁等；五蔬品如鲜笋、早韭等。这份菜单，袁宏道还专门注明道"下邑贫士，安从办此"。当然，广大"下邑贫士"

是没有这份福气的。不过，这确实不是达官贵人们的食谱与餐标。《金瓶梅》在食谱餐标上经常出现"无非"一词，譬如"安排酒菜上来，桌上无非是些鸡鸭鱼肉嘎饭点心之类"。可见"无非"一词，显露出这群人享受美食的"霸气"，但同样显示这样的餐标，在《金瓶梅》的时代，大概不算什么豪餐的。是说有过前文所提到"煮猩唇""烧豹胎"之类的山珍那般奢侈与浮华，毕竟那不是平常人家和平常日子吃得上的。连一次平常的送礼，礼品便是美食："一坛金华酒，一只水晶鹅，一副蹄子，四只烧鸭，四尾鲥鱼。"（三十五回）于此我们看到，古人的美食，在宋、明两朝，小吃与豪宴已经进入千家万户，而且对于美食的创新成为一种常态：美食里的荤、素、山珍、海味、平常、怪异、小吃、豪宴、酒楼、家居等餐桌上的美食，已经繁花似锦。

宋开启了中国历史中古向近古时代文学艺术和商业文明辉煌的时期。《金瓶梅》产生的年代，是直接接口两宋（按华夷观念，即跳过异族统治的元代）的明代。明代的商业繁荣，特别是明中后期的商业繁荣，事实上并不比两宋差（明末清初的《陶庵梦忆》所记的美食，便可以与《东京梦华录》所记的美食媲美）。《金瓶梅》里的与市井市民世情直接相关的物质与精神"天人合一"的美食所达到的水平，几乎"前无古人"；从活色生香的、丰富多样的关于美食的叙述与描写角度看，甚至可以说"后无来者"。在此之前，从来没有过一部如此细致的关于美食以及美食与人相关的书。可以毫不夸张地讲，一部专写"情色"的巨著，其实，还是一部美食的百科全书呢，而且是第一部。

"酥油泡螺"的别义

拙文《〈金瓶梅〉：第一部美食百科全书》（载《中华读书报》2016年8月10日）说《金瓶梅》中一道著名点心"酥油泡螺"属于"荤点心"。并引申此小吃为今天川菜里的"泡凤爪""泡猪蹄"。此文引起一些美食家和文章家的围观，张宪光先生的《泡螺和鲥鱼——说说张岱与西门庆的"吃"》（载《文汇报》2016年9月25日）指出，泡螺非荤小吃，泡螺"是一种形状类似螺的奶油甜品"。张文此说，大致不差。拙文望文生义，可见为事为文，大意不得。不过，由此话题，倒还可以再谈一些。

张文指"泡螺"为奶油甜品，举明人张岱《陶庵梦忆》卷四"乳酪""方物"两节为证。在"乳酪"里，张岱不仅指出此小吃为"乳酪"制品，而且还将此制作方式公之于众：乳酪"和与蔗浆霜，熬之、滤之、钻之、掇之、印之"，其制作"秘甚"，而且"锁密房，经以纸封固，虽父子不轻传之"；在"方物"里，张岱说，"带骨泡螺"出于苏州，并将其归入山楂丁、山楂糕、松子糖等类。我们知道山楂丁、山楂糕、松子糖属于"蜜饯"干果。于是这便生出一个问题。张岱已经在"乳酪"里明确指出带骨泡螺是乳酪制品，为什么又在"方物"里，将其归入"蜜饯"干果之类？先打住，回到《金瓶梅》里。来看看这东西，究竟何方神圣？

"酥油泡螺儿"在《金瓶梅》(本文引文出自 1992 年人民文学出版社初版一印的《金瓶梅词话》)里，最先出现在第三十二回"李桂姐拜娘认女　应伯爵打诨趋时"("绣像本"作"李桂姐趋炎认女　潘金莲怀嫉惊儿"，下同)。此时，西门庆双喜临门。一是获朝廷命官"金吾卫副千户"(行贿所获)，一是李瓶儿产子官哥儿。在"官筵"(即招待官方和商场中人)、"亲筵"(即招待亲属)、"家筵"(即自家家眷)的喜筵流水席中，"酥油泡螺儿"登场：

> "不想顺月娘正在上房穿廊下，看着家人媳妇定添换菜碟儿；李瓶儿与玉箫在房首拣酥油泡螺儿。"

别看，作者这轻轻一笔，却为李瓶儿的前世今生后身定了调。李瓶儿生子，除潘金莲之外，包括众妻妾在内(至少面子上)，全家上下老幼都高兴。当然最高兴的是西门庆，一是从商人成了官人，二是喜得贵子。但唯独个性极强的潘金莲不高兴。"于是，常怀嫉妒之心，每蓄不平之意"。在家筵时，大娘吴月娘忙个不停，李瓶儿更是喜不自禁，与大娘吴月娘一起，筵前筵后，里里外外打点。具体的事儿就是李瓶儿与玉箫拣酥油泡螺儿备客。这时，潘金莲无事，便从奶妈手中抢过官哥儿"抱在怀里"，并"把那孩儿举得高高的"。正是这一举，埋下了后来官哥儿惊悸的伏笔，以致官哥儿不治身亡，官哥儿的早夭又直接导致了李瓶儿的死。此时此景，作者并没有直接去写这"酥油泡螺儿"如何好吃，而且着重把笔墨投给了李瓶儿、官哥儿、潘金莲、吴月娘等人的关系以及这些人后来的命运。这当然是后话，但草蛇灰线却在此布下，几乎没有痕迹地布下。只有等到官哥儿的死与李瓶儿的死，"酥油泡螺儿"才又一次亮相。因此，崇祯绣像本《金瓶梅》的插图专为此情节画了一画。画中三组人物，右边角是吴月娘在上房穿廊下，监督下人换菜碟，画中心正面偏左是潘金莲高举官哥儿，画面中心便是李瓶儿与玉箫拣酥油泡螺儿。此画，可见当时图画家对《金瓶梅》的理解。"酥油泡螺儿"再次回到小说中来时，是第五十八回"怀妒忌金莲打秋菊　乞腊肉磨镜叟诉冤"（潘金莲打狗伤人，孟玉楼周贫磨镜）。五十八回，西门庆生日大筵后与几个朋友的小吃，添上"果碟儿"，计有"榛松果仁，红菱雪藕，莲子荸荠，酥油螺儿，冰糖霜梅，玫瑰饼"。刚端上，应伯爵就先吃了一个，接着说"倒好吃"，西门庆立马说道："我的儿，你倒会吃，此是你六娘亲手拣的。""六娘亲手拣的"，回应了三十二回"李瓶儿与玉箫在房首拣酥油泡螺儿"伏笔，又为李瓶儿死后托梦西门庆埋下伏笔。于是，"六娘亲手拣的"的"酥油泡螺儿"到了第六十七回更浓墨重彩了。

在这一回"西门庆书房赏雪，李瓶儿梦诉幽情"（"绣像本"也作此题）里，"酥油泡螺儿"出现过两次。第一次是这样的：雪下大了，西门庆留温秀才在书房赏雪，有人送进两盒糕点，一盒装的是果馅顶皮酥，一盒便装的是"酥油泡螺儿"。这物此次登场不同凡响，西门庆对秀才说："你也尝尝！

吃了牙老重生，脱胎换骨，眼见稀奇物，胜活十年人。"这一质感表述远胜于《陶庵梦忆》的表述。这是其一，下面的更为精彩。温秀才吃在口里，入口而化（可见此物确为"奶酪制品"）。此时，温秀才说道："此物出于西域，非人间可有；沃肺融心，实上方之佳味。"这段话有两层意思，一、温必古温秀才并非穷酸秀才，而是一位见多识广之人（第五十八回对温专门作了介绍）；二、也是最为重要的，那就是温秀才指出"酥油泡螺儿"，并非中土原产，而是从西方引入的美食。在五十八回里，曾写道"酥油螺儿"的美味"如甘露洒心，入口而化"。但那只是一个混吃混喝的应伯爵的口感而已。顺便一讲，对于现实中的几乎无所不知的张岱，并不知道"酥油泡螺儿"有这样一说，在张岱看来，"酥油泡螺儿"就是中土父子相传的秘籍所制（看来，关于"酥油泡螺儿"的出处与制作，还可另文关注）。

"酥油泡螺儿"再次出现，则是李瓶儿之死的前兆。当"酥油泡螺儿"在第六十二回隆重登场时，《金瓶梅》这一部大书里的重要关节得以展开。随着书房赏雪的清客增多，美食也就增多了起来。先是正餐的荤菜，随后便是"一碟果馅饼，一碟顶皮酥，一碟炒栗子，一碟晒干枣，一碟榛仁，一碟瓜仁，一碟雪梨，一碟苹波，一碟风菱，一碟荸荠，一碟酥油泡螺"。此时，西门庆从李瓶儿死中回过神来，邀请了这一帮狐朋狗友来家赏雪。在西门庆的三观里，有三件事必备：一、找钱：商业的、做官短吃别人的、因女人发财的（李瓶儿便是）；二、寻女人（同时还喜男风）；三、高级吃货。拙文《〈金瓶梅〉：第一部美食百科全书》里面所有涉及的美食都与西门庆这一吃货有关。在明中晚期，由于皇帝的怠政，朝纲废弛，反而促使了民间商业的繁荣和城市的繁荣，而城市与商业的繁荣，促进了市民的饮食不仅充足而且多姿多彩。美食，于《金瓶梅》以虚构的方式展示，于《陶庵梦忆》则以作家的亲历亲闻展示。《金瓶梅》的杰出在于，这些美食的出现，许多时候就是生活的常态，即使是这一常态，要的是作者丰润的生活与观察（譬如今天的小说，真要写到吃以及食物的丰富和花样，恐怕是谁也写不过《金瓶梅》的作者的）。相比之下，清人袁枚的《随园食单》，无论从数量还是质感，远逊于《金瓶梅》。而且对于《金瓶梅》的作者来说，一些关于美食的场景与重要事件相关。或者说，一些美食的展示，其实就是某一重要事件的道具，进一步讲，有些美食的展示，其实就是那些重要事件的关节。"酥油泡螺儿"就是。

回到第六十七回。就在应伯爵等人品尝这些点心时，《金瓶梅》写道："伯爵道：'可也亏他，上头纹溜就相螺狮儿一般，粉红，纯白两样儿。'西门庆道：'我见此物，不免只使伤我心，惟有死了的六娘他会拣。他没了，如今家中谁会弄他！'。"

如果以西门庆作为全书的一号主角来看，一百回的《金瓶梅》到第七十九回西门庆死就结束了（这一话题不是本文要讨论的）。那在这七十九回里，一干妻妾、媳妇、丫头、妓女，除潘金莲着墨最多外，第二个就数李瓶儿了。仅李瓶儿之死，用了整整五回（即第五十九回至六十三回），如果加上这第六十七回的"李瓶儿梦诉幽情"的话，那就是六回。像这般紧锣密鼓地写一个人，在整部《金瓶梅》中绝无二人！西门庆纵有千坏万烂，但对李瓶儿有那么的一丝真爱（此话题笔者将有专文论述）。远的不说，就是这五回的回目就可以得知（括号里是"绣像本"的回目，可作参证）。五十九回：西门庆摔死雪狮子，李瓶儿痛哭官哥儿（西门庆露阳惊爱月 李瓶儿睹物哭官哥儿）；六十回：李瓶儿因暗气惹病，西门庆立段铺开张（李瓶儿病缠死孽 西门庆官作生涯）；六十一回：韩道国筵请西门庆，李瓶儿苦痛宴重阳（西门庆乘醉烧阴户 李瓶儿带病宴重阳）；六十二回：潘道士解禳祭灯法，西门庆大哭李瓶儿（潘道士法遣解黄巾士 西门庆大哭李瓶儿）；六十三回：亲朋祭奠开筵宴，西门庆观戏感瓶儿（韩画士传达真遗爱 西门庆观戏动深悲）。"酥油泡螺儿"第一次出现，是李瓶儿的喜，这第二次出现则是西门庆睹物思情的悲。上面涉及李瓶儿的这六回里，仅从回目，我们便可以清楚地看到西门庆与李瓶儿的关系：西门庆喜欢李瓶儿或者看重与李瓶儿的关系，不仅是李瓶儿带了一笔横财到西门家，也不完全因为李瓶儿生了西门的子嗣（而且在这六回里，官哥儿已经死去许多日子），而是西门庆与李瓶儿的情感（当然也包括肉体）和关系，与西门庆其他妇人的亲近和关系所没有的。在这一回里，还写了两件事，一件是，西门庆梦到了李瓶儿（这是《金瓶梅》里罕见的情节）；一件是，潘金莲这个未亡人吃亡人李瓶儿的醋。潘见西门庆眼红，就说"只怕你一时想起甚么心上人儿来是的"，西门庆答："没有的胡说，有甚心上人心下人！"这一下激起了潘金莲愤愤："李瓶儿是心上的，奶子是心下的，俺每是心外的人，入不上数！"正是因为如此，李瓶儿在与潘金莲的争斗中（主要是潘的主动挑战），李瓶儿看似失败者（儿早夭，自己也比潘先死），但却在西门庆那里得到了安慰（生前与身后）。就潘金莲后来死而言，李瓶儿的死，算得上是幸福的。于此，我们在《金瓶梅》这部小说里读到了人性的多面与作者对于人性多面的不同解读，以及不同的描述和所给予的不同的认知和同情（当然，《金瓶梅》的对人性恶的批判力度，不比任何一部中国古典小说差）。人性是复杂的，更是幽微的。杰出的作家与杰出的作品之所以能比其他作家和其他作品要杰出，那就是看你能不能去表达人性的复杂与幽微。也许正是这一点，《金瓶梅》对后来的小说的启示，远比它之前与它同时代的小说更具现代意义。除了它直接启蒙了《红楼梦》外，就人性复杂的表达与市井活色生香的描述，以及它的叙事本领，对于 20 世纪初中期的中国小说，是其他古典小说很难比的。借助于明代奶酪甜品这一关节，我们亲身感受和领略了《金瓶梅》这一华彩且跌宕的故事与叙事。

由此，得感谢今天已经看不到了的，也许早已失传了的"酥油泡螺儿"。

宋惠莲，秦可卿的前世

——兼论《金瓶梅》启发了《红楼梦》

　　秦可卿的高颜值与处世妥当，是由荣宁两府的老天牌贾母说出来的："生得袅娜纤巧，行事又温柔和平。"在贾母看来，是"重孙媳中第一个得意之人"（《脂砚斋重评石头记》，上海古籍出版社，1975年）。秦氏在《红楼梦》里虽然出场时间短（第五回与第十三回），如流星一般，但这颗流星却极为耀眼。因为她：一、提纲挈领启动了《红》的立意与格局；二、预示了《红》的人物际遇和命运；三、宝玉的性启蒙者；四、秦氏的死开启了王熙凤时代。研究秦氏是"红学"的重要构件。至于有人独创的所谓的"秦学"，那恐怕只能是"红学"的寄生物，或者说是一个有害于《红楼梦》文本的寄生物。这不是这则小文要叙述的。对于秦氏这样一个不同凡响的人物形象，并非凭空或者横空出世。她有前世，她的前世是宋惠莲。

　　谁是宋惠莲？宋惠莲者，《金瓶梅》西门庆仆人来旺老婆、西门庆私宠者也。

　　宋惠莲出现在第二十二回"西门庆私淫来旺妇　春梅正色骂李铭"（《金瓶梅词话》人民文学出版社1992年版，本文引文未注它本外均出自此本；"绣像本"回目作"惠莲儿偷

期蒙爱 春梅姐正色闲邪"），终在二十六回"来旺儿递解徐州 宋惠莲含羞自缢"（"绣像本"同）。惠莲是这般出场的："那来旺儿，因他媳妇自家痨病死了，月娘新近与他娶了一房媳妇，乃是卖棺材宋仁的女儿。"信手牵出，随意谈来，这是《金瓶梅》大多数人物出场的写法。清人张竹坡为此有一旁批"便妙"。也就是说，《金》里一些关节性人物的出场全然不理会"三突出"的原则。信手出来，却紧接大事。诸君可观，此人原名本不叫惠莲，而叫"金莲"。因潘金莲已在西门大官人府上逐渐长成了霸王花，谁可再唤金莲。于是西门庆大房吴月娘为其改名为"惠莲"。但此惠莲何等了得，前面信手牵出，却紧接浓笔写面貌写衣着写性情。面貌："这个妇人小金莲两岁，今年二十四岁，生的白净，身子儿不肥不瘦，模样儿不短不长，比金莲脚还小些儿"；性情："性明敏，善机变，会妆饰"；衣着："红绸对襟袄、紫绢裙子"。作者还为惠莲出场专门写了一首五古。这一切，对于一个仆人老婆来说，或可以说是划时代的。或者说，是一部《金瓶梅》里罕见的。由于很快与主人西门庆勾搭成奸，惠莲恃宠骄横跋扈，将包括潘金莲在内的一干妻妾不放在眼里。

西门庆喜欢红色，这是因为潘金莲的缘故；西门庆喜欢小脚，也是潘金莲的缘故。这些却在惠莲进入西门府上之后被打破。作者第一次写到惠莲衣着时就已经写了"红绸对襟袄"。二十五回不是专门写惠莲的却重彩写了惠莲的衣着："被一阵风过来，把他裙子刮起，里边露见大红潞绸裤儿，扎着脏头纱绿腿儿，好五色纳纱护膝，银红线带儿"，拿今天的话讲，这衣着便极为性感。而且，惠莲的衣着不输金莲。难怪大房月娘会感叹一句这"贼成精了"。说到小脚，那更为"天人"。紧接二十二回的第二十三回，在最具隐喻色情与成奸文本的"藏春坞"，"西门庆道：'我儿，不打紧，到明日替你买几钱的各色鞋面。谁知你比你五娘脚儿还小！'妇人道：'拿甚么比她！昨日我拿她的鞋略试了试，还套着我的鞋穿。'"这下可不得了了。真的惹上了潘金莲这个原本恃宠的狠主。金莲正好在外听了，于是骂道"这个奴才淫妇"。注意，在一个讲等级的社会里，妻妾，都要比仆人老婆地位高，可能连随房丫头也会比仆人老婆地位高。因此，金莲骂的是"奴才"和"淫妇"。就《金瓶梅》文本来讲，潘金莲大概也应在"淫妇"之列（既跟书童有染，也与晚辈陈经济有奸），但潘金莲骂惠莲为"淫妇"时，则理直气壮。原因便是惠莲是奴才的老婆！所以，我们看到，惠莲明地里是不敢惹金莲的。当惠莲殷勤侍奉金莲左右时，"金莲正眼也不瞧他"。由于是奴才老婆，也由于西门府里众妻妾争夺性权利本身就很激烈，惠莲的介入，命运便可想而知了。尽管清代张竹坡认为，写惠莲是为了写金莲。但就惠莲这一文本的存立与存在，它表明了，在一个等级森严以及为了维护等级（包括像孙雪娥想要维护自己的权利一样）的残忍与血腥，即使是在女人之间。这是《金瓶梅》潜藏着的大手笔。包括由这一文本的"伏脉千里"的命运与后来的报复，无不彰显作者披露等级挑战秩序的意图密切相关。

如果比较惠莲的死与瓶儿的死便可以得知，《金瓶梅》于此的用意。我在《李瓶儿在幸福中死去》（《湖南文学》2017年第9期）一文中说，西门庆在对待六娘李瓶儿的死花去的许多笔墨，无非是想要表明，西门庆与李瓶儿其实是有爱的，至少是有夫妻真情的。那么，在惠莲的死上却完全是另一种文本。由于来旺儿还有些血性（来旺不仅醉骂西门庆，还扬言要杀西门庆），也由于以潘金莲为首的另一方利益，西门庆并没把与惠莲的"奸"放在重要的地位，先是诬陷了来旺（这也为来旺后来的报复埋下伏笔），后又在惠莲第一次自死不成后，没有"心疼"的关照，再一次轻生而亡。在这一回里，把一故事可谓写得惊心动魄。第一次自杀救生后，惠莲看清西门对她的态度时，惠莲说道："你原来就是个弄人的刽子手，把人活埋惯了，害死人还看出殡的。"特别是在惠莲第一次自杀未遂后，西门庆不但没有做出安慰的姿态，反而笑着说道："你休听他撅说，她若早有贞节之心，当初只守着厨子蒋聪不嫁来旺儿了。"但惠莲还想反抗，主要是，一、西门庆站在主人角度，对于一个下人媳妇的床笫之欢，也只是一时的床笫之欢；二、又由于寡不敌众（潘金莲与孙雪娥结成了同盟）；三、更因为潘、孙两人的地位高于惠莲。因此，惠莲第二次愤然地自杀，便不可更改地到来。

宋惠莲是《金瓶梅》里第一个（武二郎误打死的李外传虽然是《金》里第一个死去的，但李并非《金》一书的关节性人物）死去的人。秦可卿是《红楼梦》里第一个死去的人。不是说两人在两书里都为第一个死去的重要人物，而是两人的死有着千丝万缕的联系。《红楼梦》对秦可卿的判词是"情天情海幻情身，情既相逢必主淫。漫言不肖皆荣出，造衅开端实在宁"。秦可卿是一个来历不明的神秘人物。《红楼梦》文本讲，营缮司郎中秦邦业久无子嗣，无奈在五十岁左右抱养一女，官名兼美，小名可儿。其实民间有"压胎"之说，说夫妇如果久久不孕就得先抱养一个别人的娃儿，用不了多久就会亲生的。五十三岁时便老来得子，秦钟的到来就应了这一民间"单方"。不过依"红学"的索隐（包括考据），秦可卿来自比荣宁二府更高位更深层的背景。但秦的结局，却是早殇。判词中"必主淫"虽然在现存的《红楼梦》诸本里没有多少着落，但秦氏的神秘来神秘去，无论如何都是一大事，尤其是"必主淫"。"必主淫"哪儿来的？即便笔者这一说有些牵强，但并非没有根据。它来自宋惠莲及宋惠莲之死。惠莲的来历看似清楚，其实诡谲。惠莲爹爹姓宋名仁（谐音"送人"，而且棺材送人），先卖蔡通判，蔡通判出事（稽查贪腐的人出事）再嫁厨役蒋聪（谐音，不值大钱的"姜葱"），蒋聪未死前，西门庆仆人来旺已与惠莲勾搭上了。这样看来，惠莲原本是命运多舛之人。像这样的"下人"，其来历可记可不记。事实上，这样来历的人，本身是无根的。而秦氏事实上也是无根的（哪怕所谓"秦学"说得天花乱坠），即使死后封了个"龙禁尉"。宋惠莲两次自杀最后死去，除了惠莲作为人的人性本身之外，重要的是，不应攀上但攀上、即使攀上不应恃宠骄横的惠莲与主相淫，结局一开始就命定了的。《金瓶梅》给惠莲的判词是"宋惠莲含羞自缢"。"含羞"，既可以看成《金瓶梅》作者的"哀其不幸"，也可以感受作者的悲悯情怀。这一写作观念和写作姿态，隔了150多年（《金瓶梅》1617；《红楼梦》1784）后，在秦可卿这一人物身上得到回应。或者说宋惠莲就是秦可卿的前世。如果有不同的话，《红楼梦》具有神秘主义的色彩，而《金瓶梅》则完全是接地气的文学文本。尽管它有许多机关，而且它开创了中国小说"草蛇灰线伏脉千里"的写作历程。

李瓶儿在幸福中死去

——兼论西门府里有无真爱

　　《金瓶梅》里，浓墨重彩出场的女性，第一个是潘金莲，第二个就是李瓶儿了。潘金莲、李瓶儿，加上潘金莲的随房丫头庞春梅，摘取三人名字中的一个字，中国文学史便出现了一部前无古人的文学巨著《金瓶梅》。当然，这三人的出场，是以三种截然不同的方式。

　　清河县"数一数二"的财主西门庆与潘金莲的关系，显然属于西门庆主动勾引。西门庆不惜一切代价地（西门庆在《水浒》里死在武松刀下，在《金瓶梅》里死在潘金莲床上，当然这些都是后话）拿下了有夫之妇潘金莲，随后又在潘的同意下收了潘的随房丫头春梅。西门庆与李瓶儿的关系，则是李瓶儿主动。李瓶儿不仅背着其老公花子虚耍尽手段搭上了西门庆，而且将其为数不少的金银财宝等家产一同送给了西门庆。李瓶儿的出场在第十三回"李瓶姐隔墙密约　迎春女窥隙偷光"。李瓶儿的出场是这样的：西门庆应花子虚之邀到花家吃酒，"不想花子虚不在家了，他浑家李瓶儿，夏月间戴着银丝鬏髻，金镶紫瑛坠子，藕丝对衿衫，白纱挑线镶边裙，裙边露一对红鸳凤嘴尖尖翘翘立在二门里台基上……那西门庆三不知正进门，两个撞了个满怀。这西门庆留心已久，虽故庄上见了一面，不曾细玩其详。于是对面见了一面：人生的甚是白净，五短身材，瓜子面皮，生的细弯弯两道眉儿，不觉魂飞天外，魄散九霄，忙向前深深的作揖。"接下来，便有了李瓶儿与西门庆当着花子虚面前调情的事。因花子虚与西门庆同属一类人，纵酒好色无所不为。哪晓得李瓶儿却对西门庆说"好歹看奴薄面，劝他早早回家。奴恩有重报，不敢有忘"。像这样的主动，如小说中所叙，西门"积年风月中走"，哪有什么事儿不知道的。之后的事情，不须多说，自然是一方有情一方有意，苟合便势在必行。不过，西门庆与李瓶儿的苟合，更主动的是李瓶儿。李瓶儿在一次酒局后，支开了自己的老公花子虚，让自己的丫头迎春去叫邻居西门庆过来吃酒。于是，紧接潘金莲与西门庆的风月大戏之后（西门庆纳潘金莲为妾在李之后），又一场风月大戏开场。不过，这一场风月大戏却是以悲剧告终的。

　　《金瓶梅》一书奇就奇在，看似淫到极致的风月，却因为有了西门与李瓶儿后来的故事，变得有许许凄楚与许许温情，甚至有些激越，如鲁迅先生所说，因"描写世情，尽其情伪"而"佳处自在"（鲁迅《中国小说史略》）。"佳处"何在呢？对于一个游戏女性之间的男性西门庆，在众多女性之间，却对李瓶儿尊敬有加。不是因为李瓶儿自带家私委身，也不是因为李瓶儿比西门庆大三岁，甚至还不完全取决于李瓶儿为西门生了一儿子，而是西门庆对李瓶儿有真感情。西门庆与李瓶儿的真情故事从他们的儿子官哥儿生病开始，直到官哥儿早夭，李瓶儿后来也去世为止。《金瓶梅》从第五十三回"吴月娘承欢求子息　李瓶儿酬愿保儿童"到第六十七回"西门庆书房赏雪　李瓶儿梦诉幽情"15回中的10回篇幅（即《金瓶梅》的十分之一）来叙写这一完整的故事。这是一段离奇又真切动人的故事。

官哥儿，西门庆唯一子嗣。自官哥儿诞生在西门家起，西门大官人一家上上下下无不欣喜，当然潘金莲除外。官哥儿出世，最高兴的自然是他的嫡母李瓶儿。于旧中国而言，"母以子贵"，无论皇家还是草民，无论富人还是穷人，大概此话都属金科玉律。不过，由于西门大官人妻妾成群，更由于潘金莲出众的妖冶、狐媚、年轻以及很可能的性技巧过人，在西门庆众多的妻妾里，李瓶儿并非最得宠的。即使是有了官哥儿之后，似乎也一样。但这次不一样了，因为官哥儿得病了。从第五十三回得知，官哥儿的病原本并非什么大不了的病，当然在民间的看法里，官哥儿的病却是一件难症，即"小孩夜哭"。关于小娃娃夜哭，我小学读书时，常常看到电线杆子和街上土墙壁上或木板壁上，歪歪扭扭地贴着"天灵灵地灵灵，我家有个夜哭郎，过路君子念三遍，一觉睡到大天明"的帖子。可见小娃娃夜哭对于一家人是一件多么了不得的事。我不知道我当小娃儿的时候，夜里哭过没有。反正，恐夜哭、防夜哭、治夜哭的事儿，我至今都有印象。在西门庆与李瓶儿看来，官哥儿的夜哭断然是一件大事。第一次请了一游方神医灼龟摸脉后，官哥儿"就放下了眼，磕伏着睡起来了"。这时，《金瓶梅》写道："西门庆心上一块石头，才得放了下来。"从这里看，西门庆对李瓶儿母子的关心，主要缘于西门子嗣官哥儿。但是，我们在下面的情节里，看到的则是，西门庆不仅对官哥儿关心，而且对李瓶儿也很关心。第五十四回"应伯爵郊园会诸友　任医官豪家看病症"，当西门庆听说六娘（即李瓶儿）病了，便"两步做一步走"，走到床边，"见李瓶儿咿嘤的叫疼……西门庆听他叫得苦楚，连忙道：'快去请任医官来看你。'"在这个片段里，有几个动词、形容词的使用，值得一说。先是两步做一步走，来到李瓶儿床前，在西门庆眼里和耳朵里，李瓶儿的叫疼为"咿嘤"；西门庆的感觉为"苦楚"；西门庆立即传下人"快去"请医生。如果，西门庆仅仅只是关心他与李瓶儿的娃娃官哥儿，那么，这一片段里的这些动词与形容词便不可能出现。这些词语表达了西门庆的感情，真实的、没有虚假的感情。《金瓶梅》并没有到此为止，接着下一个片段：当西门庆听说官哥儿的病不见好时，西门庆说道："恁的晦气，娘儿两个都病了，怎的好！留得娘的精神，还好去支持孩子哩。""留得娘的精神"一句，表面看是为了要照看官哥儿，骨子里，关心李瓶儿甚或于关心官哥儿。至少，在西门庆看来，母子两人的病都是他西门庆同样需要关心的。这是李瓶儿作为六娘最值得庆幸的。把人当成是人，便是人文精神的重要标志，尤其把女人当成人。《金瓶梅》出现在 17 世纪初，此时，中国古代社会，似乎已经开始步入新的时代。或者说，明末所呈现的商业文明，极大地改变着农业文明，极大地影响着由农业文明支撑的社会制度和文化。城市的繁华、商业的隆盛，市民社会发展迅猛。市民社会有一重要特征，即对等级不再过于看重（至少与之前相比是如此），对功名轻视，甚至对权力也敬而远之。市民社会，促进了市民社会里人与人的某种意义上的平等。如果，我们剥开以性作为叙事情节关键的《金瓶梅》的外壳，剥离小说里呈现的颓世、色情与淫秽，我们就会发现，《金瓶梅》

里所展示的人与人之间的关心和温情，说不定就是中国小说从正人君子的道统中挣脱走向人文启蒙的一部重要作品。至少，从文学的起承转合来看，这一方面与《三国演义》《水浒传》《西游记》拉开了距离（是否划开了界限，也许另当别论），一方面它开启和直接诱发了《红楼梦》的产生。再一方面，它与同时代的《牡丹亭》交相辉映。

随着官哥儿的早夭、李瓶儿的病重，到李瓶儿的死与托梦，我们可以清晰地看到《金瓶梅》对此的旨意与趣味。官哥儿母子的死与潘金莲直接相关。李瓶儿与潘金莲原本是有君子协定的。在第十三回，西门庆与李瓶儿偷情得手后，潘金莲便得知了。潘金莲进入西门庆家时，已是第五房，而且是最得宠的小妾。潘不仅人长得极标致妖冶，且利嘴巧舌、机变伶俐，一举成为西门大官人家的霸王花。不过，李瓶儿并非一个善茬，通过西门庆，又是送大礼，又愿意矮下身段向潘金莲磕头，还愿意给潘金莲做鞋。这样，潘金莲与西门庆约法三章，只要西门庆遵守，潘金莲便会接受李瓶儿。这样，李瓶儿在老公花子虚死后便顺理成章地嫁到了西门大宅，做了五房潘金莲之后的第六房。不过，自李瓶儿"有了官哥儿，西门庆百依百随，要一奉十，每日争妍竞宠"——事实上，在李瓶儿有了身孕之后，潘金莲与李瓶儿的君子协定就已经沦为废纸——对于西门大宅的霸王花潘金莲来说，岂能容忍李瓶儿的好人缘。君子协定被撕破，其实，凡是涉及利益（当然包括性利益），君子协定从来就是一个无效协定。或者说，协定双方或多方从来就是此一时彼一时的敌人而已，从无例外。李瓶儿，虽然年龄比潘金莲大，可能标致程度也不如潘氏，至少妖冶达不到潘氏水平。但是她为西门大官人生了一位血脉继承人，而且官哥儿出世时，西门庆此前只是清河县的大财主，居然获得朝廷命官"金吾卫副千户"的职务（当然这跟西门庆行贿东京蔡太师有关）！第三十回由此写道，当官哥儿出世时，"合家无不欣悦"。

这样一来，金瓶二人争风吃醋的战争，就从原来的暗战，演变成了明斗。潘金莲训练猫儿"雪狮子"攻击穿红色衣服的人，居然很快就奏了效。但没有想到的是，原本只是想吓吓李瓶儿母子（官哥儿怕猫），哪晓得"雪狮子"的攻击却要了官哥儿的小命。官哥儿的早夭，也让李瓶儿紧随官哥儿的脚步去了生命的另一边。在这一桥段里，我们看到了人性极为丑陋的一面，而且，我们还从这一桥段所呈现的转喻文本里，隐隐约约地看到晚明王朝的衰落，以及无可奈何花落去的预势与不可逆转趋势。不过，杰出的文学作品，在于它的多维度，在于它对人性（自然也还包括了社会）多维度的感悟、理解、认知和表现，在于这一作品的复杂性，以及由多维度、复杂演绎的文学的丰富性和人性的丰富性。

这便是，在这重要的故事里，西门庆与李瓶儿的关系，并不只有性的关系，西门庆与李瓶儿的两性关系是有感情基础的，或者说，西门庆与李瓶儿的感情就是爱情。西门庆与李瓶儿的感情叙事以及由此构成的情节，在《金瓶梅》里是独一无二的。当西门庆听说"雪狮子"吓坏了官哥儿时，第五十九回写道："西门庆不听便罢，听了此言三尸暴跳，五脏气冲，怒从心上起，恶向胆边生，直走到潘金莲房中，不由分说，寻着猫，提溜着脚，走向穿廊，望石台基抡起来只一摔，只听响亮一声，脑浆迸万朵桃花，满口牙零噙碎玉。"这时的潘金莲根本不服气，"待西门庆出了门，口里喃喃呐呐骂道：'贼作死的强盗，把人装出去杀了才是好汉！一个猫儿碍着你味屎？亡神也似走的来摔死了'……"西门庆此时不理潘金莲，径直来到李瓶儿处，大骂下人："我教你好生看着孩儿，怎的教猫唬了他，把他手也挝了！又信刘婆子那老淫妇，平白把孩子灸的恁样的。若好便罢，不好把这老淫妇拿到衙门里，与他个两拶！"如果说这场面，于西门庆来说，更多地是为了自己的唯一子嗣官哥儿所干出的叫西门大宅里的一干男女、老少、妻妾、婆子、丫头吓得魂飞魄散的事。但接下来，官哥儿已经走了，李瓶儿病了，李瓶儿死了，李瓶儿托梦了。西门庆的态度，或者说西门庆对李瓶儿所表现出来的态度与感情，就让我们刮目相看了：

官哥儿病重，花子虚托梦诅咒李瓶儿，次日李瓶儿将梦告诉西门庆，西门庆却对李瓶儿说"此是你梦想旧境。只把心来放正着，休要理他"；官哥儿早夭，第五十九回写道"西门庆乱着，也没往衙门中去"；官哥儿出殡当日，西门庆"恐怕李瓶儿到坟上悲痛，不叫他去"；西门庆从坟上回家，"拿出一匹大布、二两银子谢了徐先生，管待出门。晚夕入李瓶儿房中陪他睡。夜间百般言语温存"。这些桥段，一层紧接一层地显现出，一个并非十恶不赦，但劣迹斑斑，不是淫棍但胜比淫棍的西门庆，就事（即西门庆与李瓶儿）说事，于此却见到了善良的一面：从痛惜自己独子早逝到怜惜李瓶儿的过程，我们看到了西门庆身上和心上的某种变化。甚至可以说是某种剧变。由痛（儿）到怜（瓶），由怜到爱（瓶）的剧变。面对这样的剧变，并非西门庆单方面的。在《金瓶梅》里，我们看到了它是由双方共同来建构这一剧变的。或者说，西门庆从怜到爱，事实上也是因为李瓶儿对西门庆是真正的好。从道统角度看，至少李瓶儿对西门庆的"守贞"，李瓶儿与潘金莲、庞春梅两人的"乱伦"（两人都与陈经济有染），显然具有"高标"的格局。官哥儿走后不久便是当年的重阳节，西门庆与众妻妾在自家花园赏菊喝酒。李瓶儿原是不打算去的，但因西门庆再三地请（"请了半日"）李瓶儿才姗姗来迟。不过，一到现场，李瓶儿便"强打着精神，陪西门庆坐"。请注意，西门庆的大房正室、二房、三房、四房、五房都在场，唯《金瓶梅》写到李瓶儿"陪西门庆坐"。可见，西门庆愿意让李瓶儿坐在自己的身边，而李瓶儿则主动地就坐在了西门庆的身边。这一细节，虽然在第六十一回一晃而过，似乎是极为平常的一个细节，但是细读起来，其深意是显然的。它至少表达了，西门庆、李瓶儿与西门庆及其他妻妾的关系有所不同，同时表达出李瓶儿对西门庆的依恋，而这种依恋与莲（潘金莲）、梅（春梅）是不同的。

如果不是《金瓶梅》第六十二回目"潘道士解禳祭灯坛 西门庆大哭李瓶儿"所示，谁会相信像西门庆这样一个官场吃一半、商场通吃的花天酒地、游戏人间且无所不能的人会"大哭李瓶儿"！但是，《金瓶梅》居然就有这么一回。这一回，不仅庄重地写出西门庆与李瓶儿的关系，而且浓墨重彩地写出了西门庆对李瓶儿的爱怜。在这一回里，李瓶儿的病愈发沉重起来，西门庆便愈发地不安。请看下面这样的情景和两人的对话，还真有些感天动地的意味：

西门庆见他胳膊儿瘦得银条相似，只守着在房内哭泣，衙门中隔日去走一走。李瓶儿道："我的哥，你还往衙门中去，只怕误了你公事。我不妨事，只吃下边流的亏，若得止住了，再把口里放开，吃些饮食儿，就好了。你男子汉，常绊住你，在房中守着甚么！"西门庆哭道："我的姐姐，我见你不好，心中舍不的你。"李瓶儿道："好傻子，只不死，死将来你拦的住那些！"（第六十二回）

这里，李瓶儿对西门庆是真正的好。李瓶儿没有因为自己的骨肉官哥儿的早夭怪罪西门庆，反而设身处地地为西门庆着想。希望西门庆不要常来陪她，要想到自己官场的公职事情，希望西门庆作为一家之主的男子汉要担当得起（哪怕自家子嗣早逝）。请各位看官注意，《金瓶梅》于此写道："西门庆哭道：'我的姐姐，我见你不好，心中舍不的你。'"一句"我的姐姐，我见你不好，心中舍不的你"，不正是见证了西门庆与李瓶儿的真挚感情吗？也许，西门庆对其他女性也说过类似的话。但显然，如果那些话的对象不是李瓶儿而是如潘金莲、庞春梅以及勾栏青楼女子，"心中舍不的你"，只是西门庆这样一个花花太岁的甜言蜜语，而在这样一个特定的"在场"，"心中舍不的你"，无论怎样解读，都只有一个结论，那就是真实的、真情的。而且，最为重要的是，这一"在场"中一男一女是互动的。这般的互动，不是功利的互动，而是情感的互动，是基于一男一女两心交流的互动。虽然，我们也可以把它看成是一对夫妻相敬如宾。但是，我们在整部《金瓶梅》一百回里，除此情节，再没有第二个类似的情节。接下来，是这一场景的升级版：

西门庆道："此是你神弱了，只把心放正着，休要疑影他。管情请了他，替你把这邪祟遣遣，再服他些药儿，管情你就好了。"李瓶儿道："我的哥哥，奴已是得了这个拙病，那里好甚么！若好，只除非再与两世人是的。奴今日无人处，和你说些话儿，奴指望在你身边团圆几年，死了也是做夫妻一场，谁知到今二十七岁，先把冤家死了，奴又没造化，这般不得命，抛闪了你去了。若得再和你相逢，只除非在鬼门关上罢了。说着，一把拉着西门庆手，两眼落泪，哽咽，再哭不出声来。那西门庆亦悲恸不胜，哭道："我的姐姐，你有甚话，只顾说。"两个正在屋里哭，忽见琴童儿进来，说："答应的禀爹，明日十五，衙门里拜牌，画公座，大发放，爹去不去？班头好伺候。"西门庆道："我明日不得去，拿我的帖儿，回你夏老爹，自家拜了牌罢。"琴童应诺去了。李瓶儿道："我的哥哥，你依我，还往衙门去，休要误了，你公事要紧。我知道几时死，还早哩！"西门庆道："我在家守你两日儿，其心安忍！你把心来放开，不要只管多虑了。刚才他花大舅和我说，教我早与你看下副寿木，冲你冲，管情你就好了。"李瓶儿点头儿，便道："也罢，你休要信着人，使那憨钱，将就使十来两银子，买副熟料材儿，把我埋在先头大娘坟旁，只休把我烧化了，就是夫妻之情。早晚我就抢些浆水，也方便些。你惹多人口，往后还要过日子！"西门庆不听便罢，听了如刀剜肝胆、剑锉身心相似。哭道："我的姐姐，你说的是那里话！我西门庆就穷死了，也不肯亏负了你！"

如果说一方怕误了公事一方舍不得你的这一幕是西门庆李瓶儿关系和真情的 1.0 版本的话，那现在这个版本便是 2.0。李瓶儿对西门庆是真依恋，西门庆对李瓶儿是真割舍不下。下面是这一版本的继续升级：

李瓶儿的弥留之际的场景是这样的：

> 李瓶儿道："我的哥哥，你还哄我哩，刚才那厮领着两个人又来，在我根前闹了一回，说道：你请法师来遣我，我已告准在阴司，决不容你！发恨而去，明日便来拿我也。"西门庆听了，两泪交流，放声大哭道："我的姐姐，你把心来放正着，休要理他。我实指望和你相伴几日，谁知你又抛闪了我去了。宁教我西门庆口眼闭了，倒也没这等割肚牵肠。"那李瓶儿双手搂抱着西门庆脖子，呜呜咽咽悲哭半日，哭不出声，说道："我的哥哥，奴承望和你并头相守，谁知奴今日死去也。趁奴不闭眼，我和你说几句话儿：你家事大，孤身无靠，又没帮手，凡事斟酌，休要那一冲性儿。大娘等，你也少要亏了他的。他身上不方便，早晚替你生下个根绊儿，庶不散了你家事。你又居着个官，今后也少要往那里去吃酒，早些儿来家，你家事要紧。比不的有奴在，还早晚劝你。奴若死了，谁肯只顾苦口说你？"西门庆听了，如刀剜心肝相似，哭道："我的姐姐，你所言我知道，你休挂虑我了。我西门庆那世里绝缘短幸，今世里与你做夫妻不到

头。疼杀我也！天杀我也！"

李瓶儿死时的场景是这样的：

> 西门庆听见李瓶儿死了，和吴月娘两步做一步，奔到前边，揭起被，但见面容不改，体尚微温，脱然而逝，身上止着一件红绫抹胸儿。这西门庆也不顾的甚么身底下血渍，两只手抱着他香腮亲着，口口声声只叫："我的没救的姐姐，有仁义好性儿的姐姐！你怎的闪了我去了？宁可教我西门庆死了罢。我也不久活于世了，平白活着做甚么！"在房里离地跳的有三尺高，大放声号哭。

如果我们认定《金瓶梅》是天下第一淫书（今天我们看到的洁本，到处都是"此处删节若干字"和注明），如果我们认定西门庆是天下第一淫棍（《金瓶梅》在第七十九回也确实写了"西门庆贪欲得病"因淫欲过度致死）；那么我们很难读到这动人心魄撕人肺腑的场景。如此有质感、如此真性情的描写，我敢说《红楼梦》里也是少见的，或者说是没有的。《红楼梦》第七十七回晴雯之死，第九十八回黛玉之死的场景，显然没有李瓶儿之死的场景这样撕人心肺。晴雯之死，男主角写了一首含蓄的《芙蓉女儿诔》；黛玉之死，男主角什么也没有表示，顶多就只有一句旁白"香魂一缕随风散，愁绪三更入梦遥"。在《金瓶梅》第六十二回里，西门庆面对李瓶儿沉疴难起，随后李瓶儿的归天。西门庆与李瓶儿两人的互动，特别是西门庆大哭时的场景，没有人可以怀疑西门庆对李瓶儿的感情，正是刻骨铭心的爱情！当然，李瓶儿对西门庆的依恋与真心，同样是真实真情的，而且几乎可以说是纯洁的。此时，如果简单地用"反礼教"来认定《金瓶梅》的积极意义，显然还是低估了《金瓶梅》的美学高度和人性描写力度。我们再从统计学的角度上讲，还有一件饶有趣味的事值得一说。《金瓶梅》里写了许多两性交流的色情场面，一百回里几乎回回都有，有的一回里便有多处。但《金瓶梅》在写西门庆与李瓶儿两性"在场"时，"色笔"却很吝啬，大约只两三次。一次李瓶儿与西门庆（十三回）完成了两人私约，一次西门庆得知李瓶儿怀有身孕之后（二十七回）。还值得注意的是，《金瓶梅》写西门庆与李瓶儿床第之私的场景比西门庆与其他女性床第之私的场景也干净许多（几乎没有性器官的直接描写）。这一状态，极像《红楼梦》里对贾宝玉与贾琏关于风月描写的不同态度。《红楼梦》里贾宝玉涉黄只有一次，即与袭人初试云雨情，贾琏涉黄不胜枚举，连丫头都不放过的。如果，这种类似统计学的考证多少有些道理的话，那么我们便可以看到《金瓶梅》对西门庆与李瓶儿之间爱的个中秘密。

万历丁巳（1617），东吴弄珠客为《金瓶梅》所写的序里，对于金、瓶、梅三人有这样一句判词："金莲以奸死，瓶儿以孽死，春梅以淫死。"潘金莲之死与庞春梅之死不是这则小文的话题，但万历丁巳东吴弄珠客《金瓶梅》序里的"瓶儿以孽死"的判词，显然有些蹊跷。是因为瓶儿背夫偷汉子，还是瓶儿背夫拿走夫家钱财嫁与西门庆（《金瓶梅》有花子虚托梦诅咒李瓶儿的桥段），如果用传统的男可多妻妾，而女一夫守终的观点看，显然，李瓶儿的官哥儿早逝与李瓶儿自己的死亡，都因自家所造之孽的报应。就算这可以看成是那一时代的官方文本，或者可以看成是正人君子天经地义的诅咒。但是，《金瓶梅》为什么会写出像西门庆与李瓶儿这样一对有真感情的男女呢？如果这只是一部淫书，西门庆也只是一淫棍，无论如何是说不过去的。也许，这正是《金瓶梅》的伟大之处（至少是杰出之处）。我们已经看到，西门庆与李瓶儿这一对人物关系所展现的，刚好是对原来正统观念的颠覆。它不仅仅只是为了西门庆与李瓶儿这双男女的真情证明，也还不仅仅是为了给西门庆这样一个花花太岁原本有真爱情感的证明，事实上，这一文本的转喻，有可能表达这一部诞生于 17 世纪初的小说，具有与欧洲文艺复兴时文学艺术的"样式"，即通过此显现出启蒙意义。事实上，我们完全可以将西门庆与李瓶儿的这一文本，看成是明末商业社会初步得到发展，并在此基础上产生的市民社会中，男女解放和男女爱情思想解放的转喻或借喻。如果再把同一时代的《牡丹亭还魂记》等明戏联系在一起读的话，那么我们会更加清楚地看到，《金瓶梅》里西门庆与李瓶儿的关系，是对"万恶淫为首"天条的挑战与颠覆。李瓶儿的死，显然不是什么孽死。更为要命的是，在这一文本中的西门庆，花花太岁并非十恶不赦。相反的，我们看到这样一个"在场"，其场景说不上宏大，但绝不是琐屑不值一提的小场景：如果你是李瓶儿，你有这样的西门庆，你不会遗憾，相反，你会如李瓶儿那样无憾地走进生命的尽头而觉得庆幸；如果你是西门庆，你一定会因为你有了李瓶儿，你的心灵会得到净化（至少在这一特定的"在场"里），你会因为有了李瓶儿这样的女性，你会觉得做男人才有了意义。人的解放和人的自由，尤其是女性的解放以及女性的性的自由，正是文艺复兴从神本位到人本位的要素之一。《十日谈》（14世纪中期）里有许多僧神侣乱性的"在场"，17世纪初期的《金瓶梅》有许多市民乱性的"在场"。倘若我们抛开这两书里的"乱性"的"在场"描写（笔者接触的是李毅译本，其"在场"比《金瓶梅》不知"干净"多少倍）——我们可不可以将两书大胆地放在同一平台上类比——事实上，我们看到了一个共同的"在场"，那就是对正统的挑战。《十日谈》挑战中世纪宗教的虚伪、丑陋和宗教对人性的戕害，《金瓶梅》则挑战"存天理灭人欲"的程朱理学对人性的压抑。也许，我们还可以从另外的视角来观察。《金瓶梅》以两性"在场"为主元素所建构起来的文本，也许还有两个维度或两种指向值得我们思考。一个是，《金瓶梅》中出现的大量露骨的色情乃至淫秽的性描写和性场景，表明了明末文化的开放，从中折射出时人的解放；另一方面，这样的开放所带来的全社会颓废以及奢靡的风气，则加快了原本固有社会结构和固有文化形态的瓦解。

话题再次回到西门庆与李瓶儿两人的故事上来——因为西门庆与李瓶儿的故事还没有完。李瓶儿"三七"时，除了我们见识了在明代的民间丧葬（尽管是有钱人的丧葬）的习俗之外（《金瓶梅》里众多的关于市民生老病痛饮食男女的自然主义的描写，正是《金瓶梅》这一作品的现实意义之一），同时还见证了西门庆对李瓶儿的真情。葬礼之后，第六十五回写道："西门庆不忍遽舍，晚夕还来李瓶儿房中，要伴灵宿歇。见灵床安在正面，大影挂在旁边，灵床内安着半身，里面小锦被褥，床几、衣服、妆奁之类，无不毕具，下边放着他的一对小小金莲，桌上香花灯烛、金碟樽俎，般般供养，西门庆大哭不止。令迎春就在对面炕上搭铺，到夜半，对着孤灯，半窗斜月，翻复无寐，长吁短叹，思想佳人。"不仅如此情意绵绵，精彩的还有"绣像本"这一回的回目，这一回目名为"愿同穴一时丧礼盛　守孤灵半夜口脂香"。"同穴"显然来自白居易的《长恨歌》。可见，西门庆对李瓶儿的态度，哪是一个花花太岁的品行可以言说的。西门庆有这般的态度，那李瓶儿呢？在第六十七回，《金瓶梅》完全不顾为文啰唆的忌讳，又写了李瓶儿跟西门庆托梦一事：

> 西门庆就歪在床炕上眠着了。王经在桌上小篆内炷了香，悄悄出来了。良久，忽听有人掀的帘儿响，只见李瓶儿蓦地进来，身穿橪紫衫、白绢裙，乱挽乌云，黄恹恹面容，向床前叫道："我的哥哥，你在这里睡哩，奴来见你一面。我被那厮告了我一状，把我监在狱中，血水淋漓，与秽污在一处，整受了这些时苦。昨日蒙你堂上说了人情，减我三等之罪。那厮再三不肯，发恨还要告了来拿你。我待要不来对你说，诚恐你早晚暗遭他毒手。我今寻安身之处去也，你须防范来。没事少要在外吃夜酒，往那去，早来家。千万牢记奴言，休要忘了！"说毕，二人抱头放声而哭。西门庆便问："姐姐，你往那去？对我说。"李瓶儿顿脱撒手，却是南柯一梦。西门庆从睡梦中直哭醒来，看见帘影射入书斋，正当日午，追思起，由不的心中痛切。

这一"在场"至少有两个要旨。一、李瓶儿对西门庆的关心、依恋和爱，真是人鬼不可比。连阴间有人想加害西门庆，李瓶儿都会回到阳间托梦于西门庆，提醒西门庆要注意。仅是如柳絮与流水的情与性，谁能像李瓶儿这般的痴情与执着。二、西门庆对李瓶儿的情分，如果只是"夫妻一场"，那就太肤浅了。因为，西门庆除对李瓶儿外，从来不曾有过这样的白天大哭、夜间也大哭的场景，或者说，西门庆对其他女人的接触把玩从来就是以性满足为前提与目的。但对李瓶儿却不是这样的。即使我们不从"爱情"的角度谈，仅从这一"在场"看，至少这一桥段颠覆了两个方面的秩序。一是颠覆了男尊女卑的秩序，一是颠覆了妻尊妾卑的关系。这个关系所呈现的秩序，正是以男权为中心的古代中国的社会与家庭的秩序。而这一秩序的本质，就是剥夺了女性权利。更何况，李瓶儿对西门庆的依恋与西门庆对她的爱怜是真实的。有西门庆这样的爱恋，李瓶儿的早逝便不算不幸，而是大幸了。甚至可以说，与西门庆的众妻妾来说，或者再放大点说，与《红楼梦》中的可卿、黛玉、晴雯、尤三姐、金钏等众女神的死相比，李瓶儿的死，真算得上是幸福的（至少是温暖的）。因为，李瓶儿从病重到死，得到了花花太岁西门庆的爱，真实的爱，而不像黛玉所获得的爱仅是隔空放电的精神之爱。同时，对于西门庆来说，因为有了与李瓶儿的这段感情，西门庆或许可以洗脱一些自己身上的污点。或者，西门庆与李瓶儿的关系，是不是一个关于人类纵欲后忏悔的故事呢？虽然，西门庆最后还是纵欲而亡。

唯是女性讲脏话

——兼论脏话的社会学意义

　　《金瓶梅》作为"第一奇书"（清初张竹坡语），即便在语言方面，在当时和之后的中国白话古典小说中也是罕见的。在该书的语言方面，官话与方言混杂，不同的方言如鲁方言、吴方言也混杂（可以参考20世纪30年代灵犀的《金瓶小札》，就是一篇专门研究《金瓶梅》方言俗语的重要"金学"文章。上海古籍出版社1990年出版的《〈金瓶梅〉鉴赏辞典》里收集注释的方言俗语，比较系统。台湾里仁书局2009年修订版的梦梅馆校本《金瓶梅》里的陈昭、黄霖对方言俗语的注释极尽其力。日本学者上野惠司《从〈水浒传〉到〈金瓶梅〉——重复部分语词的比较》"附记之一"专门设有《金瓶梅》"山东方言与官话对比一览表"等）。《金瓶梅》中的方言俗语既多且怪，语法也极为怪诞（如否定句的否定词用于谓语后等）。最奇特而且最诡异的是，《金瓶梅》一书的脏话大都来自女人们。尤其来自以主角为书名的三女性潘金莲、李瓶儿、庞春梅，特别是金莲、春梅的脏话为最高级。这与大致同时期的《水浒传》，脏话为男人的专属不同，又与后来的《红楼梦》基本用雅词有更大区别。仅此语言能指与所指，《金瓶梅》便是一部中国小说史上独一无二的作品：完全自然与完全写实的语言，就这一点而言，作者是一个具有极高语言天赋的小说家。

此文只以"金""瓶""梅"三女性的脏话为例。

> 武大每日卖炊饼，赚钱不多，准备搬家。金莲骂武大："贼混沌，不晓事的……"又后骂："呸，浊才料！"

武大回到房里问金莲道："我叫他又不应……正不知怎的了？"金莲骂道："贼混沌虫！有甚难见处！那厮羞了，没脸儿见你，走出去了……"金莲又骂道："混沌魍魉，他来调戏我，倒不乞别人笑话……"（按：金莲对武大、武二兄弟的骂，为一部《金瓶梅》首骂。再就是从后来的金莲之骂看，此两骂还算是文明的，毕竟还算不得太脏）《金瓶梅》里骂语写得极多，如第四回王婆与郓哥对骂：王婆骂郓哥："贼贪娘的小猢狲！你敢高做声，大耳刮子打出你去。"郓哥回骂："贼老咬虫，没事便打我！"（按：小议文学的"俗"与"雅"。打架角孽，骂人骂街，是市民生活的重要组成部分，同时也是这部作为旷世巨著的《金瓶梅》的重要元素。别人以"雅"为文学的高贵，《金瓶梅》以"俗"为文学的深广。雅的文学未见得比俗的文学更能流传下来，在此前的《诗经》里的"风""雅""颂"，显然，通俗的"风"更让后人喜欢。相比于明代四大奇书中的其他三部《西游记》《三国演义》《水浒传》，就其文学性和历史价值，无一可以与《金瓶梅》相颉颃。文学不是历史胜过历史的感性，文学不是教科书，但胜过教科书的说教。文学只对生活的真实负责，文学只与作者叙事观念、叙事本领和语言天赋相关联，或者说文学在取悦它的读者的同时，也要对它的读者负责。）

金莲见西门庆从花家回来，撮着他耳朵骂道："好负心的贼！你昨日端的那里去来？把老娘气了一夜！你原来干的那茧儿，我已是晓得不耐烦了！趁早实说，从前已往，与隔壁花家那淫妇偷了几遭？——说出来，我便罢休。但瞒着一字儿，到明日你前脚儿过去，后脚我就吆喝起来，教你负心的囚根子死无葬身之地！你安下人标住他汉子在院里过夜，却这里要他老婆。我教你吃不了包着走！嗔道昨日大白日里，我和孟三姐在花园里做生活，只见他家那大丫头在墙那边探头舒脑的，原来是那淫妇使的勾使鬼来勾你来了。你还哄我老娘！前日他家那忘八，半夜叫了你往院里去，原来他家就是院里！"（按：自家本也算得上是一"淫妇"，骂别的女人最厉害的话也是"淫妇"。有明一代，"淫妇"虽是骂人的狠话，但也可能就是一句口头禅。就如四川话里"格老子""龟儿子"一样。）

春梅骂另一侍候金莲的灶房丫头秋菊："贼奴才，娘要卸你那腿哩！……"；又骂："没的扯屁淡！……"（按：此时的春梅不过十六七岁的姑娘，便用"屁"字骂人。之所以如此，因为刚被西门庆所收，所以便与金莲一般的可以开骂。另，女性性权利的获得，有时比经济地位和社会地位还重要。）

金莲与琴童私通被李娇儿告发，西门庆质问金莲。金莲申辩还骂娇儿："恁一个屎不出来的毛奴才，平空把我篡一篇舌头！"金莲向孟玉楼哭道："我到明日，再和这两个淫妇冤仇结得有海深。"（按：金莲骂人，就是金莲作为西门庆霸王花的武器之一。或许也是一种女性自由的表征。）

花子虚犯事要用花公公留下的钱，不料瓶儿整整骂了四五天：骂道："呸！魍魉混沌，你成日放着正事儿不理，在外边眠花卧柳，只当被人弄成圈套，拿在牢里……多亏了隔壁西门大官人……"瓶儿又骂道："呸！浊蠢才！我不好骂你的。你早仔细好来，围头儿上不算计，圈底儿下却算计。千也说使多了，万也说使多了，你那三千两银子能到的那里？蔡太师、杨提督好小食肠儿！不是恁大人情，平白拿了你一场，当官蒿条儿也没曾打在你这忘八身上，好好儿放出来，教你在家里恁说嘴！人家不属你管辖，你是他甚么着疼的亲？平白怎替你南上北下走跳，使钱教你！你来家也该摆席酒儿，请过人来，知谢人一知谢儿，还一扫帚扫得人光光的，到问人找起后账儿来了！"几句连搋带骂，骂得子虚闭口无言。（按：在对待不中意的男人，瓶儿这一狠角色丝毫不输金莲与春梅。这是瓶儿上半场即未入西门府家时最狠最恶的事件。但到了西门府后，不见瓶儿这般狠地骂人了。到金莲上位设计陷害瓶儿时，瓶儿竟"敢怒而不敢言"。）

金莲骂道："贼没廉耻的货！头里那等雷声大雨点小，打哩乱哩。及到其间，也不怎么的。我猜，也没的想，管情取了酒来，教他递。贼小肉儿，没他房里丫头？你替他取酒去！到后边，又叫雪娥那小妇奴才屄声浪颡，我又听不上。"（按：贼，当是一贬义词。或可能也是一句口头禅。）

李铭不知好歹，想调戏春梅。被春梅怪叫起来，骂道："好贼王八（"绣像本"作"忘八"）！你怎的捻我的手，调戏我？贼少死的王八，你还不知道我是谁哩！一日好酒好肉，越发养活的你这王八圣灵儿出来了，平白捻我的手来了。贼王八，你错下这个锹撅了。你问声儿去，我手里你来弄鬼！参来家等我说了，把你这贼王八，一条棍撺的离门离户！没你这王八，学不成唱了？愁本司三院寻不出王八来？撅臭了你这王八了！"（按：春梅此处骂李铭"王八"共十九次。春梅骂"王八"十九次，一气呵成、汪洋恣肆。对女性的维权，真可谓大快人心，为全书骂人最精彩处。）

金莲隔山骂惠莲："落后正月里，他参要把淫妇安托在我屋里过一夜儿，吃我和春梅折了两句，再几时容他傍个影儿！贼万杀的奴才，没的把我扯在里头。好娇态的奴才淫妇，我肯容他在那屋里头弄碜儿？就是我罢了，俺春梅那小肉儿，他也不肯容他。"又骂道："左右的皮靴儿没番正，你要奴才老婆，奴才暗地里偷你的小娘子，彼此换着做！贼小妇奴才，千也嘴头子嚼说人，万也嚼说，今日打了嘴，也不说的！""我若是饶了这奴才，除非是他俞我来。"

金莲道秋菊："敢是俞昏了，我鞋穿在脚上没穿在脚上，我不知道？"又骂道："我饶了小奴才，除非饶了蝎子。"

又骂道："贼奴才，还教甚么屄娘哩，他是你家主子前世的娘！……取刀来，等我把淫妇剁作几截子，掠到茅厕里去！叫贼淫妇阴山背后，永世不得超生！"（按：金莲出口成脏，是金莲外露嚣张的个性使然。也是明朝中晚期那个时代市井生活、市民社会的真实场景。或许也是一种女性自由的表征。）

　　春梅骂琴童："怪囚根子！有甚话，说就是了，指手画脚怎的？"那琴童笑了半日，方才说："看坟的张安，在外边等爹说话哩。"春梅道："贼囚根子！张安就是了，何必大惊小怪，见鬼也似！悄悄儿的，爹和娘睡着了。惊醒他，你就是死。你且叫张安在外边等等儿。"

　　春梅道琴童："怪囚！失张冒势，唬我一跳，有要没紧，两头游魂哩！"（按：主仆二人何等相似，又何等的不同。金莲骂骂得直，春梅骂骂得有娇嗔。表达了春梅的智慧无胜于金莲，也为后来春梅的独立埋下伏笔。）

　　春梅骂玉箫："好个怪浪的淫妇！见了汉子，就邪的不知怎么样儿的了，只当两个把酒推倒了才罢了……"（按：春梅与玉箫，同为西门府丫头，此丫头非彼丫头。全因春梅被西门庆所收，也因春梅的个性张扬使然。）

　　李瓶儿生子满月时一家宴丢了一壶。瓶儿骂道："这囚根子，他做甚么拿进来？后边为这把壶好不反乱，玉箫推小玉，小玉推玉箫，急得那大丫头赌身发咒，只是哭。你趁早还不快送进去哩，迟回管情就赖在你这小淫妇儿身上。"（按：瓶儿自进西门府，少见瓶儿骂人。现在瓶儿有了西门庆的子嗣，母以子贵，瓶儿可以大声霸气地骂人了。）

金莲见瓶儿生子，骂道："怎不逢好死，三等九做贼强盗！这两日作死也怎的？自从养了这种子，恰似生了太子一般，见了俺每如同生刹神一般，越发通没句好话儿说了，行动就睁着两个毷窟窿吆喝人。谁不知姐姐有钱，明日惯的他每小厮丫头养汉做贼，把人日遍了，也休要管他！"又骂："贼强人，到明日永世千年，就跌折脚，也别要进我那屋里！踹踹门槛儿，教那牢拉的囚根子把怀子骨揬折了！"金莲一边的玉楼也觉得过分了："六姐，你今日怎的下恁毒口咒他？"金莲道："不是这说，贼三寸货强盗，那鼠腹鸡肠的心儿，只好有三寸大！一般都是你老婆，无故只是多有了这点尿胞种子罢了，难道怎么样儿的！做甚么恁抬一个灭一个，把人躐到泥里！"

金莲背地里骂瓶儿："早是你在旁边听着，我说他什么歹话来？他说别家是房里养的，我说乔家是房外养的？也是房里生的。那个纸包儿包着，瞒得过人？贼不逢好死的强人，就睁着眼骂起我来。骂的人那绝情绝义。怎的没我说处？改变了心，教他明日现报在我的眼里！多大的孩子，一个怀抱的尿胞种子，平白扳亲家，有钱没处施展的，争破卧单没的盖，狗咬尿胞空欢喜！如今做湿亲家还好，到明日休要做了干亲家才难。吹杀灯，挤眼儿，后来的事，看不见的勾当（注："绣像本"无"看不见的勾当"）。做亲时人家好，过三年五载方了的，才一个儿！"

潘金莲连拐带弯地骂西门庆与瓶儿："没廉耻、弄虚脾的臭娼根，偏你会养儿子！也不曾经过三个黄梅、四个夏至，又不曾长成十五六岁，出幼过关，上学堂读书，还是个水的泡，与阎罗王合养在这里的，怎见的就做官，就封赠那老夫人？我那子怪贼囚根子，没廉耻的货，怎的就见的要做文官，不要像你！""怪尖嘴的贼囚根子，那个晓的你什么爹在那里！怎的到我这屋里来？他自有五花官诰的太奶奶、老封婆，八珍五鼎奉养他的在那里，那里问着我讨。"

潘金莲见瓶儿孩子死，百般称快，指着丫头骂道："贼淫妇！我只说你日头常晌午，却怎的今日也有错了的时节？你斑鸠跌了蛋也，嘴答谷了！春凳折了靠背儿，没的倚了！王婆子卖了磨，推不的了！老鸨子死了粉头，没指望了。却怎的也和我一般！"（按：金莲之狠之不断加强，脏话的级别也不断提升。西门府里的霸王花名不虚传。）

（按：小议用性器官作骂人话的社会学意义。将女性外阴的名词，当作骂女人的狠话，大概是女人之间最凶最恶毒的吧。金莲骂女性，用"淫妇"、用女性生殖器"屄"骂，骂男人用"臭肉"、"囚"和男性生殖器"贼根子"骂。在民间，骂人的最高级，不是咒人死，而是用男女性器官或以性关系混乱指代骂人。没有考察过西方人骂人的话或脏话，是不是也是这样的。用这一源于身体自然的物件骂人即脏话的最高级，直到今天或许依然如此。用性器官指代骂人，也许与原始社会生殖崇拜的残留有关，因为这是两性之间最重要的接触和最原始的伟力。这种语言的态势，直到今天依然存在。如今天四川话中，用男性性器官骂人的话"雄起""锤子"等，而"雄起"一词竟还成了时尚的词汇。但从另一方面讲，即人类历史进化层面而论，人类的进化或人类的文明，或许它天生就建立在动物性的某种不可逾越的黑暗边界。但人类的伟大在于，人的进化和人的文明，总在打破边界走向光明。从另外一种角度即从人类社会学角度观察，人类的这种原始的力量，将永远不可能根本改变。费雷泽的《金枝》有这方面理性的论述。）

　　金莲骂西门庆："……若是信着你意儿，把天下老婆都要遍了罢。贼没羞的货，一个大眼里火行货子！你早是个汉子，若是个老婆，就养遍街，俞遍巷。属皮匠的，缝着的就绪。"

　　春梅在西门庆怀里说："做甚么为这俞遍街捣遍巷的贼瞎妇。"金莲为西门庆与如意儿的勾搭骂玳安："甚么话？檀木靶，有此事，真个的。画一道儿，只怕俞过界儿去了。"琴童道："娘也休听人说，只怕贲四来家知道。"金莲道："瞒那傻王八千来个！我只说那王八也是明王八，怪不的他往东京去的放心，丢下老婆在家，料莫他也不肯把屄闲着。贼囚根子们，别要说嘴，打伙儿替你爹做牵头，引上了道儿，……嗔道贼淫妇买礼来，与我也罢了，又送蒸酥与他大娘，另外又送一大盒瓜子儿与我，要买住我的嘴头子，他是会养汉儿。我就猜没别人，就知道是玳安这贼囚根子，替他铺谋定计。"又骂："指望问我要钱，我那里讨个钱儿与你？你看七个窟窿到有八个眼儿等着在这里。今后你看有轿子钱便来他家来，没轿子钱别要来。料他家也没少你这个穷亲戚！休要做打嘴的献世包！关王卖豆腐——人硬。我又听不上人家那等屄声颡气。前日为你去了，和人家大嚷大闹的，你知道也怎的？

驴粪球儿面前光，却不知里面受凄惶。"

（按：女性敢骂西门庆，也算是《金瓶梅》里关于女性争取自由和个性的一种表达。）

金莲隔空骂如意儿："贼淫妇怎的不与？你自家问他要去，不与，骂那淫妇不妨事。"金莲当面骂如意儿："贼歪刺骨，雌汉的淫妇，还强说甚么嘴！半夜替爹递茶儿扶被儿是谁来？讨披袄儿穿是谁来？你背地干的那茧儿，你说我不知道？就偷出肚子来，我也不怕！""没廉耻的淫妇，嘲汉的淫妇！俺每这里还闲的声唤，你来雌汉子，你在这屋里是甚么人？你就是来旺儿媳妇子重新又出世来了，我也不怕你！"

春梅骂申二姐："贼日遍街捣遍巷的瞎淫妇，你家有恁好大姐！比是你有恁性气，不该出来往人家求衣食，唱与人家听。趁早儿与我走，再也不要来了。"（按：小议脏话的文化意义。此回即第七十二回，是金莲骂人最厉害的一次。其叙事长度为 1500 字左右，其骂人的话几乎所有脏话都骂了一遍。与市井的泼妇别无二致，甚至有过之而无不及。金莲习语土话谚语之丰富，世所罕见，骂人的技巧，同样世所罕见。《金瓶梅》里不仅"金""瓶""梅"说脏话，书中的其他女性一样地骂脏话。月娘骂秋菊："贼葬弄主子的奴才！前日平空走来，轻事重报，说他主子窝藏陈姐夫在房里，明睡到夜，夜睡到明，叫了我去。……传出去，知道的是你这奴才葬送主子。不知道的，只说西门庆平日要的人强多了，人死了多少时儿，老婆们一个个都弄的七颠八倒。恰似我的这孩子，也有些甚根儿不正一般。"西门大姐骂陈经济："贼囚根子，你别要说嘴，你若有风吹草动，到我耳朵内，惹娘说我，你就信信脱脱去了，再也休想在这屋里了。"王婆骂郓哥："贼肏娘的小猢狲！你敢高做声，大耳刮子打出你去。"为何《金瓶梅》要写这么多脏话，要写级别很黄很脏的脏话？这是《金瓶梅》作者语言的天分。还不仅仅是天分，事实上这些脏话和骂人的话蕴含着丰富的文化基因，至少可以算是"亚文化"基因。更为可贵和重要的是，这些脏话还见证了语言特别是民间的口语、俗语的变迁。这些脏话说到底，就是这一丰富的"亚文化"及这"亚文化"变迁的遗缺。其实，这是人类文明进化史的文化遗址。）

"世之大净"的主面相

——西门庆年表及批判

按："词话本"（万历本）没有西门庆的判词。"绣像本"（崇祯本）《原序》曰："奉劝世人，勿为西门庆之后车，可也。""绣像本"第一回"西门庆热结十弟兄　武二郎冷遇亲哥嫂"开篇即说"惟有'财色'二者更为利害"。

西门庆的形象，历来为"骗财掠财，骗色夺色，生于财死于色"。不过，文学形象不是贴标签，更不是非此即彼。在《金瓶梅》这样一部旷世巨著里，西门庆定不是一个标签式的人物，而是一个与社会、与家庭、与人性相关联、相缠绕的多重性格和多种面相的人物。西门庆作为一个文学形象，在此之前绝无仅有，在此之后，启发若干后学。

制作此年表，旨在将西门庆一生的时间维度列出，让时间以及与之相关的空间简明地披露西门庆的行为、观念和西门庆这一形象在他所处的时代与社会里扮演的角色，以及这一角色为后人提供的别具一格的历史与美学的意蕴和旨趣。

政和三年，春三月。

（按：政和三年即 1113 年。一、据日本鸟居久晴 1964 年

《〈金瓶梅词话〉编年稿备忘录》认定；二、《金瓶梅》除瓶儿产子时称"时宣和四年戊申六月二十三日也"外，其他纪年均作"政和"。由于《金瓶梅》实写明代之事，因此，以下编年，去掉宋代年号"政和"，只标由此开始的纪年）。

西门庆，27岁，清河县一个破落户财主。县衙门前开了个生药铺，从小儿是个浮浪子弟，使得些好拳棒，又会赌博，双陆象棋，抹牌道字，无不通晓。近来发迹有些钱，专在县里管些公事，与人把揽说事过钱，交通官吏。因此满县人都惧怕他。（按：此回第一回，"词话本"作"景阳冈武松打虎　潘金莲嫌夫卖风月"。两本所叙所旨差异很大，两本差异有三回，另两回为五十三回、五十四回。又，除第一回外，"词话本"回目不对仗的共有第八回、二十二、三十六、六十八、七十一、七十二、八十五；"绣像本"的一百回的回目都为对仗。）

西门庆路过县城西门门楼处，一帘叉竿落下。西门庆第一次亮相。

"生得十分博浪。头上戴着缨子帽儿，金铃珑簪儿，金井玉栏杆圈儿；长腰身穿绿罗褶儿，脚下细结底陈桥鞋儿，清水布袜儿，腿上勒着两扇玄色挑丝护膝儿；手里摇着洒金川扇儿。越显出张生般庞儿，潘安的貌儿。"（按：在"绣像本"里，西门庆出现在第一回"西门庆热结十弟兄　武二郎冷遇亲哥嫂"，西门庆出场："有一个风流子弟，生得状貌魁梧，性情潇洒，饶有几贯家资，年纪二十六七。这人复姓西门，单讳一个庆字。……在这清河县前开着一个大大的生药铺。现住着门面五间到底七进的房子。家中呼奴使婢，骡马成群，……是清河县中一个殷实的人家。只为这西门达员外夫妇去世的早，单生这个儿子却又百般爱惜……这人不甚读书，终日闲游浪荡。——自父母亡后，专一在外眠花宿柳，惹草招风，学得些好拳棒，又会赌博，双陆象棋，抹牌道字，无不通晓。"第四十九回蔡太师假子蔡状元给宋御史介绍西门庆时称西门庆"西门千兵，乃本处巨族，为人清慎，富而好礼，亦是蔡老先生门下"。两两对话，真是一出黑色幽默。（又按：关于西门庆义结十弟兄之事，在"词话本"第十一回才出现。并说"那西门庆立了一伙，结识了十个人做朋友，每月会茶饮酒"。）

西门庆见潘金莲"人见了魂飞魄丧，卖弄杀偏俏冤家"，叉竿打着了头巾，真是幸遇。见过妇人，"先自酥了半边，那怒气早已钻入爪洼国去了"。紧接寻思道："好一个雌儿，怎能勾得手？"自此，西门庆走上了一条短命的不归路。

王婆出现。西门庆第一次出钱一两银子请王婆牵线，"撮合得此事成"，"破几两银子"，"也不值甚的"。王婆精明，见西门庆"日夜"放金莲不下，西门出五两后再升到十两："端的与我说这件事"，便"送十两与你做棺材木"。

西门庆符合王婆所说的"潘驴邓小闲"后，王婆定"挨光"十计以授西门。西门庆便在王婆茶坊与金莲勾搭成奸。

在王婆家与金莲一拍即合后，日日厮混。因郓哥将此奸情说与武大，武大教训金莲等武二回家好与西门庆算账。西门庆后与王婆、金莲用砒霜毒杀死武大。

此时，西门庆继室正妻一个吴月娘，妾有二房李娇儿、三房卓丢儿和三四个身边人（按："词话本"第四回西门庆见金莲时介绍其家庭成员，"绣像本"第一回以叙事者角度介绍了西门家庭成员，又在第四回重复了此事）。

三年，六月。

薛嫂儿（按：《金瓶梅》第二个媒婆出现）到西门府上为西门庆提亲，将二十五六（实为三十岁）的寡妇孟玉楼说与西门庆。西门庆何许人也：清河县，数一数二的财主，西门大官人！在县前开个大生药铺。又放官吏债（按："绣像本"无"又放官吏债"句。无此句便减轻了西门庆逐财的本性）。家中钱过北斗，米烂陈仓。

西门庆娶孟玉楼的媒钱，远多于与金莲的媒钱。一次给了薛嫂三十两，西门庆还说，成了再给七十两，也就是整整的一百两。

西门庆自从娶了玉楼在家，燕尔新婚，如胶似漆。自家西门大姐又嫁大户人家陈经济（按："绣像本"，陈经济作陈敬济，出现在第一回。陈为东京八十万禁军杨提督亲家陈洪之子）。足乱了一个多月，把个已经缠绵悱恻两个多月的金莲忘了。（按：《金瓶梅》谋篇布局，开创了一个崭新别致的模式：说甲时跳开甲说乙在，说乙时跳开乙说甲在。西门庆本要娶金莲时，却先娶玉楼。李瓶儿本要嫁西门庆时，却先嫁蒋竹山。这中间有多少故事回环宛转，这中间有多少线头需要埋下再引发！清人张竹坡称之为"极尽天工之巧"。）

三年，七月末。

西门庆娶了孟玉楼一个多月后，在玳安代金莲给西门庆《寄生草》和王婆说项下，再次相会金莲。西门庆与金莲再次见面时，《金瓶梅》写得很是生动有趣：

金莲说："大官人，贵人稀见面！怎的把奴丢了，一向不来傍个影儿？家中新娘子陪伴，如胶似漆，那里想起奴家来！还说大官人不变哩。"（按："绣像本"无"还说大官人不变哩"）西门庆道："你休听人胡说，那讨什么新娘子来！因小女出嫁，忙了几日，不曾得闲工夫来看你，就是这般话。"（按："绣像本"无"就是这般话"。就此两例，可见"绣像""词话"两本的繁简所带出的文本旨趣的差异。）妇人道："你还哄我哩！你若不是怜新弃旧，再不外面另有别人，你指着旺跳身子说个誓，我方信你。"西门庆道："我若负了你，生碗来大疔疮，害三五年黄病，匾担大蛆蚰口袋。"妇人道："负心的贼！匾担大蛆蚰口袋，管你甚事？"

此次重逢，西门庆、金莲与王婆商议抢在武二公差八月返回清河县时，西门庆把金莲给娶了。

武二返回清河县，郓哥将此事告知武二。武二将此事诉讼县衙，一因何九为西门庆买通，二因知县、县丞、主簿、吏典上下多与西门庆有首尾，而且很快叫心腹来保、来旺"袖着银两，打点官吏"。武二诉讼"难以同理"。于是武二奔到西门庆药铺寻西门庆厮打。西门庆跳窗逃脱，西门庆官场小友李外传被武二误杀。杀人偿命，但东平府府尹陈文昭听武二说过经历以为"此人为兄报仇……也是个有义的烈汉"，与他"杀平人不同"。西门庆知道此事，不好买通清官陈文昭，便急到京城买通蔡太师。陈为蔡太师之门生，审其利害，一面免提西门庆、潘金莲，一面将武二死罪改着充军。（按：黑暗的社会，像陈文昭之"昭"雪，这样清廉的官也不过如此。）

武二由此充配孟州。几年后返清河县，西门庆已死。武二用极残忍手段杀了王婆和金莲。此为后话。

西门庆知武二已在充军路上，"一块石头方落地"，很是高兴地在自家后院芙蓉亭摆上酒席庆贺。此宴，除后来先死的李瓶儿外，西门庆家宴第一次排座次：西门庆、吴月娘居上，李娇儿、孟玉楼、孙雪娥、潘金莲两旁列坐。

（按：此时，正好对称。对称即平衡。但就在这个宴会上，对称、平衡被打破：月娘说起花子虚花二哥娶李瓶儿之事。文本叙事要过了三回，时间要过去了两月的八月，李瓶儿才正式登场。《金瓶梅》的布局，或谓神鬼。更为奇葩的是，就在宴会后，西门庆与刚娶进门的金莲"薰香打铺、解衣上床"，而且在金莲的同意下，又收了刚从正室吴月娘处调给金莲的丫头春梅。这样"金""瓶""梅"第一次一起出场。）

三年，七月。

西门庆立了一个伙，结识了十个人做朋友，每月会茶饮酒。

最好烂友应伯爵，在西门庆死后立马翻脸；另一烂友花子虚，则要引出李瓶儿。这第一次酒会（按：依"词话本"的顺序）的关节是引出李桂姐。李桂姐，西门庆粉头之一李娇儿的亲侄女，还未遇过男人（嫖客）的妓女。酒会上，李桂姐亮相是一首小曲《驻云飞》。西门庆听后"欢喜的没入脚处"，立马派小厮回家拿五十两银子、四套上好衣服要"梳笼"李桂姐。

（按：关于《金瓶梅》的"初夜"小议。"梳笼"，"梅本"释，处女妓女第一次接客，接客后由原来散发编成发髻，发髻谓之"梳笼"。"梳笼"即"初夜"，"初夜"及"初夜权"，一直是男权社会的一个重要参数。无论东方还是西方，大体相近。《金瓶梅》中的"梳笼"李桂姐也显示出这一男权社会的标志与参数。但是，《金瓶梅》隆重写初夜仅此一事。重要的是作为男权社会叙事即社会叙事和性叙事的主角西门庆，对此事并不太看重。西门庆妻妾六人，七十五回写到月娘称自己女儿身填房外，西门庆的其他五房妻妾，无一房是与西门庆初夜的。瓶儿从花子虚还在时，就说要嫁与西门庆，花子虚死后，却先嫁了蒋竹山。西门庆重新从蒋竹山手里夺回她时，虽然冷落瓶儿三天，但在瓶儿后来的日子里，西门庆对瓶儿的关怀和爱怜比任何一房都看重。这表明西门庆对"初夜"并不看重。再就是，西门庆与金莲的侍女春梅、瓶儿的陪侍女迎春、绣春的"初夜"，几乎一笔带过，没有丁点肉体或没有一丁点所谓"初夜"的渲染、张扬。这表明，明朝中晚期，传统道德和传统伦理对社会和对人性的影响减弱，同时也表明明代中后期，人们对性的观念发生了重要的变化：初夜，并不是重要的，重要的是性的自由和开放。而且这一观念和行为不仅是对男性的西门庆，同时也指向了如金莲、瓶儿等女性。因为在她们看来，他们与西门庆的性叙事里，不是初夜的占有，而是长久的拥有。还有一点就是，《金瓶梅》

以性的淫秽描写遭世人诟病，但是，《金瓶梅》的性叙事与性描写，都与再婚或有性经验的女性有关，如潘金莲、李瓶儿、宋惠莲、王六儿、林太太等，但从来没有或很少写西门庆与迎春、绣春或包括春梅在内的性描写。也就是说，在《金瓶梅》里性叙事与性描写并非滥写，而是有底线的。《金瓶梅》性叙事里的这样的观念和这样的描写，显然是《金瓶梅》研究的一个曾被忽略但并非没有意义的话题。）

西门庆贪恋桂姐姿色，半月不曾回家（按：为后来西门庆绝交桂姐伏脉），引得金莲在家与琴童私通。西门庆暴打琴童。却惹得桂姐叫西门庆要金莲一绺头发做证，才能证明你西门庆在家里完全做得了主。于是西门庆回府上好说歹说诓金莲一绺头发。（按：西门庆哄骗女人显然是一套又一套的。不到半年时间，西门庆连娶三房孟玉楼、四房孙雪娥，五房潘金莲，收了春梅，再梳笼李桂姐。西门庆掠财和掠色进入高速发展期。就只等《金瓶梅》另一女主李瓶儿的出现了。）

三年，八月十四。

花子虚请西门庆吃酒，西门庆进门，与子虚妇瓶儿撞了个满怀。

西门庆曾在故庄见过瓶儿一面，今日对面见了，见瓶儿生得甚是白净，五短身材，瓜子面儿，细弯弯两道眉儿，不觉魂飞天外，忙向前深深作揖。瓶儿还了万福，唤丫鬟拿出一盏茶来，请西门庆吃。

西门庆在花家留心把花子虚灌醉，瓶儿留人。西门庆本"积年风月行走"，见瓶儿指出一条大道。自此，西门庆安心设计，"图谋这妇人"。

三年，九月重阳节。

西门庆在瓶儿的鼓舞下踏桌翻墙与瓶儿成奸。事后，又收了瓶儿两侍女迎春与绣春。但却成就了金莲掣肘西门庆的把柄。西门庆答应了金莲三件事。

三年，岁末。

花子虚死，瓶儿从花子虚亲叔花公公手里抢夺巨额财产给了西门庆。花子虚官司未赢，卖了祖产太监大宅得银七百两、南门外庄田得银六百五十两，但准备卖家宅给西门庆，西门庆却不买，一径躲了（按：此为西门庆死后应伯爵对西门庆家人如出一辙。一报还一报）。

四年，正月初九。

金莲生日。西门庆与大房月娘、玉楼、金莲在上房喝酒。此私密酒局，竟然有瓶儿。而且大杯吃酒、说笑话。酒局要终时，西门庆问月娘他今晚在哪里睡。月娘说哪个的生日你去哪里。西门庆说这怎么可以？花二娘在金莲房里呢（西门与瓶儿之事，此时仅有西门、金莲、瓶儿知道）。最后去了玉楼处。（按：此第十四回虽写"瓶儿迎奸赴会"，但月娘、西门、金莲、春梅等各自纠错，满目繁花。尤其是西门庆与瓶儿暗度陈仓，除金莲外，一干人马都在懵懂之中。）

四年，正月十五。

瓶儿生日，西门庆先一日即正月十四差玳安送了四盘羹菜、一坛酒、一盘寿桃、一盘寿面、一套织金重绢衣服，写吴月娘名字，送给李瓶儿做生日礼物。

西门庆惦记着晚上与瓶儿约会这事，本不再去妓院。哪晓得碰上了义结十兄弟之孙寡嘴、祝实念，又叫来应伯爵、谢希大来到了李桂卿的丽春院。西门庆便与诸嫖客及桂卿桂姐等一起在院落内打双陆、踢气球、饮酒，热闹非凡。（按：女人们在街上看灯斗华服、听乐子，男人们在丽春院戏谑玩耍。明代中后期商业的繁华，同时也刺激了男男女女的有闲有钱生活。张岱《陶庵梦忆》中的"世美堂灯""绍兴灯景""龙山放灯"等生动地记叙了晚明的这种繁华。不同的是：《陶庵梦忆》纪实，《金瓶梅》虚构。虚构的描写，有时比纪实的更鲜活。）

西门想着要与瓶儿幽会，抛开嫖友，离开丽春院来到狮子街瓶儿家里。瓶儿求西门庆收纳了她，西门庆说："你请起来。既蒙你厚爱，我西门庆铭刻于心。待你孝服满时，我自有处，不劳你费心。"（按：一、因答应守服后再说此事，西门庆没能及时娶瓶儿，瓶儿才嫁了蒋竹山；二、又因这一承诺，西门庆才怒打蒋竹山、娶了瓶儿、有了官哥儿，才有了后来西门庆真情对待瓶儿的故事。《金瓶梅》的伏笔和关节，让后来的小说受益不小。如《红楼梦》第三回"托内兄如海酬训教　接外孙贾母惜孤女"的"两玉"初识，第九十八回"苦绛珠魂归离恨天　病神瑛泪洒相思地"的哭黛玉"香魂一缕随风散，愁绪三更入梦遥"的情节安排，或许就来自《金瓶梅》西门庆与瓶儿的生死交集的安排与描写。）

四年，三月上旬。

因吴月娘反对，瓶儿没能如愿嫁到西门府上。西门庆听了金莲的拖延战术，一没有及时娶瓶儿，二又稳住了瓶儿。

四年，五月。

经两个月时间，西门庆答应瓶儿所盖的房子盖好了。瓶儿请西门庆商议瓶儿嫁入西门府的日子为五月十五。临到娶瓶儿时，西门庆亲家陈洪（按：陈洪的上司杨提督下牢，门下亲族一律充军）官场出事，一是求西门庆上下打点，二是求西门庆照看其已经嫁人的女儿和女婿陈经济（按：陈经济从此进入西门府，挑动了另一场情事）。由于此事紧急，西门庆"把要娶李瓶儿的勾当丢在九霄云外去了"。对于西门庆，面对儿女之情与官场商场来讲，儿女之情便退到后台。在西门庆的社会叙事里，男权社会，男人对政治权力和商业权利的渴望，远大于儿女之情。由此引出蒋竹山，是为了与后来西门庆毁灭了蒋竹山的药铺，抢回瓶儿一事作铺垫。这一情节的书写，便是西门庆作为男人权力扩张的另一种版本。或者说是一种升级版本。

四年，五月至七月。

西门庆为陈洪一事上下左右使力。在打点京官李邦彦五百两银子（陈洪之钱）后，静听消息时，知道了瓶儿已嫁蒋竹山。

四年，七月中旬。

西门庆听说瓶儿拿出三百两银子为蒋竹山开了药铺并嫁与蒋竹山。西门庆不听便罢，听了气得在马上只是跌脚，叫道："苦哉！你嫁别人，我也不恼，如何嫁那矮王八！他有甚么起解？"然后回到西门府上见人就生气骂人，踢了金莲两脚。（按：女人再得宠，男人都永远是主人。）

四年，八月。

西门庆新房修好。西门自夏提刑处回家后与金莲戏玩时说："我有一件事告诉你，到明日，教你笑一声。你道蒋太医开了生药铺，到明日管情教他脸上开果子铺来。"西门庆还说了一大通蒋竹山的坏话。

接着，西门庆唆使"草里蛇"鲁华、"过街鼠"张胜敲诈蒋竹山。蒋竹山被鲁华所打，又被西门庆官家好友夏提刑黑判。西门庆将鲁华、张胜敲诈蒋竹山得来的三十两银子给了两人。

四年，八月十五。

西门庆从瓶儿家里用五六府杠抬运了四五日，把瓶儿家财全抬进了西门府，堆在了新盖的玩花楼上。

四年，八月二十。

娶瓶儿进西门府。西门庆还在气头上，新人进门，三日不进瓶儿房。

西门庆见瓶儿上吊，不仅不心疼，反而脱衣暴打。要不是瓶儿那一通近情近理的话，西门庆岂会放饶？还好，放饶才有了后来西门庆对瓶儿的一段真情。

瓶儿对西门庆说："你就是医奴的药一般，一经你手，教奴没日没夜只是想你。"自这一句话，把西门庆旧情兜起，欢喜无尽，即丢了鞭子，用手把妇人拉将起来，穿上衣裳，搂在怀里，说道："我的儿，你说的是。果然这厮他见甚么碟儿天来大！"西门庆被李瓶儿柔情软语，感触得回嗔作喜，拉他起来，穿上衣裳，两个相搂相抱，极尽缠绵悱恻。

（按：刘禹锡的"东边日出西边雨，道是无晴却有晴"正好派上用场。叙事技巧的周折往返，与人性一般"道是无晴却有晴"或者"道是有晴却无晴"。）

四年，八月二十一，晨。

西门庆收了瓶儿又一重财（一百颗西洋珠子）。西门庆自娶李瓶儿过门，又兼得了两三场横财，家道营盛，外庄内宅，焕然一新。米麦陈仓，骡马成群，奴仆成行。

西门庆见陈经济会说话，聪明乖觉，但凡家中大小事务出入，书柬礼帖，都教他写。但凡客人到，必请他席侧相陪。吃茶吃饭，一时也少不了他。

（按：如《金瓶梅》旁白："谁知道这小伙儿，绵里之针、肉里之刺。"后陈经济与西门庆妾金莲私通，西门庆死后，恶对西门庆长女即经济妻子，并致妻子自杀等一系列恶行。如按业报所讲，这是西门庆的恶报。于陈经济来讲，人性之恶是没有底线的。《金瓶梅》就是一部写人性没有底线的伟大作品。如西门庆、应伯爵、陈经济，甚至如潘金莲等。）

四年，十一月下旬，大雪。

西门庆与常时节、应伯爵到丽春院吃酒，见先前梳笼的李桂儿与小童饮酒，不免大怒，大闹了丽春院不说，还发誓再不踏丽春院之门（按：后来与李桂姐完全绝交）。

归家后，见月娘焚香祈祷西门府众妻妾和平，祈祷西门庆早有子嗣。西门庆觉得原来错怪了月娘。这夜便与月娘雨意云情。

次日，玉楼与金莲邀瓶儿等妾出份子与西门庆、月娘和好摆酒。酒中赏雪时听李铭说，那日丽春院之事，不是桂姐的错，都是他李铭三妈丽春院院主李桂卿的错。

四年，十一月下旬。

月娘扫雪烹茶第二天。西门庆在李铭和应伯爵的鼓动下，重回丽春院。调笑一番后（按：桂姐逐渐淡出），回到月娘的酒席上。

四年，十一月末。

孟玉楼生日（十一月二十六日）后，月娘往对门乔大户家吃生日酒，西门庆早几天前就想调戏刚入来旺家的新媳妇宋惠莲，正巧在仪门前撞了个满怀，很快"两个都往山子底下成事"。

五年，正月元宵。

天上元宵，人间灯夕，西门庆在厅上张挂花灯，铺陈绮席。

五年，三月二十八日前后。

西门庆拿乔大户许银二千两救狱中的扬州盐商王四峰，其中的"一千"打点救人，另一千两准备叫来旺往贩买绸绢丝线做买卖。

置办"蟒衣尺头"为蔡太师的生辰。

更加笼络惠莲。

接受金莲建议，准备防范并开除来旺（按：为来旺后来盗拐西门庆妾孙雪娥伏笔）。不再叫来旺去东京送蔡太师生辰礼物。惠莲求情西门庆，西门庆主意已定，敷衍惠莲。并给来旺三百两银子做生意。接着陷害来旺杀人。惠莲知道了这是西门庆的陷害，求情于西门庆。惠莲只顾跪着不起来，说："爹好狠心！你不看僧面看佛面，我恁说着，你就不依依儿？他虽故吃酒，并无此事。"（按：可怜惠莲，一不知此为金莲使计，二不知西门庆并不当惠莲有金莲重要。）

西门庆写状子告发了来旺，来旺入狱被打，西门庆满心欢喜。在与惠莲的床笫之欢后心又软了下来，准备放来旺一马。金莲从玉楼处得知此消息后，再次离间西门与惠莲。重告来旺，于是，监狱中上下人等都收了西门庆财物，只要重不要轻。惠莲知道了，惠莲第一次上吊，被月娘所救下。西门庆却对惠莲说："如何这等拙智。"这时的惠莲看清了西门庆的真实面目，说："爹，你好人儿，你瞒着我干的好勾当儿！……你原来就是个弄人的刽子手，把人活埋惯了，害死人还看出殡的！你成日间只哄着我，今日也说放出来，明日也说放出来。……你也要合凭个天理！你就信着人干下这等绝户计，把圈套儿做的成，你还瞒着我。你就打发，两个人都打发了，如何留下我做甚么？"

五年，四月十八。

惠莲第一次自缢后被救，又因金莲挑唆雪娥与惠莲吵斗而自缢身亡。西门庆却说"他自个拙妇，原本没福。"（按："绣像本"眉批："只淡淡一语作结便了，盖无情以系心也。此语大谬，西门庆对待一个下人女人的性需求，只是西门庆众多性需求里微不足道的一个，这不是重要的，重要的还在于：一、金莲的厉害；二、下人的媳妇毕竟在妻妾制度里仅是补充。前者是另一性权利者的强势，反观西门庆自己某些方面的弱势；后者表明男人在那个制度下的主宰地位在某些方面是不可动摇的。两者看似悖反，但却是一枚硬币的两面：形异质同。）

五年，五月二十八。

西门庆了结了惠莲死亡之事，然后派来保送蔡太师生辰礼物到京城。（按：死事与喜事重叠，或者说正与反重叠，这是《金瓶梅》里情节布局的重要关节，展示了《金瓶梅》反讽与黑色幽默写作的高超技巧和全书旨义。）

五年，六月初一。

西门庆与瓶儿、金莲、玉楼、春梅等在翡翠轩消夏。

五年，六月初二。

金莲把小铁棍儿拾鞋之事告诉了西门庆，一冲性子走到前边，被西门庆揪住顶角，拳打脚踢，杀猪也似的叫起来。铁棍儿躺在地下，死了半日，鼻口流血，半日苏醒。还要撵走铁棍、来昭、一丈青一家三口，后因月娘劝下才未撵（按：此足见西门庆为一恶霸。张竹坡论道，此也写金莲之狂淫和恶行。）

五年，六月初三之后。

周秀周守备（按：为春梅以后的上场伏脉）差人荐吴神仙到西门府上为西门庆测字。吴神仙认为西门庆的字大吉大利（按：实为无），西门庆听了，满心欢喜。

（按：小议《金瓶梅》的成书时间。吴神仙测西门庆生于丙寅，属虎，虚岁 29。如按小说接《水浒传》其历史背景为大宋政和年间。测字时为政和五年即 1115 年，西门庆 29 岁。向前推 29 年应是元祐元年即 1086 年。为什么是“丙寅年”？此“丙寅”非彼“丙寅”。也就是说，此“丙寅”不是大宋的“丙寅”，而应作大明的“丙寅”。如果把丙寅算作大明时历，其中一轮丙寅为嘉靖四十五年即 1566 年，29 岁时为万历乙未年即 1595 年。1595 年正好与《金瓶梅》的写作时间和出版时间相近。“词话本”有东吴弄珠客《金瓶梅序》，“序”明确标明写于万历丁巳年即 1617 年。鲁迅《中国小说史略》认为《金瓶梅》面世为万历庚戌年即 1610 年。鲁迅所说的这一版本，不知出自何处，今人刘辉认为这是鲁迅先生搞混了。另“词话本”发现于 1931 年，鲁迅的《中国小说史略》写于 20 世纪 20 年代，显然，鲁迅没有见过"词话本"。吴晗认为《金瓶梅》初稿于隆庆二年即 1568 年开始写作，脱稿于万历壬寅年即 1602 年。今人刘辉依据袁宏道万历二十四年即 1596 年写给董其昌的一封信推测，《金瓶梅》的最早抄本应在隆庆末年至万历初年。沈德符在《万历野获编》卷二十五"词曲·金瓶梅"中说，万历丙午即 1606 年见袁中郎处《金瓶梅》。日本《金瓶梅》学者小野忍认为弄珠客的"万历丁巳年"是可以相信的，并认为《金瓶梅》的正式出版可能还晚于 1617 年。小野忍还推测，万历年间的"词话本"与崇祯的"绣像本"两版本，可能在大致相近的时间内出版的。事实也许就如小野忍的推测。两本相隔的时间在十来年间：万历丁巳年（1617）到崇祯（1628—1644）不过就十来年时间。由此，可以看出《金瓶梅》里吴神仙为西门庆生年所测的丙寅年，并不是大宋元祐的丙寅，而是大明嘉靖的丙寅。如果这一点内证可以存立，仅从这一点便可以证实《金瓶梅》一书的背景、故事、人物和场景，都是大明中后期。《金瓶梅》第七十回"西门庆完工升级　群僚庭参朱太尉"中写道，皇上圣旨关于各官员加封赏赐一事，其中写到"荫子"。据《万历野获编》载，"进官荫子"为明朝所创，尤其在万历年间盛行。第八十三回"秋菊含恨泄幽情　春梅寄柬谐佳会"里写经济与金莲性事时，是按一本名为"春意二十四解本"的书行事的。明朝中晚期的春宫画集《花营锦阵》说是万历壬子四十年即 1612 年左右刻印的。《花营锦阵》除了文字外，图正好二十四幅。不知"春意二十四解本"是否就是《花营锦阵》？如果是，那可作内证《金瓶梅》的写作印行就在万历晚期，而不是像吴晗认为《金瓶梅》出自万历中期即万历十年至万历三十年之间。因此，"词话本"东吴弄珠客标明的万历丁巳年即1617年，大概是可信的。）

五年，六月初三后。

西门庆准备用二百五十两银子买赵寡妇的庄子。主要看上了那庄儿的一眼井。（按：《金瓶梅》处处闲笔而处处闲笔不闲。）

遣来保到京城给蔡太师送礼。送给太师的礼为一对南京尺头，三十两白金。太师即签押了一道空白公文（札付），把西门庆名字填注上面，列衔金吾卫衣左所副千户、山东等处提刑所理刑。（按：从此，西门庆半官半商、亦官亦商。西门庆做官、瓶儿生子，西门府双喜临门。同时也是西门府由极盛到衰败的开始。《红楼梦》第十三回"秦可卿死封龙禁尉王熙凤协理宁国府"里的"烈火烹油、鲜花着锦"可能便源出于此。）

五年，三伏天气。

西门庆在聚景堂大卷棚，与妻妾赏荷花。

五年，六月二十三。

瓶儿产一子，又传来东京消息：西门庆获五品"金吾卫衣左所副千户、山东等处提刑所理刑"的官职。此时，西门庆得子得官，双喜临门、如日中天。

（按：官哥儿诞生，从此拉开了西门庆家破人亡的序幕。

张竹坡以为官哥儿是一"鬼胎"，即非西门庆亲子。但从后来官哥儿死后，西门庆那般疼爱瓶儿的态度来看，张竹坡等的臆测，几无道理可言。虽然，官哥儿的到来，是西门府由盛到衰的引线。也许正是这样，《金瓶梅》的批判性才更有力量、才更具深刻性。黑暗的社会和黑暗的人性交织，用人性的角度写显然比用狐鬼的角度更有力度。）

五年，六月二十五。

吴典恩托应伯爵向西门庆借一百两银子。西门庆说看在应伯爵的面子不需还利，应伯爵则拿了中介费十两银子。（按：此回写明此处是伏笔即后来西门府败落时，吴典恩恩将仇报之事。又伏下应伯爵后来对待西门府的丑行。）

（又按：《金瓶梅》诸多姓氏名字都是谐音。用谐音命人名，这是"俗文学"的传统，也是《金瓶梅》文本转喻的一个提示。与"吴"姓相关的除吴月娘外，"吴"都与"无"或者"虚空"挂钩。"吴神仙"之"吴"，表明此"吴"即"无"，也就是吴神仙所测的字，都指向"无"和"虚空"。吴典恩之"吴"，表明此"吴"就是无情无义之"无"，或者指向《金瓶梅》此一部大书，不论社会还是人性，都归于"虚空"和"虚寂"之中。）

西门庆收两美（娈）童，一个十八岁，一个十四岁。

五年，七月。

西门庆上任一个月。

五年，七月二十八之前。

西门庆准备为官哥儿做弥月大宴。宴前，李桂姐、吴银儿送大礼时，在堂屋小请。面对金莲对瓶儿的醋意，西门庆只好打和牌："慢慢寻就是了，平白嚷的是些甚么？"

五年，七月二十八。

官哥儿满月大宴。除了众亲友外，还来了太监刘公公、薛公公及夏提刑等贵胄。官哥儿弥月大宴真是鲜花烹油的时代。众人来礼，其中对十兄弟的应伯爵和谢希大两人"西门庆大喜，作揖谢了他二人重礼"。（按："绣像本"作"西门庆大喜，作揖谢了"。）

（又按："词话本"此回即三十一回的回目作"琴童藏壶觑玉箫　西门庆开宴吃喜酒"，"绣像本"作"琴童儿藏壶构衅　西门庆开宴为欢"。从内容看，"绣像本"的回目更接近情节所指，即因为琴童藏壶，引发了一场妻妾大战。在这场战争里，金莲显然是一个落败者，但正是这一落败，刺激了金莲的斗志。才有了第四十一回的金、瓶两人的直接交锋，才有了第五十九回金莲养猫吓官哥儿之事。）

五年，七月二十九日。

西门庆又请清河县四宅官员即知县李达天、县丞钱成、主簿任廷贵、典史夏恭基。

五年，八月中旬。

与韩道国同做钱铺生意，三七分钱。（按：韩道国媳妇与小叔韩二捣鬼通奸被捉情节进入西门庆叙事，是为了西门庆死后无男主的一个重要布局。再就是，为西门庆叙事的重要人物之一的韩道国媳妇王六儿出场设伏笔。）

五年，八月十七到十九。

在花园书房，西门庆与书童行男风。后又因男风被平安儿看见，狠狠责罚了平安儿。（按："词话本"此回即第三十四回作"书童儿因宠揽事　平安儿含愤戳舍"，"绣像本"作"献芳樽内室乞恩　受私贿后庭说事"。第三十五回，"词话本"此回的回目作"西门庆挟恨责平安　书童儿妆旦劝狎客"，"绣像本"作"西门庆为男宠报仇　书童儿作女妆媚客"。）

五年，八月十八日至下旬。

西门庆在县衙上班的第一桩断案。与夏提刑说，有人再三寻情。于是放了韩二捣鬼。（按：《金瓶梅》写西门庆做官的事和场面很少。但仅此一件，可见明中后期的松弛吏治一斑。）

西门庆设家宴与合伙人韩道国、十义兄弟应伯爵、谢希大等吃酒听曲。

五年，八月二十五至二十六。

为蔡太师府翟管家娶二房各处打听寻一女子。（按：办公事可以敷衍。但办蔡太师家的私事，却千万不能马虎。）西门庆结识了蔡太师之假子蔡状元和安进士。不仅尽心陪游园（按：蔡状元称西门庆家园为"诚乃胜蓬瀛也！"），而且送厚重礼物。（按：送蔡状元金缎一端，领绢二端，合香五百，白金一百两。送安进士色缎一端，领绢一端，合香三百，白金三十两。）

（按：张竹坡批评："此回乃作者放笔一写仕途之丑。"此回即第三十六回，除了写官场的趋炎附势、一人得道众亲友或投靠之人升天之外，还为第五十五回，西门庆进京城为蔡太师庆寿诞那豪奢场面埋下伏笔。钱财、女人游走于官家，或送女人送钱财，是官场的常事，甚至在西门庆眼里就是必须事。此回为《金瓶梅》里社会叙事的重要章节。）

五年，九月初。

西门庆初见王六儿，心摇目荡，不能定止（按：与西门庆临死之前见蓝氏场景极为相似），口中不说，心中暗道："原来韩道国有这一个妇人在家，怪不的前日那些人鬼混他。"

五年，九月初十后。

西门庆包占了王六儿。接着帮助王六儿将韩二捣鬼捉去衙门行公法。（按：公法私用，这是黑暗社会里的黑暗。《金瓶梅》居然借王六儿口，说西门庆拿二捣鬼到衙门里做功德是"自古，良善被人欺，慈悲生患害"。王六儿，一个比西门府所有妻妾都更世故、更狡黠、更无耻的女人。王六儿不仅称西门庆的枉法行为是行善积德，还将自己与西门庆通奸之事原原本本地告诉自己的男人韩道国。《金瓶梅》作为一部正剧，里面的戏剧成分却是很多的。如果按西洋文学理论看，这一场景则是最为典型的黑色幽默。台面的道理与台下的肮脏，竟同为一体。）

五年，十月中旬。

西门庆到夏提刑家中喝夏家自制的菊花酒。雪天回家到李瓶儿房里，闻琵琶声，把金莲叫来下棋。然后到了久不去的金莲房里歇了一夜。

迷恋上王六儿，一百二十两银子，买了一所房屋与王六儿居住。王六儿正牌男人韩道国见西门庆来家，就到铺子上宿，教老婆陪西门庆自在顽耍。（按：天下竟有这等事！其实，此为王六儿今后伏笔。西门庆死，加之战乱，王六儿与夫韩道国流浪。韩道国死后，王六儿之女韩爱姐削发为尼，王六儿嫁与小叔韩二捣鬼，种田过日，一切走进虚空和平实。）

五年，腊月。

西门庆忙着给东京并府县、军卫、本卫衙门送礼。

六年，正月初八。

西门庆往五里之远的玉皇庙打醮。

（按：小议《金瓶梅》的佛事道事。《金瓶梅》里分量不算轻的佛道法事描写，是《金瓶梅》社会叙事的重要构件。其中，吴月娘求子听佛经、瓶儿死后法事等是这构件的重中之重。表明了明中后期的一个重要社会现象：整个社会心理的某种寄托，以及对现存社会的某种无可奈何的反抗。清人的《续〈金瓶梅〉》则放大了佛教的因果报应和道教惩恶，尤其是果报成了《续〈金瓶梅〉》的主叙事。即便在《金瓶梅》印行的同时期，沈德符在《万历野获编》卷二十五《词曲·金瓶梅》里指出，在《金瓶梅》印行的同时或稍后，已有续书之类如《玉娇李》印行。袁宏道说，那续书写的是武大转世化为淫夫，潘金莲亦作河间妇，西门庆化作一驮憨男子，坐视妻妾外遇。这一故事是典型的因果报应模式。这与《金瓶梅》相比，很大程度地减轻了对社会黑暗和对人性黑暗的揭露和批判。清人刘廷玑在《在园杂志》里对此就作过严厉的批评，刘说《金瓶梅》续书："每回首载《太上感应篇》，道学不成道学，稗官不成稗官，且多背谬妄语，颠倒失伦，大伤风化。"佛道在《金瓶梅》里几乎都不是作为正面姿态出现的。）

（又按：顺说续书和转借文本。续书和转借文本是不一样的。续书以前书或原书的故事人物作为续书的开头，接着铺陈故事中这些人物的另外一种进程和结局。往往，这种续书无一成功。除了《续〈金瓶梅〉》外，后人续书最多的是续《红楼梦》。续《红楼梦》的林林总总，可以说无一成功的。转借文本则是以前书或原书某一人物、某一故事重新建构故事、重新虚构人物。此转借文本有极成功的案例，如鲁迅的《故事新编》，如《金瓶梅》。）

六年，正月初十。

西门庆酒醒后，看见穿透着小道衣的官哥儿，"喜欢的眉开眼笑，连忙接过来，抱到怀里，与他亲个嘴儿"。

（按：西门庆爱官哥儿是真爱。与张竹坡说官哥儿是"鬼胎"一说不符。西门庆由此与瓶儿亲近，在情在理。人性的复杂性于此展示：西门庆并非只是一个头上生疮、脚下流脓、坏透顶的坏人。在对待自己血肉和妻妾时，显现出一个人的真实本性。）

六年，正月十一。
为众妻妾制新衣，共裁剪三十件衣服。

六年，正月十二。
西门庆官哥儿（六月生）与乔大户家小姐（同年十一月生）结娃娃亲。置办彩礼。给春梅单独制衣。

六年，正月十五。
西门庆为瓶儿庆生的同时，邀一干狐朋狗友在狮子街点灯、放烟火、玩元宵，其场面声势，极尽奢华，极尽廓大。一个清河县县城"谁人不来观看"。（按：此回"豪家拦门玩烟火　贵客高楼醉赏灯"，"绣像本"作"逞豪华门前放烟火　赏元宵楼上醉花灯"，人物众多，人物的关系也复杂，如王三官儿的入场为西门庆与其母林太太通奸伏笔、如教习李铭再次进入，回应春梅曾大骂试图调戏，再如与韩道国、王六儿一起赏灯时西门庆与王六儿偷欢等，写得回荡但却井井有条。另，"词话本"比"绣像本"在回末多了一首七绝："南楼玩赏顿忘归，总有风流得几时。回来明月三更转，不觉欢乐醉似泥。"这一结语，并非抑"词"扬"绣"的田晓霏们所说的多余。）

六年，正月十六。
西门庆头晚在玉楼房里歇了一夜后到县衙上班。

收到合伙做生意的利息四锭金镯儿，来到瓶儿房里送与官哥儿玩。却不意丢了一锭。金莲妒意不仅在月娘处挑唆瓶儿，而且敢于与西门庆对骂，西门庆"奈何不过他"。

六年，正月十四。
酒醉后在丫头夏花儿身上搜得丢失的那锭金子。

六年，正月十五。
西门庆放假。掮客应伯爵和商业合伙人李三、黄四谈生意。一千两银子与合伙人赚利息。并用三十两小钱买回皇家物件"大螺钿大理石屏风和两架铜锣铜鼓连铛儿"（按：西门庆在丽春院包妓女月费都是五十两。因此，三十两对于西门庆来说真算是小钱。又按："词话本"此回的回目作"桂姐央留夏花儿　月娘含怒骂玳安"，"绣像本"作"应伯爵劝当铜锣　李瓶儿解衣银姐"。从"词话本"和"绣像本"本回无多大差别的故事情节来看，"绣像本"的回目比"词话本"回目更直接指明故事和人物关系）。

六年，正月十五。
西门庆与要回家的李桂姐调情时，应伯爵也插上一杠子。已经见多识广又傍了大户西门庆两口子的李桂姐，可不是好惹的，笑骂应伯爵："汗邪了你这花子！"（按：此可以看出，即便是妓女也是有人格的。对于应伯爵这样的混混、帮闲、烂滚龙，李桂姐这样一个狠角色是不会给他好眼色的。）

六年，元宵。

西门庆打发月娘、玉楼、金莲、瓶儿、西门大姐等去月娘后家吴大妗子处吃酒，自己留下与一群酒友嫖友在家吃酒听曲点灯。西门庆很是得意："带忠靖冠，丝绒鹤氅，白绫袄子。"然后又率春梅、玉箫、迎春、兰香到室外相好贲四娘子处听曲。

六年，元宵夜次日。
西门庆到衙门上班。

六年，正月十七。

王六儿来西门府上会西门庆，请西门庆为自己好友乐三嫂的男人苗青说情。苗青伙同贼人杀了家主，夺了家主一千两金银、二千两缎匹、衣服之类极广财物。事发告知夏提刑要捉拿苗青，王六儿从中撺掇西门庆。西门庆乘机敲诈苗青。（按："词话本"此回即第四十七回作"王六儿说事图财　西门庆受赃枉法"，"绣像本"作"苗青贪财害主　西门枉法受赃"。此回半回专写一桩贪赃枉法的全过程。其描写毫发毕现，其态度的辛辣嘲弄，为当时小说所没有。也为后世类似的小说，甚至包括《红楼梦》在内的小说，都提供了原创性的榜样。）

六年，正月十九。

苗青打点一千两银子，装在四个酒坛内，又宰一口猪。约掌灯以后，抬送到西门庆门首。

（按：此是西门庆吃黑钱最大的一单。注意《金瓶梅》文本里除了"约掌灯以后"这句概写外，还写了一细节："须臾，西门庆出来，卷棚内坐的，也不掌灯。"凡见不得人的事大都是在黑夜和幄帏里进行的。此"掌灯以后"和"不掌灯"的借喻与转喻，黑暗社会和黑暗人心毕露无遗。此回的文字极其冷峻，而且处处埋伏着陷阱与不法交易。此回里几乎所有的人物包括苗青、王六儿、西门庆、夏提刑、船工等，所有事包括杀人谋财的主角配角和他们的行为等，都是黑暗至极。）

与夏提刑各分赃苗青行贿的一千两银子，然后放走了苗青，再重罚了帮凶。（按：《金瓶梅》由此写道："火到猪头烂，钱到公事办。"此种官官相护、官官相利，到了《红楼梦》里便是贾、王、史、薛四大家族一荣俱荣，一损俱损。）

六年，正月十九。

西门庆与夏提刑合伙贪赃枉法，将苗青杀死家主的帮凶问罪，放了安童。安童则通过黄通判诉状到了巡按山东察院，曾御史便参劾夏与西门两提刑官。

六年，三月初六清明。

西门庆不知道有人参了他。西门庆之前升官生子，清明时坟上祭祖。祭祖声势浩大排场宏伟：搬运了东西、酒米、饭食、菜蔬，叫上乐工、杂耍、扮戏的。小优儿李铭等；唱曲的李桂姐、吴银儿等。官客请了张团练、乔大户、吴大舅等二十余人。堂客请了张团练娘子、张亲家母、乔大户娘子、朱台官娘子等十四人。家中吴月娘、李娇儿，孟玉楼、潘金莲、李瓶儿、孙雪娥、西门大姐、春梅、迎春、玉箫、兰香、奶子如意儿抱着官哥儿，共有二十四五顶轿子。

（按：这是西门庆最为风光的一次排场。仅是官，西门庆不可能，因为需巨大的耗资；仅是商，西门庆不可能，因为有官员的加入。官商合伙，铸就了西门庆的暴发户形象。除了这一暴发户形象之外，我们还通过这一排场，看到了明中后期的社会、历史、风俗的特点，还有市井力量和新生阶层的力量。另外，《剑桥中国明代史（下卷）》第十章"交通、通信和商业"里指出，"晚明的富商能够进入体面的社会，达到了以往不可能的程度"。从西门庆的出入、交友、婚丧、嫁娶的排场看，证实了《剑桥中国明代史（下卷）》所说。从这一文本看，这一场面启发了《红楼梦》的大场面描写，如《红楼梦》里的第十三回"秦可卿死封龙禁尉　王熙凤协理宁国府"的秦氏出殡场面。尽管秦氏的出殡场面排场要大多了，但其是从《金瓶梅》的平民到贵族、从市井到豪族的发展与递进。）

六年，三月初六清明。

从五里地外祭祖归家时，夏提刑早已守在西门府，告诉西门庆有人状告他二人。（按：诉状称西门庆为"市井棍徒，滥冒武功，菽麦不知，一丁不识"。）西门庆对夏说："常言兵来将挡，水来土掩。事到其间，道在人为。少不的你我打点礼物，早差人上东京央及老爷那里去。"夏提刑家拿了二百两银子、两把银壶。西门庆拿的金镶玉宝石闹妆一条、三百两银子。将礼物打包端正，西门庆写了一封书与翟管家，两个早雇了头口，星夜往东京干事去了。来保、夏寿赶了六日到东京城内。

蔡太师因上奏七事（按：张竹坡评道：七件事，分外令人发指），皇帝允了，蔡太师便权倾朝野。蔡太师府上翟管家告知，诉西门庆等事，拖一拖最后无事。西门庆知道自己不会有事全在于"礼物交得明白"。

六年，三月初七。

西门庆与夏提刑到五十里地外迎接蔡御史。并通过蔡御史结交替换了曾御史的宋御史。（按：钱与钱打交道，权与权相勾连。这是明朝中晚期最重要的社会现象，也是一个王朝行将没落的前奏。）

六年，三月初八。

在蔡太师假子蔡状元的协调下，西门庆搭上了宋御史，设宴招待宋御史。这宴花去西门庆千两金银。其排场：茶汤献罢，阶下箫韶盈耳，鼓乐喧阗，不尽肴列珍羞，汤陈桃浪，端的歌舞声容。送宋御史及随从"每位五十瓶酒、五百点心、一百斤熟肉"。送宋、蔡两御史各一张大桌席、两坛酒、两牵羊、两封金丝花、两匹段红、一副金台盘、两把银执壶、十个银酒杯、两个银折盂、一双牙箸。（按：如此丰厚的礼物，只要收下，就没有办不成的事。重要的是，怎么会被拒绝呢？风气如此，人心如此，谁还会独自一人清高呢？）

宴后，送走宋御史，留宿蔡御史，继续拉关系。希望通过蔡太师能拿到淮盐的三万盐引中的份额。西门庆以花酒（按：有妓女陪唱陪喝的酒席）搞好与蔡御史的关系。搞好与蔡御史的关系，就是搞好与蔡太师的关系。于是顺钱成章，苗青便从大牢里被放了出来。

六年，三月初九。

夜。在永福寺住下。遇胡僧。

（按：永福寺及永福寺一夜，是整部《金瓶梅》的重要关节。如张竹坡所言：金莲葬于此，春梅逢故主于此，月娘、孝哥儿皈依佛门于此。再就是西门庆命丧淫行直接于胡僧药。胡僧药是西门庆败亡的药引，胡僧药是欲望终极的招牌。这样的文本，除了它的写实性之外，即明朝中后期的淫风炽盛的转喻，同时还指向中国文化的另一种传统：对房事的极限追求与对长生的极限追求，正是在帝王与民间达成某种平衡，或者帝王与民间的某种平等。中国的儒教传统从佛道中获得很多对人的身体和人的欲望的某种实际的和某种非实际的启示。这些启示，显然既包括它的正向也包括了它的反向。如果不从道统来讲，很难说淫行就是反向，但淫行一定不可能成为正向。虽然，它在反旧道统、反旧伦理中具有革命的性质。）

六年，四月十七。

王六儿生日。得胡僧春药（按：一夜御十女，其精永不伤。《万历野获编》有专节如"秘方见悖""进药"等，专门写臣子与江湖术士给皇帝进献长生不老药和春药之事。可见

《金瓶梅》中胡僧药原来是有出处的。不仅出于民间市井，而且源头就来自皇室宫廷。明季的社会风尚可见一斑）。

六年，四月十八、十九。

西门庆官事、商事、性事三兼营。昼，吩咐陈经济催债；从王三官儿（按：此为西门庆后来与其母林太太通奸埋下伏笔）手里救下李桂姐。夜。吃了胡僧药与金莲房事。（按：由于胡僧药的缘故，西门庆与妻妾外室房事，成了西门庆生活的重要内容。则为西门庆敲响了丧钟。另，"词话本"此回的回目作"月娘呼演金刚科　桂姐躲在西门宅"；"绣像本"作"打猫儿金莲品玉　斗叶子敬济输金"。以家庭叙事讲，"词话本"更近此回情节；从性叙事讲，"绣像本"更接近此回情节。尤其是通行的洁本删去了"打猫儿"一事，没有了后来猫儿惊吓官哥儿一事的铺垫。）

六年，四月二十。

西门庆在夏提刑家吃酒到二更（按："绣像本"作"三更"）回家后，与金莲第一次玩"后庭花"。（按："戴本"为此删去744字。）

六年，四月二十一。

从衙门回家让篦头的小周儿给篦头，又叫小周儿给官哥儿剃头。后又引逗了一会儿官哥儿。（按：西门庆作为一女西门大姐、一子官哥儿的父亲，其父子、父女亲情与温情，《金瓶梅》一书里虽说大都一笔带过，但毕竟写了。人性的复杂描写，是《金瓶梅》这一部大书的支点和重头戏。别认为西门庆是一恶棍、淫棍就一无是处，在对待家人时，其作为家主、父亲的种种照看、关爱及负责，都在西门庆身上显现。）

六年，四月二十一。

在藏春坞（按：又是藏春坞！藏春坞几乎成为西门府里淫窝的代名词。另外，西门庆用五百两银子新修的花园及藏春坞，可以看成是《红楼梦》大观园的雏形，或者说《红楼梦》里的大观园是花园及藏春坞的升级版），西门庆与瓶儿干女儿李桂姐玩性游戏，此时应伯爵闯入，三人一起打笑调情。（按："戴本"删去三节326字。这一删，虽然"洁"了，却看不到西门庆与应伯爵的秽行与丑态，尤其是看不到也许更秽更丑的应伯爵的嘴脸。《金瓶梅》里，男主角除西门庆外，二号男主角当算应伯爵。应伯爵不仅是西门庆的另一个翻版，而且是一个趋炎附势、见利忘义、人走茶凉的十足小人和坏人。在应伯爵身上，虽没有杀人越货的大恶，但小恶集于一身。可以讲，在应伯爵身上，见不到人性的光辉。）

六年，四月二十四。

在月娘与瓶儿的督促下，为了官哥儿的健康，西门庆与瓶儿到城隍土地庙拜土地神，而且拜了几个神君。（按：张竹坡多次说官哥儿不是西门庆的种而是鬼胎，但在西门庆拜土地神的虔诚即拜得满身汗看，张竹坡所说，几乎是臆测。又按："绣像本"无此内容。）

西门庆托王姑子出主意保官哥儿健康。西门庆道："因前日养官哥儿许下些愿心，一向忙碌碌，未曾完得。托赖皇天保护，日渐长大。我第一来要酬报佛恩，第二来要消灾延寿，因此请师父来商议。"王姑子道："小哥儿万金之躯，全凭佛力保护。老爹不知道，我们佛经上说，人中生有夜叉罗刹，常喜啖人，令人无子，伤胎夺命，皆是诸恶鬼所为。如今小哥儿要做好事，定是看经念佛，其余都不是路了。"西门庆便问做甚功德好，王姑子道："先拜卷《药师经》，待回向后，再印造两部《陀罗经》，极有功德。"西门庆问道："不知几时起经？"王姑子道："明日倒是好日，就我庵中完愿罢。"西门庆点着头道："依你，依你。"（按："词话本"无此内容。这情节也表明西门庆对官哥儿的父子情深。）

六年，四月二十五。

应伯爵与众友凑份子（按：相似于今天的 AA 制）邀西门庆与诸妓出门吃花酒。（按："绣像本"则写的是西门庆在王姑子劝导下，到观音庵起经为官哥儿的平安健康。这是"词话本"与"绣像本"最大差异的情节。《金瓶梅》着墨于应伯爵，伯爵的世故、市侩、精明和对待女性时的丑行秽行，此回一览无余地向读者描绘。另，"绣像本"对伯爵的着墨则少了许多，如凑份子一事便不见描述。）

西门庆请任医官为瓶儿治病，夸赞任医官医术高明。晚伴瓶儿熟睡。

六年，四月二十六。

晨，当迎春为瓶儿煎第二服药时，西门庆"一个惊魂落向爪哇国去了。"

（按："一个惊魂落向爪哇国去了"为清《红楼梦》提供了现成的俗语。在《红楼梦》里前后八十回与四十回，分别有一句"飞到爪哇国去了"，可见，《金瓶梅》不仅在故事、布局、情节、人物方面启发了《红楼梦》，而且在语言方面同样启发了《红楼梦》。另，"绣像本"无此内容。）

六年，四月二十七。

西门庆想起蔡太师寿诞已近，从清河到京要走半个月路程。原想连夜出发，在众妻妾劝告下改为次日出发。二十杠行李中寿礼有"蟒衣、龙袍、段匹、金花宝贝等"。行了十来日，到达东京，投宿蔡太师翟管家屋里。在翟家，西门庆"独宿孤眠，一生不惯"。（按：《金瓶梅》着意写上这一句，是《金瓶梅》情事叙事罕见的。它表明西门庆这样一个性狂徒的欲望饥渴之后的放纵，进而加速西门庆的死亡。另，"绣像本"在西门庆进京送蔡太师礼之前，插了一段西门庆生意的事。两本的回目也不同："词话本"作"西门庆东京庆寿诞　苗员外扬州送歌童"；"绣像本"作"西门庆两番庆寿诞　苗员外一诺送歌童"。）

六年，五月十二至十三。

西门庆把二十担金银缎匹抬到太师府上。巧遇扬州大财主苗员外也来上寿。在蔡太师如宝殿仙宫的书房，西门庆四拜蔡太师认干爹。蔡太师寿诞，满朝文武官员来庆贺的分作三批：一日，皇亲内相；二日，尚书显要衙门官员；三日，内外大小等职。因西门庆一来远客二来送了许多礼，蔡太师十分欢喜。在正式宴请的头天，独请西门庆一人（按：足见西门庆的本领）。蔡太师说："孩儿起来。"西门庆说："爷爷贵冗，孩儿就此叩谢。"（按：小议《金瓶梅》的宏大叙事。《金瓶梅》看似以市井、市民为主，蝇营狗苟，柴米油盐的小叙事或平民叙事，但在《金瓶梅》的社会叙事里，第五十五回则是宏大叙事，即浓墨重彩地大写蔡太师寿诞的盛大排场。太师书房里屏风后竟有二三十个美女执巾执扇，而且个个都是宫样装束。此不仅讽刺奸相蔡太师，而且是对整个上层骄奢淫逸的讽刺。同时也是明朝中晚期整个社会的现状。明末清初思想家王夫之《读通鉴论·卷三》指出"人主移于贾而国本涣，士大夫移于贾而廉耻丧"。王此论显然为儒家传统和封建道统的"农本商末"的影响及偏见，但却说明了一个历史上的重要现象，那就是明中后期商业繁荣时，官商勾结、士商一体成为那一社会的时代特征。这一现象，一方面表明明朝中后期的商业发展带来了新兴富裕的市民阶层，一方面给传统的社会带来了腐化奢靡以及所谓的"人心不古"。再就是，从《金瓶梅》有关西门庆与朝廷高官权贵和地方官员的叙事里，明朝中晚期，一面财政吃紧，一面官员弄权；一面底层生活窘迫，一面新兴财主腰缠万贯。繁华与衰退、激荡与庸常，新兴与正统，相互交织、相互冲突。《金瓶梅》的作者虽然在此写蔡太师寿礼现场，仅仅是蜻蜓点水，但也足以看到那个王朝正加速走向糜烂和走向末日，就如西门庆加速走向死亡一样。如果说，张岱在明亡家破时的陶庵，回忆起以往繁华如梦一样破碎的话，那么兰陵笑笑生则在当时已经觉察到了这一切，而且先知般地描述和表达了这一切。）

六年，五月中旬。

西门庆东京送礼归家，与六房妻小各叙寒温。特别是问李瓶儿："孩子这几时好么？你身子怎地调理，吃的任医官药，有些应验么？我虽则往东京，一心只吊不下家里哩，店里不知怎么样，因此急忙回来。"李瓶儿道："孩子也没甚事，我身子吃药后，略觉好些。"（按："绣像本"作"孩子这几时好么？你身子吃的任医官药，有些应验么？我虽则往东京，一心只吊不下家里。"李瓶儿道："孩子也没甚事，我身子吃药后，略觉好些。"抑"词"扬"绣"者认为，"词话本"行文不如"绣像本"干净和简洁，其实这要看情节中的现场。譬如"词话本"在问瓶儿时多了"怎地调理"，显现出西门庆对瓶儿的特别关心，在家里事多"店里不知怎样的"，表明西门庆不仅看重官场也看重家庭和自家的经营。尤其多了"因此急忙回来一句"，表现出一家之主的责任。而这样的繁缛，是"绣像本"所没有的。）

六年，五月下旬。

西门庆自从东京到家，"每日忙不迭，送礼的，请酒的，日日三朋四友；既要与大娘接风，又要与各房儿缱绻，朝朝殢雨尤云，以此竟不曾到衙门里去走，连那告假的帖儿也不曾消的。"（按："绣像本"作"西门庆自从东京到家，每日忙不迭，送礼的，请酒的，日日三朋四友，以此竟不曾到衙门里去。"）

六年，五月下旬某日。

与蔡太师寿诞时认识的苗员外从扬州送来两歌童。西门庆喜之不胜，然后两歌童"捧着檀板，拽起歌喉"唱一六支组成的套曲。（按："绣像本"只有歌童到西门府上的事，没有歌童唱套曲的情节。"绣像本"仅一句，"唱了几个小词儿"。）

六年，新秋。

西门庆无事在家，在花园后藏春坞，和月娘、玉楼、金莲、李瓶儿五个寻花问柳顽耍，好不快活。（按："词话本"写月娘、玉楼、金莲、瓶儿时都写了她们的穿着，而且写道因穿着四妻妾"妖妖娆娆"，"绣像本"无此服饰细节的描写。服饰和玉食是《金瓶梅》文本的重要构件，也是《金瓶梅》里各色人等的等级性格的重要参数。"词话本"对此比"绣像本"详尽。可参见刘火《一部〈金瓶梅〉，写尽中国古代服饰》。）

六年，新秋某日。

西门庆接济义兄弟常时节："这一包碎银子，是那日东京太师府赏封剩下的十二两，你拿去好杂用。"送了常时节走后，西门庆说："兀那东西，是好动不喜静的，曾（按："绣像本"作"怎"。"词话本"此回的回目作"西门庆周济常时节 应伯爵举荐水秀才"；"绣像本"作"西门庆捐金助朋友 常峙节得钞傲妻儿"。"词话本"作"常时节"，"绣像本"作"常峙节"。两本此回最大差别在于，"绣像本"中，常峙节拿着从西门庆手中得来的钱在自家老婆处炫耀，以作为自己与大财主西门庆的友谊的象征。"词话本"则落脚秀才的出场。这正是之后温秀才被西门庆所炒的伏笔）肯埋没在一处！也是天生应人用的，一个人堆积，就有一个人缺少了。因此积下财宝，极有罪的。"（按：西门庆"仗义疏财"并非浪得虚名。"绣像本"与"词话本"回目都指向西门庆对结义十兄弟之一的常时节的"周济"与"捐金"。这表明《金瓶梅》作者对西门庆这一人物的多面化塑造。西门庆当然是一个吃黑钱、用黑钱及占人妻女的恶棍，但另一面，还有西门庆作为自然人和社会人的另一些属性。从社会人来讲，西门庆的这种"周济"与"捐金"是有逻辑起点的，不然西门庆不可能在那个社会混下去。江湖自有江湖的道理，它表明了市井市民小说的另一种现场，同时也表明了西门庆的另一面"义气"，这与西门庆热心帮助温秀才却因温秀才与自家美童有了性关系而将其撵走一事，形成很大的反差。）

六年，秋初。

永福寺道长老在西门府上募缘，西门庆"舍财助建"了五百两银子。回到月娘处，与月娘说笑："你的醋话儿又来了。却不道天地尚有阴阳，男女自然配合。今生偷情的、苟合的，都是前生分定，姻缘簿上注名，今生了还，难道是生刺刺胡擒乱扯歪厮缠做的？咱闻那佛祖西天，也止不过要黄金铺地，阴司十殿，也要些楮镪营求。咱只消尽这家私广为善事，就使强奸了嫦（按："绣像本"作"姮"）娥，和奸了织女，拐了许飞琼，盗了西王母的女儿，也不减我泼天的富贵。"（按：西门庆这一与月娘的玩笑，其实就是西门庆在对待女性一事上的真实写照：胆大、有钱、任性。"崇祯本"眉批道："口角逼真市井，妙。"所以月娘深知西门庆性格，便就打趣道："笑哥狗吃热矢（按："绣像本"作"狗吃热屎"），原道是个香甜。"（按：这种半韵半散的文本，也是《金瓶梅》情节的重要元素。它表明了从古典小说向近现代小说的蜕变过程，也表明了白话在俗语、俚词中获得了营养，加速了近现代白话文由口语大踏步变成书面语的过程。）

六年，秋初。

在游方薛姑子（按：薛姑子与王姑子等，是佛道与俗人之间的捐客，而非仅婚姻媒婆一职）劝导下，西门庆将三十两银子交薛姑子印五千卷经卷保西门府平安，保官哥儿平安。（按：前按已说，佛与道在《金瓶梅》不是一个可有可无的道具，而是社会叙事里重要的因素。月娘极信，瓶儿也信，西门庆半信，唯金莲不信。事实上，《金瓶梅》是一部讨厌佛道的俗世小说。在第五十七回，有两首曲子便可以看出兰陵笑笑生的观念。一首里有"……中间打扮念弥陀，开口儿就是西方路。……骗金银犹是可，收窝里毕竟胡涂，算来不是好姑姑，几个清名被点污"，"绣像本"缺此小曲。另一首是"尼姑生来头皮光，拖子和尚夜夜忙。三个光头好像师父、师兄并师弟，只是铙钹缘何在里床？"。"绣像本"作"原何"。）

六年，六月二十八。

西门庆生日。

韩道国置办的货到。西门庆心中大喜。接着与合伙人合同：西门庆五分、乔大户三分，余二分为韩道国、甘出身、崔本三人平分。（按："词话本"此回即第五十八回的回目作"怀妒忌金莲打秋菊　乞腊肉磨镜叟诉怨"；"绣像本"则作"潘金莲打狗伤人　孟玉楼周贫磨镜"。"绣像本"无此情节。生意合伙人分利的情节，"绣像本"的社会叙事少于"词话本"，这与"词话本"的"教化"多于"绣像本"有关。同样同理，"绣像本"在市民社会这一层的叙事与描述的长度与宽度也远低于"词话本"。除了这一情节外，"词话本"多处涉及人物服饰、家人用度、购物等一系列所需银两的事，包括几两几钱等，"绣像本"都是缺失的。）

六年，七月。
西门庆的货物运回家，听说因关系只纳了三十两五钱的税，满心高兴。

六年，八月初一。
西门庆到妓女郑爱月处（按："词话本"此回即五十九回的回目作"西门庆摔死雪狮子　李瓶儿痛哭官哥儿"，"绣像本"作"西门庆露阳惊爱月　李瓶儿睹物哭官哥儿"。"词话本"着重"西门庆摔死雪狮子"，为瓶儿之死时，西门庆对瓶儿的厚意伏笔。"绣像本"着重西门庆与妓女的性事，"戴本"删两处共 442 字。从情节的后来布局看，两者都有回应。但从情节的旨向看，"词话本"里摔雪狮子更具有西门庆与瓶儿关系的某种真情。）

六年，八月初二。

西门庆衙门上班后往夏提刑家拜寿。

回家得知金莲猫儿抓伤了官哥儿后，西门庆不听便罢，听了此言，三尸暴跳，五脏气冲，怒从心上起，恶向胆边生，直走到潘金莲房中，不由分说，"寻着猫，提溜着脚"（按："绣像本"作"雪狮子，提着脚"），走向穿廊，望石台基抡起来只一摔，只听响亮一声，脑浆迸万朵桃花，满口牙零噙碎玉。

六年，八月中旬。

因官哥儿之事，西门庆从衙门中回家就到瓶儿房里看孩子。

六年，八月二十三。

官哥儿早夭，西门庆乱着，也没往衙门中去。

六年，八月二十七。

雇了八名青衣白帽小童，抬着"西门冢男之枢"送殡。（按：此两细节，"绣像本"均无。）西门庆怕瓶儿坟上悲恸，不叫她去。（按：细微之处，见西门庆对瓶儿的情。）

六年，九月初旬。

南京货船到达清河。（按：清河运输和清河县码头这一情节，显现出明朝中晚期，经元明两朝重新挖掘和新凿后的大运河，交通的繁荣与便利。这与《水浒传》里的阮氏三雄只在湖泊中营生和由陆路运送花石纲有了质的区别。由此,《金瓶梅》再次表明它的故事背景和写作时间,在明朝中晚期。)

六年,九月初四。

西门的绸缎铺开张。(按:遥想后来西门庆死后,只剩下西门庆发迹时的一个小小生药铺。世事易变,昼夜之间。)卸货多达二十大车。摆酒十五桌,五果五菜、三汤五割。(按:"割",上海古籍出版社的《金瓶梅鉴赏辞典》无释。"割"即"割肉"的"肉"的代喻。)且有三小优儿献唱。酒过五巡(按:今一般称"酒过三巡","五巡"不知由来),西门庆便与月娘大哥吴大舅等前来祝贺绸缎铺开张的朋友行令猜拳,好不热闹。

(按:西门庆绸缎铺开业与瓶儿死子及瓶儿得病形成极大反差,可见西门生意之重远大于瓶儿得病。社会地位的高低和财富的多少,对于西门庆这样一个在清河一县上下左右通吃摆平的人来讲,显然权势的赢得有时大于家事。当然,这也是《金瓶梅》写黑暗的重要参数。)

(又按:此回"李瓶儿因暗气惹病 西门庆立段铺开张","绣像本"作"李瓶儿病缠死孽 西门庆官作生涯"。"词话本"回目更接近此回文本所旨。在绸缎铺开张宴上的猜拳行令场面,启发了《红楼梦》众多的行令猜拳场景,而且直接启发《红楼梦》第二十八回里关于女儿"悲愁喜乐"的行令场景。只是,薛蟠的粗话比西门庆还俗。西门庆行令唱"搂抱红娘亲个嘴,抛闪鸳鸯独自嗟",薛蟠行令时唱"女儿悲,嫁了个大乌龟;女儿乐,一根往里戳"。)

六年，九月初五。

给常时节五十两银子买房子开小铺。（按："崇祯本"眉
批"全无吝啬处，亦古今所难"。此高度赞扬了西门庆的仗义
疏财。一部《金瓶梅》，西门庆在他十结义兄弟中，对常和应
是最好的。但拐了花子虚的老婆李瓶儿，又夺了花家的上千
两银子的财物。人性的多样和复杂，在《金瓶梅》里写得游
刃有余。这是极为难得的作品，在中国小说史上，恐无人出
其左右。）

六年，九月初六。

西门庆受韩道国之请赴宴。宴间与韩道国老婆王六儿顶
门玩耍。（按："词话本"此回即第六十一回的回目作"韩道国
筵请西门庆　李瓶儿带病宴重阳"，"绣像本"作"西门庆乘
醉烧阴户　李瓶儿带病宴重阳"。"词话本"回目着重韩道国
事，"绣像本"回目重王六儿事。删西门与王六儿性事描写两
处 223 字。另，"烧阴户"，"烧"即用香在人的身体上作记号
即"香癖"，"烧阴户"即男人在女人私处作记号，这是明代
男女之间的性游戏。"烧阴户"之事，后来又与林太太做过。）

六年，九月初六夜。

西门庆从韩道国处返家进瓶儿房，瓶儿血虚，叫西门庆
到金莲房中歇息。西门不愿，瓶儿坚持，西门庆便到了金莲
房中。

六年，九月初十至十四。

西门庆请申二姐来家为瓶儿唱小曲。又请八十一岁的赵太医给瓶儿看病。又以三钱银子请真武庙外的黄先生为瓶儿算命。又请五岳观潘道士（按："词话本"此即第六十二回的回目作"潘道士解禳祭灯坛　西门庆大哭李瓶儿"，"绣像本"作"潘道士法遣黄巾士　西门庆大哭李瓶儿"），为瓶儿捉鬼。西门庆见瓶儿胳膊儿瘦得银条相似，只守着在房内哭泣，悲恸不胜。衙门中隔日去走一走。（按：西门庆对瓶儿的真心，当可对天地。）

六年，九月十四。

用三百二十两银子为瓶儿置办棺材。（按：五百两银子西门府就可以新修一个花园。）

六年，九月十六至十九。

西门庆听说李瓶儿死了，和吴月娘两步做一步奔到前边，揭起被，但见面容不改，体尚微温，悠然而逝，身上只着一件红绫抹胸儿。这西门庆也不顾的甚么身底下血渍，两只手捧着她的香腮亲着，口口声声只叫："我的没救的姐姐，有仁义好性儿的姐姐！你怎的闪了我去了？宁可教我西门庆死了罢。我也不久活于世了，平白活着做甚么！"在房里离地跳的有三尺高，大放声号哭。后又守着瓶儿尸首，放声哭叫。三两夜没睡，把嗓音也哭丧着哑了，在瓶儿灵旁独自宿歇。（按：西门庆对瓶儿的真情和真爱，由此可见一斑。罪孽深重的西门庆于此，似乎也有了丝丝人性的光辉。包括接着下来的几回，第六十三、六十七、七十一等回写西门庆对已死瓶儿的念想，也可以看到西门庆人性的另一面。）

六年，九月十九。

瓶儿大殓。前已用一百两银子，买三十桶魁光麻布、二百匹黄丝孝绢，在天井内搭五间葬棚。皇庄薛内相送葬礼所需六十根杉条、三十条毛竹、三百领芦席、一百条麻绳大棚殓。一匹缎子、十两白金（按："绣像本"作"银子"）请韩先生画瓶儿美人图（按："词话本"此回即第六十三回的回目作"亲朋祭奠开筵宴　西门庆观戏感瓶儿"，"绣像本"作"韩画士传真作遗爱　西门庆观戏动深悲"。较"词话本"回目，"绣像本"回目"韩画士传真作遗爱　西门庆观戏动深悲"更能表达西门庆对瓶儿的一片真情）。为瓶儿葬礼，给银匠十两银子打三副银爵盏。

六年，九月十九。

抬尸入棺时。西门庆要写"诏封锦衣西门恭人李氏柩"。（按：在应伯爵和温秀才劝导下，改"恭人"为"室人"。此名分上的争论，直接启发了《红楼梦》"秦可卿死封龙禁尉"的故事与情节）悬于瓶儿灵前。（按："崇祯本"批"酒肉朋友未必全无好处"，说的是，应伯爵叫西门庆不要乱了纲纪，即瓶儿非正室，不能用"恭人"。宋明以降，纲纪伦理日趋加深和牢固。尤其在这表面文章上，更得按纲按理行事。但事实上，一部《金瓶梅》就是一部反纲常反伦理的鸿篇巨制。以黑色和反讽将纲常和伦理拖下了神坛。如：于此的"正名"上，西门庆先答应了应伯爵与温秀才的建议，改"恭人"为"室人"，但在出殡时，瓶儿的祭文依然写着"诏封锦衣西门恭人李氏之灵"。）

六年，九月二十一至二十二。

瓶儿首七。乔大户上祭五十余抬厚礼。西门庆在卷棚陪人吃酒，府尹胡大人来上祭。赏来上祭妓女每人一匹整绢。

六年，九月二十三。

西门庆在大棚里放十五桌席，请海盐子弟演戏以吊瓶儿。西门庆听到戏文"今生难会面，因此上寄丹青"一句，忽想起李瓶儿病时模样，不觉心中感触起来，止不住眼中泪落，袖中不住取汗巾儿擦拭。（按：伶人时尚，是明代中后期的一个重要社会现象。《万历野获编》多次提及社会和宫廷对伶官、伶人的喜好。"卷一·列朝"有专节"伶官干政"，说武宗"之宠优伶，几同高齐及朱耶之季，至赐飞鱼等禁止服"。"卷二十一·佞幸"有专节"伶人称字"，武宗时赐伶人"一品服"。上有所好，下有所爱。东京之上，清河县之下，伶风蔚然。）

六年，九月二十四。

太监薛、太监刘（按：《金瓶梅》称太监为"内相"，可见在明代太监的地位有多高。盛极时，便是到处修生祠的九千岁魏宗贤）到西门府上祭瓶儿，包括周守备、荆都监、张团练、夏提刑等官员来为瓶儿上祭。（按：可见西门庆这样一个因钱得官后因官又得财的地方豪强的地位与影响力。）

六年，九月二十八。（按："绣像本"作"十月二十八"。）
瓶儿二七。继续为瓶儿做法事。

六年，九月二十九。
管砖厂的工部黄主事到西门府说公事，因请西门庆在此
做东接待朝廷命官，顺带给瓶儿吊孝。西门庆先以瓶儿十月
十二日发引之事推托，后又把此事承接了下来。

六年，十月上旬至十月十一。
瓶儿三七、四七，继续做道场与法事。

六年，十月十二。
瓶儿发引。西门庆总冠孝服同众亲朋在棺材后，发引场
面极尽宏大奢华。张团练带领二百名军兵，同刘、薛二内相，
在坟前搭帐房，吹响器，打铜锣铜鼓，迎殡到时，所烧冥器
纸札烟焰涨天。所费弥众。（按：《红楼梦》中的秦可卿出殡
场景，几乎按此复制，如有不同，"秦可卿死封龙禁尉"的版
本，顶多 2.0 版。）

六年，十月十二。
后晌回灵。西门庆伴瓶儿之灵而歇，而且大哭不止。夜
半对着孤灯，半窗斜月，翻复无寐，长吁短叹。

六年，十月上旬。

西门庆在瓶儿房里守灵时，收了瓶儿之子官哥儿的奶娘如意儿。（按：作为《金瓶梅》性事叙事的主角之一，西门庆几乎无夜不性，许多时候白日也性，但有两次例外。一次是进京给蔡太师祝寿，一月之间独宿。一次就是瓶儿丧事期间，几整"五七"。两者都与礼相关，前者与社会伦理相关，后者与家庭伦理相关。可见《金瓶梅》的作者，虽然是旧伦理的叛逆者，但骨子里的深处依然潜藏着伦理的某些规范。）

六年，十月十七。

宋御史通过西门庆结交黄太尉，礼品是一桌金银酒器：两把金壶、两副金台盏、十副小银钟、两副银折盂、四副银赏钟；两匹大红彩蟒、两匹金缎、十坛酒、两牵羊。（按：在此之前，西门庆结交官府需要掮客，现在西门庆自己当起掮客来了。）

六年，十月十八。

西门庆在家设豪筵招待黄太尉。西门庆青衣冠冕，望尘拱伺。黄太尉穿大红五彩双挂绣蟒，坐八抬八簇银顶暖轿，张打茶褐伞。后边名下执事人役跟随无数，骏骑咆哮，如万花之灿锦，随鼓吹而行。太尉落轿进来，后面抚按率领大小官员，一拥而入。西门庆厅上，筝、龙笛、凤管等奏乐，一应呈应，歌舞各有节次，极尽声容之盛。西门庆卑谦恭敬，地主之谊无不周到。黄太尉与两司八府官员无不欢喜。（按：西门庆与朝廷高官显要直接交际有两次，一次是进京给蔡太师祝寿，一次是在家中迎接黄太尉。前者显示朝廷高官显要的做派，后者显示土豪的做派。《金瓶梅》本是一部市井市民叙事，却大张旗鼓地写朝廷的高官显要。这一社会叙事，小说不仅提供了更广阔的社会空间与更悠长的时间，而且从近处讲，它启发了《红楼梦》元春一角，即由贾家的元春与朝廷最高权力者皇上有了联系。）

六年，十月二十。

瓶儿五七道场。长幡榜文有："伏以伉俪情深，叹凤鸾之先别；闺门月冷，嗟琴瑟以断鸣。"（按：榜文近 300 字。）

年纪三旬、仪表非常的黄真人（与吴道官一起）为超度瓶儿做的道场、法事极尽排场。

（按："绣像本"一无此榜文，二在道场描写上也很简明。虽说榜文具有"公文"性质，但"绣像本"无此榜文和无详尽描写，就无法认知西门庆与瓶儿关系的全部。）

六年，十月二十一。

瓶儿"五七"翌日晨，月娘吩咐丫头熬粥给西门庆吃，但西门庆不梳头洗面，披着绒衣，戴着毡巾，径直走到花园里书房中。邀应伯爵来商量谢孝、拆丧棚及生意之事。

公事家事处理完毕，雪下了起来，"纷纷扬扬，犹如风飘柳絮，乱舞梨花相似"。（按：西门庆作为土豪，也懂得上流社会的雅好，可见晚明风尚。另，《金瓶梅》中的一些写景，并不完全落入说书的套路，而是以现代小说的方式真实地描摹。此回雪景与第一回金莲调情武二的那场子雪景就不一样，那一场几乎就是说书人的套路"玉碾乾隆""江山银色"等。)
遂与应伯爵、温秀才在书房赏雪。边赏雪边吃酒，甜点、冷
碟无所不有，尤其是一碟酥油泡螺（按：可参见刘火《"酥油
泡螺"的别义》）勾起西门庆对会做"酥油泡螺"的瓶儿的回
忆。于是晚上跟与瓶儿身体一样白净的如意儿歇在一处。

　　六年，十月二十五、二十六。
　　西门庆谢孝完毕。
　　歇息时梦见瓶儿。瓶儿告诉她前夫花子虚告她下了狱，
还发誓连带告西门庆。并劝西门庆看好家。西门庆紧拉瓶儿
的手大哭，"帘影射入，正当日午，追思起（按："绣像本"无
此三字）由不的心中痛切"。正是"花落土埋香不见，镜空鸾
影梦初醒"。
　　十月二十七，西门庆与瓶儿烧了纸，做完最后的法事。
接着，《金瓶梅》总结西门庆与瓶儿这情事"芳魂料不随灰
死，再结来生未了缘"。
　　（按：在西门庆的性事叙事里，梦见瓶儿之前，西门庆与
身体皮肤相似于瓶儿的如意儿房事；梦见瓶儿之后，西门庆
与瓶儿的敌人金莲房事。两处"戴本"分别删去 108 字和 83
字。写西门庆与瓶儿梦中相会性事，写西门庆与如意儿、金
莲性事便只有性。西门庆与金莲性事被访客打断，金莲匆匆
离去，《金瓶梅》一结语为"雪隐鹭鸶飞始见，柳藏鹦鹉语方
知"。联想头夜，西门庆与瓶儿梦中相会时，《金瓶梅》结语
为"花落土埋香不见，镜空鸾影梦初醒"，构成一幅时空寂旷
之境。其双重构建，超越了本是说书人的套路和套话，成为

现代小说转喻的重要手法。"花落土埋香不见，镜空鸾影梦初醒"：退到后台的瓶儿依然在前台；"雪隐鹭鸶飞始见，柳藏鹦鹉语方知"：已是前台的金莲正走向埋葬西门庆的途中。）

六年，十一月初六。

西门庆在家中接待工部官员安老爹。西门千户与工部安郎中彼此捧场，互吹功绩。送走安郎中即出门上轿往郑爱月儿家去。在郑爱月家，吴银儿戴孝前来敬酒。西门庆问吴银儿："你戴的谁人孝？"吴银儿说："爹故意又问个儿，与娘戴孝一向了。"西门庆闻与瓶儿戴孝，满心欢喜。（按：瓶儿"断七"后又一次回到前台。）

在郑爱月家里，西门庆、应伯爵、温秀才与郑爱月、郑爱香、吴银儿三粉头"乱了一回"。

在郑爱月家里。爱月可做酥油泡螺儿，瓶儿是西门府上唯一可做酥油泡螺儿的人；吴银儿又是拜了瓶儿为干娘的人。爱月、银儿便都是西门庆的"爱"。西门庆与烂友厮混时，应伯爵揩爱月的"油"。（按："词话本"此回作"郑月儿卖俏透密意 玳安殷勤寻文嫂"，"绣像本"作"应伯爵戏衔玉臂 玳安儿密访蜂媒"。应伯爵插进揩爱月的"油"，此情节合"绣像本"回目。足见，应伯爵是一个比西门庆更无赖、更寡廉鲜耻的人。）郑爱月边与西门庆调情边透露王三官的寡母林太太，好不乔样、狐狸似的（按："崇祯本"眉批"是老淫像赞"）。西门庆便叫玳安给媒婆文嫂五两银子，让其去林太太家"拉皮条"。（按：林太太正式登场。林太太的登场加速了西门庆走进坟墓的步伐。《金瓶梅》的情节和叙事，并非如日本学者阿部泰记 1979 年的《论〈金瓶梅〉叙述之混乱》一文中所指责那样混乱不堪。《金瓶梅》的草蛇灰线，密布于全书的所有情节；最后拾起的"千里伏脉"，也时显时隐地在所有细节里。）

在郑爱月家，西门庆极尽挥霍。（按：瓶儿"断七"后，西门庆与其狐朋狗友便在风月场所花天酒地，无所不用其极。所花费用可参见《西门庆收入开销一览》）。

六年，十一月十九。（按：应为初九，后文即写为初九。可见《金瓶梅》现印行的版本依然有校勘的事需要做。哪怕如"戴本"这样精当的校勘。）

借教育王三官之事，西门庆与林太太第一次见面（按："绣像本"回目作"招宣府初调林太太　丽春院惊走王三官"，"词话本"回目作"文嫂通情林太太　王三官中诈求奸"）极为庄重。其一，西门庆见面便躬身施礼："请太太转上，学生拜见。"林氏道："大人免礼罢。"西门庆不肯，就侧身磕下头去拜两拜。其二，西门庆道："不知老太太有甚事分付？"林氏道："不瞒大人说，寒家虽世代做了这招宣，夫主去世年久，……小儿年幼优养……把家事都失了……几次欲待要往公门诉状……诚恐抛头露面，有失先夫名节。今日敢请大人至寒家诉其衷曲，……望乞大人千万留情……使小儿改过自新，……实出大人再造之恩，妾身感激不浅，自当重谢。"西门庆道："老太太怎生这般说……尊家乃世代簪缨，先朝将相，何等人家！令郎……太太既分付，学生到衙门里，即时把这干人处分惩治，庶可杜绝将来。"这妇人听了，连忙起身，向西门庆道了万福，说道："容日妾身致谢大人。"西门庆道："你我一家，何出此言。"（按：此节可谓《金瓶梅》中的奇节。两个狗男女，竟然彬彬有礼。女人谈名节谈祖荣，男人谈扬善谈礼义。怪不得，"崇祯本"眉批批道"真欲呕死"！尤其是西门庆的"你我一家"之话的铺垫，便将两狗男女很快的苟媾，反讽到无以复加的地步。台前一套礼智仁义，台后一套男盗女娼。这是官场和交际场合的不二法门的戏码，《金瓶梅》的杰出之处，是把这戏码写得如真的一样！另，"戴本"删去性描写244字。另，"绣像本"此处性描写共139字，少于"词话本"。）

六年，十一月初九。

西门庆上衙便议林太太之子王三官之事（按：因郑爱月透情，说林太太及王三官之妻，西门本因王三官作奸犯科还想打王三官之妻主意）。在林太太的通情下收了王三官作义子，然后驱赶了与王三官斗气的张小闲。（按：钱能通神，在西门庆那里，女人也是可能通神的。人性的弱点和人性的黑暗，在钱与性两方面最易展示出来。有时这样的展示还冠冕堂皇，如西门庆处理王三官之事。）因王三官之事，同时断绝与两年前梳笼并三十两银子包月的李桂姐的关系。（按：对于性无所不在、无所不好的西门庆，在这里竟如此"爱憎分明"！也为后来西门庆撵走温秀才埋下伏笔。）

六年，十一月初九。

西门庆从副千户提刑"转正"（按：不知日后官场副职转

正职的"转正"一词的词源，是否就来自《金瓶梅》？查商务印书馆 1986 年版《辞源》无"转正"词条，查上海古籍出版社 1990 年《金瓶梅鉴赏辞典》也无"转正"词条）为千户掌刑。（按：原来的夏提刑明升暗降面容失色，西门庆则心中大悦。中土官场，虽为同僚、虽是同等，但正副之间，则可以天上地下。）

六年，十一月初十。
收下王三官送来的礼物并以为林太太落入自己手里指日可待。（按：西门庆升级之时，也临近西门庆淫死之日。）

六年，十一月十二。
起身赴京，赶至冬至之前进京谢恩。

六年，十一月下旬。（按：依前清河县到京城约半月路程。）
进京第一日，拜会夏提刑亲家翟中书。
进京第二日，拜会蔡府翟管家。
进京第三日，入朝午门谢恩。
进京第三日晚，应何千户所邀到何公公府上拜会。
（按：小议《金瓶梅》的时代背景及其社会叙事的意义。《金瓶梅》多次写到西门庆与朝中若干太监的密切关系。太监当道是明朝中晚期社会的一个重要现象，至天启年间达到顶峰。《明史·宦官传》，共录 53 人，"阉党"共录 43 人，"佞悻"共录 20 人。此，恐为历代历朝最多者。无论在朝在野，没有可以绕过太监办事的事。西门庆自不例外。对于一个试图官当得更大、财发得更多的土豪来说，走太监门路定是终南捷径。太监团体与各种势力之间的联系，也是太监当道的重要条件，而且太监之间的各种势力还决定了太监与在朝的不同势力的联系程度以及势力大小。事实上，《金瓶梅》里的西门庆与太监的关系包括与朝中显贵的关系即紧接着拜会朱太尉，不仅表明了中国历史上这一重大事件，同时在《金瓶梅》里还起到了串联各种人物之间错综复杂的关系的作用。于此，"绣像本"的回目"老太监引酌朝房　二提刑庭参太尉"就比"词话本"的回目"西门庆工完升级　群僚庭参朱太尉"的主旨更符合这一历史走向。另外，西门庆与朝中的密切关系的叙事模式，启发了《红楼梦》四大家族与皇帝皇族与外戚的叙事模式。在小结一百回结尾处，《金瓶梅》浓重地写了外敌番兵的入侵。情节虽写的是宋代靖康之耻的二帝被金人所掳，但一看都知道，这写的是明朝"土木堡事变"。正是这一事件，明朝从强大逐步走向衰落。《金瓶梅》开头，一片和平景象。《金瓶梅》结尾时，则是"人民遭劫"和"万户惊惶"。事实上，作者已经洞悉到了他所处的时代，不再是明朝强大的时代了。）

进京第四日，与众同僚拜会朱太尉。朱太尉刚升官晋级，朱太尉家接待众僚拜会场面，丝毫不亚于蔡太师家。场面之浩大、等级之森严让人惊叹，与西门庆同级的官员，只能从第五位开始排。（按：从"词话本"的文本看，家庭叙事、性事叙事，显然是《金瓶梅》的主线叙事。但是，与蔡太师、与朱太尉、与太监、与同僚、与生意伙伴、与狐朋狗友、与众妓女等的政治和社会叙事,《金瓶梅》并没有置于末端,而是交织于西门庆的性事叙事和家庭叙事之中。特别是与蔡太师和朱太尉两次的交际叙事,可以看到《金瓶梅》原来或有可能成为一部政治小说,至少原来或已是一部触及社会上下阶层及更深层次的社会小说,而且极具批判性。此回结尾的诗写道"权奸误国祸机深,开国承家戒小人。六贼深诛何足道,奈何二圣远蒙尘",表明了《金瓶梅》的立场和由此带来的教化。因此,《金瓶梅》借市井、市民小说的外壳写成了一部包罗万象的社会小说。或者说,市民的叙事,只是社会政治叙事的一部分,当然也是极重要又极丰盈的一部分内容。)

　　进京第五日,由西门庆作中介,何太监从夏延龄处买了一套京城豪宅。夏卖价一千五百两,经西门庆中介,何太监买入价一千二百两。何太监"喜欢的要不的"。(按:卖买中间的差价,显然由西门庆填补上了。《金瓶梅》虽没明写,但提到西门庆在吩咐玳安、贲四时"附耳低首,如此如此,这般这般"。)

　　六年,十一月下旬某日。

　　西门庆在何千户家就寝。梦见瓶儿"淡妆丽雅,素白旧衫笼雪体,淡黄软袜衬弓鞋,轻移莲步,立于月下"。两人梦中云雨不说,瓶儿还告诉西门庆"我的哥哥,切记休贪夜饮,早早回家。那厮不时伺害于你,千万勿忘奴言,是必记于心者!"(按:"绣像本"缺"奴言,是必记于心者"。此番劝诫与《红楼梦》里秦可卿托梦于王熙凤的情节何其相似乃尔!《红楼梦》脱胎《金瓶梅》,并非只是陈独秀一人之言,而是两个文本比较后的事实。）

六年，十一月下旬进京第六天。

晨，随何千户入朝。第一次面觐皇帝。"这皇帝生得尧眉舜目，禹背汤肩。若说这个官家（按："绣像本"无"若说这个官家"），才俊过人：口工诗韵，目览群籍（按："绣像本"无"目览群籍"）；善写墨君竹，能挥薛稷书；通三教之书，晓九流之典。"（按：扬"绣"抑"词"者的一个重要原因，认为"词话本"多重复、错讹等，而认定"绣像本"经文人加工后改正了这一错误。其实不然，如按"绣像本"删去的"若说这个官家"和"目览群籍"便可以看到"词话本"比"绣像本"更接近《金瓶梅》原书的旨趣和格局。"若说这个官家"（按："官家"是臣子对宋代皇帝的称呼。《金瓶梅鉴赏辞典》却作"对皇帝、公家都有称'官家'的"。显然与话本的说书人的叙事相关，而"绣像本"遮蔽了这种旨趣。"目览群籍"显然与这段有些骈文的对仗有关，而"绣像本"删去，这段描写的韵味便荡然无存。）

六年，十一月底至十二月初。（按：《金瓶梅》"词话本"作"十一月十一日"，显然有误。其一，西门庆从清河到东京要半月时间便到了十一月下旬，且在东京盘桓数日；其二，下文紧接就是"数九严寒"，即便是农历的十一月，也不到"数九"的日子。）

东京诸事办妥。

六年，数九严寒。

打点残装，收拾行李，返清河县。

六年，十一月二十四。

西门庆进京谢恩后回家。进家第一件事，告诉月娘差一点就在过黄河时了结了性命。（按：凶兆和警示。西门庆的死期已经临近。）处理完一些杂事后，在月娘房里歇了一宿。（按：西门庆两次进京返家后，第一夜的歇息都在正室吴月娘房里。西门庆与金莲、与瓶儿、与林太太、与众妓女、与男风的性叙事相比，西门庆与月娘同房几无性描写，可见《金瓶梅》的某些伦理禁区依然是禁区。）

六年，十一月二十五。

送一副豕蹄、两尾鲜鱼、两只烧鸭、一坛南酒为林太太补生日。与前来问候的亲友吴大舅、应伯爵等吃酒。晚与金莲歇。

六年，十一月二十六。

得王招宣府林太太之邀，往林太太家收林太太之子王三官为义子。（按：西门庆号"四泉"，林太太之子王三官竟号"三泉"。天下竟有此奇事。王三官其母在家招淫，王三官自己在社会混扯，西门庆更是酒、色、财、气、吏五位一体之混世魔王。"四泉"与"三泉"，可见西门庆所处的那个时代和社会，不是一人的堕落而是整个群体的堕落和整个社会风气的败坏。）晚上回家与金莲一夜三次房事。（按："戴本"共删三节性描写422字。西门庆返家，开始了一场性角逐的大戏。同时加速了西门庆淫死的进程。删节本，尤其是删节最多的"戴本"，将无法以此定位西门庆的死因、死状，以西门庆淫死揭露社会和历史的阴暗面。）

六年，十一月二十七。

与应伯爵、温秀才等闲扯。准备为应伯爵小儿满月庆生。此时，几友相趣得很。（按："词话本"结语道"得意友来情不厌，知心人至话相投"，"绣像本"无此语。《金瓶梅》的反讽开创了中国小说创作的新局面。西门庆死后，应伯爵的势利充分展现，而温秀才背着西门庆男风西门庆的侍童，更让"得意友来情不厌，知心人至话相投"成为天大的笑柄。）

六年，十一月二十八。

晨，把瓶儿值六十两银子的貂鼠皮袄给了金莲，又把瓶儿穿过的几件好衣服给了如意儿。（按：西门庆在家庭叙事里，尽量在众妻妾和他的女人们之间搞平衡。当然也分亲疏，如对瓶儿及瓶儿替身如意儿和金莲的亲，对与王三官有染的李桂姐便疏。这种态势，或许就是西门庆社会叙事的家庭版本。）

午，在家接待宋御史、安郎中，并答应宋御史借他家办席招待新升太常卿的巡抚侯石泉。席间，蔡知府初次来访西门庆。于是主宾各位，厨役准备汤饭，戏子唱戏，不觉日色西沉。酒席方才散去。（按：升了正千户军事长官又进东京活动回来的西门庆春风满面，可谓高朋满座、宾客盈门。但，泰极便否来，原是因缘果报所定。"窗外日光弹指过，席前花影坐间移。一杯未尽笙歌送，阶下申牌又报时"，《金瓶梅》此处的小结诗，便隐隐约约地预示了不久的将来西门府上将会发生重大变故。"绣像本"此回有结语"前程黑暗路途险，十二时中自着迷"，"词话本"无。可见"绣像本"比"词话本"更加重视对将到来的重大变故的提示。）

六年，十一月二十八残更。

金莲让性权利于如意儿。西门庆与如意儿一夜不歇。（按："戴本"删三节共360字。与如意儿的性事，距西门庆的淫死已经临近。）

六年，十一月二十九。

一早，就有荆都监（按："都监"不知何职？《金瓶梅鉴赏词典》释为宋代一武官名），来拜会，并送西门庆厚礼白米二百石。

西门庆到新河口拜会蔡九知府回家，与家人大小一起吃酒。收了荆都监一口鲜猪，一坛豆酒，四封银子（按：二百两，后只用五十两银子与宋御史摆酒，从中吃去一百五十两）用作行贿宋巡按为其"图干升转"。（按：之前，西门庆送礼转正，现在西门庆做起了别人升转的捎客来了。金莲等西门庆同房好坐胎，西门庆却来到了孟玉楼房。（按："戴本"删去房事描写393字。在《金瓶梅》的性叙事里，西门庆与月娘、玉楼的性事，是写得很少的。从这一点看，似乎可以看到《金瓶梅》对书中的人倾向性甚至是对书中人物的好恶。也就是说，性权利的争夺中，从任何一方都无"正义"，但对于作者来讲，则有某种伦理或者道德上的是非观念。虽然《金瓶梅》很少去触及所谓的伦理是非。）

六年，十一月二十九。

西门庆在衙里审了贼情，午牌时分回家，听说了月娘与金莲的纷争。西门庆慌了，赶快安慰月娘："你甚要紧，自身上不方便，理那小淫妇儿做甚么？平白和他合甚么气？"月娘便告状后说："到半夜寻一条绳子，等我吊死了，随你和他过去。往后没的又像李瓶儿，吃他害死了。我晓的你三年不死老婆，也是大晦气。"西门庆越发慌了："我的好姐姐，你别和那小淫妇儿一般见识，他识什么高低香臭？没的气了你，倒值了多的。我往前边骂这贼小淫妇儿去。"（按：月娘的占理和西门庆的安慰，再一次表明，即便在一个世风日下、伦理渐亡的时期，旧的家庭伦理制度和子嗣继承，再一次决定了妻妾等级和有无子嗣对最后赢家归属的影响。）

六年，十一月三十。

西门庆请任太医来为月娘看病。看病时"鞍前马后"地围着月娘，生怕有失。（按：实为头天月娘与金莲对骂后安慰月娘。）

宋巡按借西门府摆酒请巡抚侯石泉老先生。西门府上鼓乐齐鸣，教坊伶人撺弄百戏。宴会大厅，大插桌一张、高顶簇盘、酒菜齐正，且周围桌席都很丰盛。虽是代人请酒，但西门庆赚足面子。（按：在这一社会叙事里，众官员来到土豪兼官员的西门府上。西门府大气庄重，西门府豪爽疏财。此时的西门庆，风光无限，却为紧随而来的死神，奏响了序曲。）众官高兴而来高兴而去。接着西门庆借着欢喜设五桌招待亲朋。

六年，腊月初一。

亲家乔大户来西门府商量初三还是初四请客的事。与亲友饮酒至晚上。来到金莲房。金莲为与月娘骂她不是真材料、是拦汉精向西门庆诉苦。西门庆昨日安慰了月娘，当着月娘骂金莲是小淫妇。现在来赔不是。西门庆说："虽然我和人睡，一片心只想着你。"又安慰被月娘骂的春梅。（按：为春梅被月娘卖出西门府后成为官宦夫人埋伏笔。可参见《庞春梅年表·六年·腊月初一》和《潘金莲年表·六年·腊月初一》。）

六年，腊月初二至初五。

西门庆衙内上班处理公务。

与乔大户一道，在家中设酒席并请吴银儿、郑爱月儿等四妓女和教坊人等来府上唱工，招待荆都监、刘太监、薛太监、周守备等一二官员。其酒席"满盘异果""割道烧鹅"，其唱队"个个妆扮花貌、人人珠翠仙裳，银筝玉阮放娇小玲珑场子，倚翠偎红频笑语"。（按：此场面，"绣像本"只作"四个唱的，拿着银筝玉板，放娇声当筵弹唱"。抑"词"扬"绣"者认为，"词话本"啰唆，"绣像本"简练。但"词话本"这种铺陈的描写，除了"词话"的说本要求之外，其实它让我们对那个社会即明中后期民间繁华的一面有了深入认识。）

与孙雪娥睡一夜。（按：极少提及与此妾的关系。孙雪娥的这次出场，为之后来旺盗雪娥伏脉，为春梅买雪娥在周守备家做苦役伏脉，也为雪娥后为妓女伏脉。）

与如意儿睡一夜。

与吴月娘睡一夜。

因温秀才玩西门庆侍童画童儿，西门庆说："这样的狗背石东西，平白养在家做甚么！"又吩咐玳安："明日教他走道儿就是了。"（按："绣像本"回目作"画童哭躲温葵轩"，"词话本"作"西门庆斥逐温葵轩"。"绣像本"侧重画童委屈，"词话本"侧重西门庆态度，从文本看，"词话本"回目更接近文本旨义。）撵走了温秀才，要回了给温秀才白用的房子做了自己的书院。（按："崇祯本"眉批说温秀才"外冠裳而内穿窬者，不止温秀才一个"。确如此，《金瓶梅》里众多人物，上自蔡京蔡相，下至应伯爵等，无一不是"外冠裳而内穿窬者"。这是《金瓶梅》批判的锋芒所在。奇怪的是，开除温秀才的依然是一个"外冠裳而内穿窬者"的西门庆！西门庆在此表现出来的是非曲直，可以看到人性的复杂和多样，也可以看到《金瓶梅》对西门庆这样一个人物态度的复杂性。《金瓶梅》在写完西门庆撵走温秀才时写道"自古人无千日好，果然花无摘下红"，其实，这哪里只是"人无百日好"的所谓《增广贤文》的宿命观？）

六年，腊月初七。

何九来西门府答谢西门庆帮自己儿子之事，又收刘太监谢礼。

白天忙完公事忙私事。晚踏雪访妓女郑爱月。在郑家，与郑爱月两姐妹听曲唱曲。且杯来盏去，各添春色。（按：此回的回目"词话本"作"西门庆踏雪访郑月　贲四嫂倚牖盼佳期"，"绣像本"作"西门庆踏雪访爱月　贲四嫂带水战情郎"。此回前半部分写得极为情致，尤其是"词话本"更为细腻。郑爱香、郑爱月两姐妹所唱套曲共十一首全部录作文本之中。"绣像本"不录。）见有王三官为郑爱月的题画诗，西门庆立即吃醋。听郑爱月解释，西门庆便释怀。因为，郑爱月在前就给西门庆介绍了王三官的风骚老妈林太太。西门庆一更从郑爱月处回家时，对吴月娘说，他在狮子街和吴二舅饮酒。（按：西门庆在外与粉头嬉耍过夜并不少见，独这一次向月娘撒谎。西门庆可以向金莲申请与如意儿过夜还要用金莲做的性工具，却在月娘面前撒谎自己与妓女厮混一事。可见西门庆还是有羞耻感的，尽管这种羞耻感于西门庆来说一钱不值。）

六年，腊月初八。

与应伯爵商议，雷兵备、汪参议花三两银子要在西门府摆酒的事。伯爵说，三两银子"够做甚么"，还不是你西门庆"赔些儿"。伯爵又介绍远房亲戚来有儿（按：来爵媳妇进场）到西门府做工。（按：西门庆在他加快走向淫死的路上，代若干朋友在他家摆酒请客。一是表明西门庆有官商两界的面子；二是表明西门府豪宅的气派；三是表明西门庆算得上是一个疏财的人；四是表明西门庆好帮忙。）

六年，腊月初九。

西门庆与安郎中、雷兵备、汪参议摆酒请赵知府。伯爵介绍的来爵两口子搬进了西门府。又封十两银子给刚宠幸过的郑爱月儿。

六年，腊月初十。

西门庆听说杨姑娘死了，西门庆送一张插桌，三牲汤饭，五两香仪，差吴月娘、李娇儿、孟玉楼、潘金莲去吊孝。随后与贲四娘子淫事。淫事完后西门庆即给贲四娘子五六两一包碎银子和两对金头簪儿。

六年，腊月十五。

在贲四娘子淫事后回家处理生意之事。听说苗青代西门庆用了十两银子在扬州买了一个十六岁就会唱三千小曲、八百大曲的漂亮女孩，西门庆满心欢喜。（按：遗憾的是，西门庆淫死之前没来得及欢喜成。包括后来喜欢何千户娘子蓝氏等。）人生有太多的不如意，就连事事顺心、处处发财、时时留情的西门庆也一样逃不脱命运的摆弄。

六年，腊月中旬至下旬。

西门庆在家准备大礼送人时，来了朝廷的邸报。邸报为西门庆好友巡按监察御史宋乔年奏本的结果。邸报表彰了西门庆的亲戚朋友。计：一介平民的吴月娘的大哥升官，好友周守备、荆都监同时升官。

给吴月娘大哥上任摆酒，用一千两银子周旋。

宰了一口鲜猪，准备两坛浙江酒，一匹大红绒金豸员领，一匹黑青妆花绉丝员领，一百果馅金饼，谢宋御史。

二十六，在家为李瓶儿念百日经。

二十七，为各家送礼完毕。（参见《西门庆收支一览表》）

吴大舅去上任管事，与吴大舅三十两银子，四匹京缎，交他上下使用。

（按：十一月下旬至腊月下旬，是《金瓶梅》一书写西门庆集中用钱最多的一个月。有钱能使鬼推磨，钱能办一切事。之前，西门庆两次进京送厚礼给蔡京等高官显贵，又在自己的豪宅里，经常设宴摆酒招待各方有权有势官员，还帮朋友们在家请客打点。自己升官不说，亲朋好友一起沾光升官发财。此时，西门庆一家皆大欢喜。官官相护，是中国制度文化里的重要构成与特色。）

六年，除之日（除夕）。

穿梅表月，檐雪滚风，竹爆千门万户，家家贴春胜，处处挑桃符。西门庆烧了纸，又到李瓶儿房，于灵前祭奠。祭毕，置酒后堂，合家大小欢乐。手下家人小厮并丫头媳妇都来磕头。西门庆与吴月娘，俱有手帕、汗巾、银钱赏赐。（按："绣像本"描述西门府除夕日欢乐场面的文字仅 110 字，比"词话本"的 300 字少。"绣像本"类似像这样的简洁，不足表现西门府的奢华，同样也不足以表述西门庆的出手阔绰。）

（再按：政和六年，西门庆三十二岁这一年，可以说得上是春风得意，事事顺意：要财来财、要官得官、要色有色。连亲戚好友也因攀上了西门庆而升官发财。西门庆因财交友、因财得官、因财组织起一个偌大的亲朋好友都有好处的小圈子。但随着西门庆的死亡，这一切都化为乌有。这一文本的能指与所指，为一百多年后的《红楼梦》中的那张护官符提供了蓝本。至少为《红楼梦》四大家族一荣俱荣、一损俱损的设计，提供了原发性的想象空间。《金瓶梅》的社会叙事到此达到高潮。但高潮之后便是低潮，甚至是落潮。头年除夕一过便是来年正月，仅仅二十来天，也就是正月二十一日那天就是西门庆的死亡日。"乐极生悲"是中国文化里的一个既具道教因素更具佛教因素甚至还具儒教因素的词汇，可以在黑暗社会黑暗人性中，稍稍可以安慰一下善良且弱势的人们。）

七年，正月元日。（按："词话""绣像"两本述此日都作"重和元年新正月元旦"。"重和元年"即1118年，即农历戊戌年。第二十九回，吴神仙为西门庆测字时，时政和五年即1115年，西门庆虚岁二十九岁，到重和元年1118年，西门庆应为虚岁三十一岁。但第七十九回称西门庆死时三十三岁。《金瓶梅》记时的错讹，是真的错讹还是想掩饰点其他别的什么？在此之前《金瓶梅》谈及朱勔朱太尉的花石纲一事，朱太尉花石纲一事在宣和五年即1123年。1123年，按《金瓶梅》时间，西门庆已死。《金瓶梅》记时的错讹，或许是笔误，或许是为了把写本朝之事放在任一朝代，这样便可以脱避一些不必要的麻烦和获罪。大兴"文字狱"是清康雍乾三朝的"杰作"，但并非无源也并非无因。《万历野获编》卷二十五"著述"章有专节专述国朝的因言获罪之事。如永乐三年的"献书被斥"案，如正统十四年的"诗祸"案，如成化十一、十二年的"吕焦二书"案等。再向前推至宋，尽管两宋未杀一文人，但因言获罪的事绝非"乌台诗案"一例。因此，《金瓶梅》记时的错讹，也许不是无意的错讹而是有意为之的文本需要。）

西门庆早起，穿大红，与天地上烧了纸，备马就去拜贺巡按。后回家与众妻妾及来府上问候的亲友喝酒嬉戏。

七年，正月初二。

白天应酬大醉，晚与贲四嫂（按：贲四嫂先与西门府贴心侍者玳安勾搭成奸。后玳安成为西门府的主人，历史的循环，真叫人嘘唏不止）通奸。（按："戴本"共删性事描写三处255字。贲四嫂一夜之间先后与西门庆主仆两人苟且。《金瓶梅》话外音说道："自古上梁不正则下梁歪，此理之自然也。"以此，也可以足证明代的中晚期在朝在民的淫风，是何等的劲吹。）

七年，正月初三。

西门庆内兄吴月娘大哥吴铠上任后来西门府。西门与吴大舅谈及任职可否发财时，吴说一年下来大约有百十两银子。（按：民谚"三年清知府，十万雪花银"在此看来还是有些夸张的成分。不过有一点是真实的，当官不发财不如不当。西门庆用钱到处打点，为自己更多地得财升更大的官，也为自己的直系亲属谋取发财升官创造机会。如此如此，自古皆然，似无改变。《金瓶梅》的"接地气"的社会叙事，远比《红楼梦》那种贵族式的叙事要真实得多。因此，批判的力度也大得多。）

七年，正月初五至初九。

初五，在金莲房中歇了一夜。

初六，西门庆乘月娘及众姊妹到何千户家吃酒，急忙去林太太家房事流连加痛饮到二更时分。（按："戴本"删性事两处 637 字）。

初七，在如意儿家苟且。

初八，金莲上寿日。夜在金莲房歇。

初九，金莲生日。夜在如意儿房歇。

西门庆因"腰腿疼"（按：《金瓶梅》第一次写到猛男西门庆的病，而且是与淫色纵酒相关的"腰腿"病，看来西门庆因酒色两种纵欲距死期不远了。应伯爵就指出西门庆的病因是"酒之过"和"湿疾流注"，西门庆则说"怎忌得住"！《金瓶梅》行文，从来都没有突然起头、前后不照应的事。西门府本是开年大吉，西门庆既具"潘驴邓小闲"又值"春秋鼎盛"，竟然新年开头就来了这一病）待在家不愿意出门与薛太监看春。

七年，正月初十。

发帖请亲友和丽春院诸妓十二日来看灯。

跑外勤做生意的贲四从东京回府，朝廷要在十三个省做万两银子的古器。清河县归属的东平府派了二万两，建议西门庆与县上的张二官府同做。西门庆说："我与人家打伙而做，不如我自家做了罢，敢量我拿不出这一二万银子来。"（按：《金瓶梅》涉及西门庆收支的事，事无巨细地写出，但如"一二万两"一事，还是第一次提及。而且仅搞关系就封了十两叶子金到朝廷讨做花石纲的批文。可参见《西门庆收入开销一览》。西门庆准备做朝廷大兴土木的寿岳花石纲之事，为《金瓶梅》里的社会叙事里的重大事件，也是西门庆的社会叙事里的最后一件。）

七年，正月十二。

西门庆家中请各堂客饮酒。白天在厢房，晚上在新搭建的卷棚赏灯饮酒。见太监侄女何千户娘子蓝氏，不见则已，一见魂飞天外，魄丧九霄，未曾体交，精魄先失。西门庆连忙整衣冠行礼，见蓝氏恍若琼林玉树临凡，神女巫山降下，躬身施礼，心摇目荡，不能禁止。（按：蓝氏，是西门庆生命中最后的日子里最想要的美人，但也是最终没能如愿以偿的美人。蓝氏的出现，如一道催命符，马蹄急急。西门庆几天之后，便在外宠林太太、内宠潘金莲的双重夹击下淫死了。《金瓶梅》除了楔子诗词和文中诗词作判语外，极少发表议论。但在这一夜、这一见，《金瓶梅》断然写道："明月不常圆，容易彩云散，乐极悲生，否极泰来，自然之理。西门庆但知争名夺利，纵意奢淫，殊不知天道恶盈，鬼录来追，死限临头。"另，"容易彩云散"，"绣像本"作"彩云容易散"。田晓菲在论第七十八回时说，第七十八回逐日写出是因为表现"大变突然降临的触目惊心"。此话至理，但却忽略了蓝氏的出现和蓝氏对西门庆的吸引以及《金瓶梅》里关于西门庆生命即将终结的判语。尤其是"彩云容易散"或"容易彩云散"这一喻体的转喻和隐喻。"崇祯本"的眉批夹批都未提及蓝氏，张竹坡提及蓝氏，以为蓝氏与王三官娘子"同一影子中人"。妓女郑爱月儿给西门庆介绍的两美一是林太太，一是林太太这儿媳。《金瓶梅》的文本，即便闲笔，总是牵一挂万，从无断线。蓝氏只出现过一次，就这一次便是西门庆的催命符。"词话本"此回的回目作"西门庆两战林太太　吴月娘玩灯请蓝氏"，而"绣像本"回目则作"林太太鸳帏再战　如意儿茎露独尝"。从《金瓶梅》文本的总布局看，两本回目所示，显然，"词话本"更优。）

白天奸玩了来爵老婆惠元。（按："惠元"一名，记起想凭借姿色取悦西门庆却最后死于西门庆的无情的宋惠莲。蓝氏记起何三官娘子、潘金莲、宋惠莲、庞春梅，《金瓶梅》在写到人性黑暗时，几乎不留余地。《金瓶梅》在情节布局方面的技巧近乎天工。）

七年，正月十四。

十三在月娘房里歇。起来，觉得头沉（按：死之凶兆）。懒得去衙门上班。记起昨日与来爵老婆奸玩，便吩咐一对金镶头簪儿，四个乌银戒指儿，送到来爵媳妇屋子里去。接着收到王六儿捎来的性工具。（按："戴本"删去"词话本"7字，"绣像本"无此7字。性工具及春药，是《金瓶梅》性事叙事的重要构件。前有胡僧的药，又有潘金莲的白绫带等，现在又有了王六儿的"同心结托"。"崇祯本"眉批"明知其送死之具，使我当之亦不得不爱"。人性的弱点和欲望无尽也许就在于，不能为之则偏要为之，明知财色酒气是致人短命的利器却偏喜之好之。）

七年，正月十五。

在月娘劝导下打起精神出门看灯。看灯后叫人送一坛酒与王六儿，随后骑马到王六儿家。

中午，王六儿对西门庆说，那物件儿是她一缕头发亲手做的。西门庆便在王六儿家，两男女山盟海誓言，缠绵若干。（按："戴本"共删五处 541 字。西门庆淫死的丧钟敲响。）

三更离王六儿家返西门府。此时"阴云密布，月色朦胧"。（按："阴云密布"岂会"月色朦胧"，《金瓶梅》反话正说、正话反说，文章章法，炉火纯青。中土文章至骈文以降，四、六文风绵延不绝。明知套路陈词，却时常用之。《金瓶梅》这一用，连贯前后，反讽意味，瞬间被释放了出来。于是有了下面西门庆急衰争死的过程。）忽然一阵旋风，一个黑影子，向西门庆一扑。西门庆在马上打了个冷战，醉中把马加了一鞭，那马摇了摇鬃，收煞不住，云飞般望家奔将来，直跑到家门首方止。西门庆下马时，腿就软了（按：第二声丧钟）。

到金莲房中，吃胡僧药三粒，用金莲白绫带，与金莲房事。《金瓶梅》判词有二：一、"一己精神有限，天下色欲无穷"；二、"油枯灯灭，髓竭人亡"（按：第三声丧钟）。

（按：小议《金瓶梅》淫秽描写及性事叙事的功能。此回"戴本"删西门庆与王六儿性事五处 541 字，删西门庆与金莲性事四处 361 字。不足"戴本"总删字的二十分之一。但这 900 字却是西门庆死亡的关节，也是整部《金瓶梅》文本的一大关节。这就涉及性事叙事对于《金瓶梅》的文本、社会、伦理以及《金瓶梅》美学的地位与价值。《金瓶梅》里性事叙事是《金瓶梅》文本的重要内容，如"戴本"的点校者戴鸿森所说:"书中大量的秽亵描写,实是明代中末叶淫风炽盛的特定时代的消极产物,自来为世人诟病。对正常的人来说,只觉其秽心污目,不堪卒读。至于有害青年的身心健康,污染社会的心理卫生,尤不待言。"这话有对的一面,那就是太多的尤其是一些有欣赏趣味的性描写,或者说与人物的性格、人物的关系和人与社会的关系等毫无联系的性描写,那真算得上是"秽心污目,不堪卒读"。此论,并非今人戴鸿森定论。在早,万历年间的最先藏有《金瓶梅》的沈德符说过"此等书必遂有人板行,但一刻即家传户到,坏人心术",同为万历年间的戏剧家李日华说,《金瓶梅》"大抵市诨之极秽者耳"。沈之"坏人心术"卫道士一般理直辞正;李之"极秽者耳"几乎将《金瓶梅》打入十八层地狱。这种正统的观点是中外古今对色情文学和淫秽文学的标准判词,至今依然发挥着它的社会功能和社会拘束。但是,书中大量的性事叙事,却并非如此简单划一。何况如欣欣子《金瓶梅词话序》所说"房中之事,人皆好之,人皆恶之"。第七十九回,"词话本"作"西门庆贪欲得病 吴月娘墓生产子","绣像本"作"西门庆贪欲丧命 吴月娘失偶生儿"。西门庆死于贪欲即死于与众多女性的性事。如果《金瓶梅》如《红楼梦》一样,性事都写得来如宝、黛,如宝、钗,如"初试云雨情"的宝、袭,或者如梦遗的宝、秦,或者再如贾瑞正照风月鉴的话,那么我们今天就不知道明代中末叶的"淫风炽盛"究竟是一种什么样式和什么状态,更不可能知道男人与女人在性事方面的欢乐与死亡的关系。从第七十八回、七十九回西门庆性事频繁和王六儿与金莲性事旺盛及性技巧来看,我们就不知道西门庆死于何事死于何因！在《金瓶梅》里，西门庆与人涉性，女性计有吴月娘、李娇儿、卓丢儿、孟玉楼、李瓶儿、潘金莲、孙雪娥、春梅、迎春、绣春、兰香、宋惠莲、来爵媳妇、王六儿、贲四嫂、如意儿、林太太、李桂姐、吴银儿、郑爱月儿等，男风有书童和王经。在与19个女性大名单里，有正娶、有拐骗、有家丁媳妇、有生意合伙人老婆、有妓女、有丫头、有官宦太太。《金瓶梅》在写西门庆与这些女性的性事时，并非"一视同仁"。相反的是，性事描写有很大的级差。前按已讲，"初夜"基本没有淫亵描写。即便妻妾、妓女、外遇，都有"级差"。与正室月娘的，写得"正经"，写与妾的，写得淫亵。这表明了《金瓶梅》的著者性事叙事的一个重要观念：与女性身份的等级有关，或者与伦理的底线有关。最重要的是，《金瓶梅》的性事叙事与那个社会风尚有关和与人物有关。书中淫亵描写最"烂"的三位即潘金莲、王六儿和林太太（或许还有李瓶儿），正是最终导致或直接导致西门庆纵欲淫死的三位。倘若没有了七十八回、七十九回最为密集的淫亵描写，那么一部《金瓶梅》将不会成为一代奇书，说小一点的话，西门庆将不会是后世所看到的西门庆。《金瓶梅》里性事叙事关涉个体人的生命、欲望和死亡。人的生命走向死亡有多种方式，以文学论，中国小说史里第一次以性来了结生命的小说，其性事叙事，最完整也最真实、最淫荡也最震撼、最腐朽与最神奇的，无疑是《金瓶梅》。这样的描写与叙事，在明代文学里，并非只此一家。不讨论《肉蒲团》那样的东西，流传整个社会的小说如《二刻拍案惊奇》里有，就连以雅文构建的戏曲也有。其实戴鸿森及"戴鸿森"们也是看得清楚的。戴鸿森就说过删节删字后有可能"文势语势间有不甚衔接处"。确实如此，从"戴本"删性事叙事19161字、陶慕宁等校注本删4300字、白维国等校注本删2500字和梅节未删本看，删去后，特别是"戴本"删去第七十九回西门庆与王六儿、与金莲、与林太太的性事叙事，读者根本就不知道西门庆的死亡之因，也不知道金莲、王六儿、林太太等女性在性权利方面的欲望，特别是金莲人性中的黑暗。由此，可否建立一门专门的叙事学：性事叙事学。可参见《潘金莲年表及批判·七年正月十五》《潘金莲年表及批判·七年正月中旬》。)

七年，正月十六至二十。

十六日，起床便一头抢地。

十七日，溺尿如刀子犁一般。

十八日，任医官来看西门庆得"脱阳之症"。又请胡太医看，药吃下去如石沉大海，尿反不能溺。夜，金莲不知好歹，与之行房。

十九日，请专治性病的刘橘斋来看病（按：西门府此时都知道了西门庆得了什么病）；众亲友来探视；郑爱月儿来探视，对西门庆情深；晚，吴神仙来看，称西门庆"酒色过度，肾水竭虚，难以治疗"；月娘只好请吴神仙测字。

二十日，自觉身体沉重，要便发昏过去，眼前看见花子虚、武大在他跟前站立，向他讨债。拉着金莲，心中舍不得。吩咐月娘："我死后，你若生下一男半女，你姊妹好好待着，一处居住，休要失散了，惹人家笑话。六儿从前的事，你耽待他罢。"（按：俗语说"人之将死，其言亦善"，西门庆作为西门府一家之长，安排后事时，最先想到的不是财产而是家族的兴衰存亡。特别关心的是从武大那里抢来的潘金莲。西门庆知道金莲树敌过多，也知道月娘对金莲骨子里的怨恨。西门庆于官于财于色，其实都是清醒的。但正是这种清醒，西门庆却不顾命地如飞蛾扑火一样，径直往火里冲。人性的悲哀就在于此。）又叫来陈经济交代家里的财产的处理和运行。西门庆对经济说："我养儿靠儿，无儿靠婿。姐夫就是我的亲儿一般。我若有些山高水低，你发送了我入土。好歹一家一计，帮扶着你娘儿们过日子，休要教人笑话。"（按：西门庆对经济如此，自家女儿给了经济、自家的财产交托于经济。殊不知，在前经济就与自己宠妾金莲勾勾搭搭，死后，经济更变本加厉，逼死了西门大姐，继续与金莲通奸，与春梅通奸，为了生存卖男风与金道士等。如果说西门庆是人性之恶的标本，那么陈经济则是人性之恶的集大成者！一部《金瓶梅》到此，除了悲哀之外，真的弥散着对人的悲悯！人如都如是，人何谈为人？）

七年，正月二十一。

五更时分，西门庆，呜呼哀哉断气身亡。（按：张岱《夜航船·礼乐、礼制、丧事》说，人命终，因不同地位就有不同的称谓，如"天子死曰崩"、如"庶人曰死"等。《金瓶梅》称西门庆死为"亡"，并用禁忌语"倒头"。说明《金瓶梅》认为西门庆就是一庶人，哪怕西门庆已经是朝廷命官。）死时，三十三岁。三日大殓时，名旌题道："诰封武略将军西门公之枢"。

（按：小议果报。张竹坡评，此回即第七十九回"乃一部大书之眼"。并说西门庆之死"见报应一丝不爽"。张前一说表明《金瓶梅》到此几可了结，即西门府大戏以西门庆之死落幕。不过《金瓶梅》却在西门庆死后又写了21回。也就是说，西门庆的死，并没有了结"金""瓶""梅"三人的命运。即便瓶儿已经在西门庆死之前死去，瓶儿的叙事依然时隐时现。金莲马上走近她的归宿——惨死，而春梅则开始了她的辉煌人生做官员的正室。月娘贯穿全书、几乎联结书中所有人物的命运，也因为她即将生产遗腹子，才又开始了月娘新的篇章。再就是孟玉楼等妾、玳安等用人，特别是应伯爵等西门庆官商私友在西门庆死后的行迹和命运，并没有随西门庆的死而结束。西门庆的叙事还将在死后继续。这一布局，除了《金瓶梅》这样一部大书的杰出构思和叙事回环往复的技巧外，也为《红楼梦》高鹗续书的可能提供了蓝本。张后一说表明了《金瓶梅》的道义观和教化。"果报"于佛教于中土民间于中国传统文化，是一惩恶的檄文和扬善的安慰剂。事实上，《金瓶梅》在写了西门庆死后即写了一扬善惩恶的劝世诗文。如"石崇当日富，难免杀身灾。邓通饥饿死，钱山何用哉"，如"多少有钱者，临了没棺材"。西门庆死时，果然没有棺材。西门庆的丧事，其规模其隆重远不如李瓶儿的丧事，第八十回"词话本"作"陈经济窃玉偷香　李娇儿盗财归院"，"绣像本"作"潘金莲售色赴东床　李娇儿盗财归丽院"都写道："送殡之人终不似李瓶儿那时稠密。"也可见《金瓶梅》作者对西门庆的态度。果报，是《金瓶梅》一书里的"教化"的重要砝码，也为《金瓶梅》的续书提供了素材。）

火曰：西门庆纵欲淫亡，合了《新刻金瓶梅词话》"四贪词"所说。西门庆，骗财掠财，夺色纵欲，生于财官，死于酒色。但纵观西门庆短短的一生即从27实岁到33虚岁的岁月里，西门庆之死，与社会之暗和人性之恶紧密联结，就小说提供的时代背景看，更与明朝中晚期的政治腐败相联结。西门庆以小生意即一生药铺（并非完全如郑振铎所说的"流氓"）发迹成大财主（可称"土豪"），又从大财主发迹为朝廷命官，西门庆之死可看成是其生活的那个时代走向衰亡的转喻。但是西门庆的死并没有宣告那个时代和那个社会的终结。因此，西门庆之死，其实是与整部《金瓶梅》的悲哀和悲悯联结在一起的。如万历丁巳即1617年东吴弄珠客《金瓶梅序》所说："借西门庆以描画世之大净。"而且读《金瓶梅》："生怜悯心者，善也；生畏惧心者，君子也；生欢喜心者，小人也；生效法心者，乃禽兽耳。"西门庆之死，田晓菲也说得大致不差："李瓶儿死感到哀怜，潘金莲死感到震动，西门庆死并不一定感到痛快。"何以西门庆死并不一定感到痛快？那就是西门庆作为一个活生生的人之死，哪怕他生前有那么多罪孽，而且罪孽深重。但西门庆并非十恶不赦。对此，前文批判里多有这方面的涉及。即便十恶不赦，人死，如《金瓶梅》所言"三寸气在千般用，一旦无常万事休"。对死人的某种尊重，也是文明的某种表达之一。就佛家来说，净，即人的欲望尽除。《广弘明集》有"六尘爱染，永灭不起。十恶重障，净尽无余。业累即除，表里俱净"。人死，便可"表里俱净"。再就是，《金瓶梅》印行的时代，大概相似于由佛罗伦萨开始的文艺复兴狂飙时代进入中后期的阶段。这便提供了一个富有想象力的历史空间。有没有可能，这一思潮给予了《金瓶梅》的作者灵感？意大利传教士利玛窦于万历十一年即 1583 年来到中国，并于万历三十三年即 1605 年在北京修建了第一座天主教堂。依现有的材料表明，《金瓶梅》的第一个印本即"词话本"是在万历四十五年即 1617 年印行的。中西的会面，会在《金瓶梅》这里找到最早的见证吗？未必，《金瓶梅》的作者已经感受了欧洲近代文明高扬人本体的时代气息。（可参见《李瓶儿年表及批判·六年十月十二》《吴月娘年表及批判·七年正月二十四》等）

火再曰：《金瓶梅》一部大书主要写三位女性"金""瓶""梅"和月娘（与"金""瓶""梅"三女性相比，月娘是另一类女性）的性格、命运以及相似的宿命即早死。《金瓶梅》里的女性叙事，可以用女权主义来解读，也可以用传统的伦理来解读。她们的命运与西门庆相连相依。这些女性的性格和命运、变化和发展以及归宿，都与西门庆密切相关。读"金""瓶""梅"，就得读西门庆。如郑振铎 1933 年所说："表面看来，《金瓶梅》似在描写潘金莲、李瓶儿、春梅那些妇人的一生，其实却是以西门庆的一生的历史为全书的骨干与脉络的。"西门庆的叙事还将在西门庆死后继续，特别在第九十六回，春梅到西门府吊西门庆三年孝的现场，西门庆阴魂不散。特别有意味的是，《金瓶梅》的结尾是吴月娘嫁了西门庆的侍童玳安，并将玳安的名改作西门安，西门安又称小员外。西门庆以这种方式再度回到历史与现实的前台。这一修辞的转喻即历史重又回到原点，"世之大净"将进入又一轮回。

惨死的霸王花

——潘金莲年表及批判

　　按:《金瓶梅》取书中三个女主角潘金莲、李瓶儿、庞春梅中各一字为书名。万历丁巳（1617），东吴弄珠客在其《金瓶梅序》中对三女的总判词为:

　　金莲以奸死，瓶儿以孽死，春梅以淫死。

　　《金瓶梅词话》第一回"景阳冈武松打虎　潘金莲嫌夫卖风月"对潘金莲判词为"虎中美女"。潘金莲"一个好色的妇女，因与破落户相通，日日追欢，朝朝迷恋。后不免尸横刀下，命染黄泉，永不得着绮穿罗，再不能施朱傅粉。"

　　（按:"绣像本"第一回"西门庆热结十弟兄　武二郎冷遇亲哥嫂"对潘金莲判词为"二八佳人体似酥，腰间仗剑斩愚夫。虽然不见人头落，暗里教君骨髓枯"。）

　　政和年间，朝中宠信高、杨、童、蔡四个奸臣，以致天下大乱，黎民失业，百姓倒悬，四方盗贼蜂起。

　　（按:五四新文化运动后，方家公认《金瓶梅》虽以宋代人物、时间为在场，实为晚明社会写实。）

政和二年，十月。

潘金莲，25岁。

清河县南门潘裁缝之女，排行六。自幼生得有些姿色，缠得一双小脚儿。九岁卖给王招宣府，学弹唱；十五岁时，描鸾刺绣、品竹弹丝、会一手好琵琶；十八岁时，出落得脸衬桃花、不红不白，为县城张大户所收小，后由张大户主持嫁与武大（张大户继续与其厮会）。

因金莲奢华，武大从南街搬到西街，典得县门前楼，上下两层、四间房屋，两上小小院落。武大继续卖炊饼，金莲每日闲在家中），又与路人打情卖俏。

《水浒传》英雄武松（武二郎）打虎，回到其兄武植（武大郎）住地清河县。武大街头偶遇武二，"邀请到家中，让至楼上坐，房里唤出金莲来"。

由此，潘金莲在《金瓶梅》的正式叙事文本里，正式登场。

见武二，金莲寻思道："一母所生的兄弟，又这般长大，人物壮健！奴若嫁得这个，胡乱也罢了。"

政和二年，冬（十一月）。

雪下一更时分，金莲置酒簇一盆炭火，等着武二回家："我今日着实撩斗他一斗，不怕他不动情！"但"我武二从来不是这等人"。吃酒中，金莲勾引武二，武二说："我武二眼里认的是嫂嫂，拳头却不认的是嫂嫂。"金莲无趣无奈"好不识人敬"。武大回家，金莲一身怒气尽倾武二身上。

武二公差，武大、金莲楼上摆酒相送。金莲余情不断，武二告诉武大"篱牢犬不入"，金莲气极，哭着脸下楼，武二远行。

武二离去，方有了西门庆帘下的到来。

（按：正因为"词话本"一大段的描述和叙事，才"伏脉千里"在第八十七回"王婆子贪财受报　武都头杀嫂祭兄"得到回应。"绣像本"对此即武二与金莲雪夜向火调情的叙事简单，描写马虎，因此"绣像本"第八十七回"王婆子贪财忘祸　武都头杀嫂祭兄"里，便看不到武都头为什么可以那般残忍地杀了金莲）。

政和三年，三月。

春光明媚。

金莲打扮光鲜，在楼上帘下坐看窗外景象。风来吹落帘子叉竿，正好打在路人西门庆头巾上。

西门庆出现。

金莲生得：黑鬒鬒赛鸦翎的鬓儿，翠弯弯的新月的眉儿，清泠泠的杏子眼儿，香喷喷樱桃口儿，直隆隆琼瑶鼻儿，粉浓浓红艳腮儿，娇滴滴银盆脸儿，轻袅袅花朵身儿，玉纤纤葱枝手儿，一捻捻杨柳腰儿，软浓浓白面脐肚儿，窄多多尖翘脚儿，肉奶奶胸儿，白生生腿儿（"戴本"此处删去24字）。

金莲的打扮：头上戴着黑油油头发髶髻，口面上缉着皮金，一迳里趫出香云一结。周围小簪儿齐插，六鬓斜戴一朵并头花，排草梳儿后枒。难描八字湾湾柳叶，衬在腮两朵桃花。玲珑坠儿最堪夸，露菜玉酥胸无价。毛青布大袖衫儿，褶儿又短，衬湘裙碾绢绫纱。通花汗巾儿袖中儿边搭剌，香袋儿身边低挂，抹胸儿重重纽扣，裤腿儿脏头垂下。往下看，尖翘翘金莲小脚，云头巧缉山牙，老鸹鞋儿白绫高低，步香尘偏衬登踏。红纱膝裤扣鸯花，行坐处风吹裙裤。口儿里常喷出异香兰麝，樱桃初笑脸生花。人见了魂飞魄丧，卖弄杀偏俏的冤家。

金莲，好身材，好打扮，好妖俏。

（按：金莲，由此见过西门庆"风流浮浪、语言甜净"，更加"几分留恋"。自此，一部大书《金瓶梅》拉开大幕。）

政和三年，三月某日。

金莲街坊王婆因十两银子（按：十两银子不是小钱）为西门庆拉皮条来到金莲家里。请金莲为其做老（寿）衣，金莲允诺次日到王婆茶坊。金莲面对面见西门庆"便把头低了"（按：此时的金莲尚有女子的底线），不过，从吃茶到吃酒到见面投缘，也就一递一句之间。三杯酒下，金莲、西门都有意了。王婆抽身留下两人，于是，西门照本宣科按王婆挨光十计与金莲勾搭成奸。自当日起，金莲每日赶进王婆家与西门庆坐在一起。（按：一个浮浪子弟，又具有"潘驴邓小闲"之全套财色本领，竟然会依王婆挨光十计行事？《金瓶梅》话本的技巧也，也是近代小说的滥觞。）

（又按：一段孽缘，滋生出无数个孽缘。）

三年，四月。

金莲，往常时只是骂武大，近日来也自知理亏。只得对武大好些（按:《金》语"窝盘"，方言"抚慰"意）。由于郓哥告知武大关于西门庆与金莲奸情，武大捉奸被西门庆踢伤，武大伤重，发狠对金莲说，等武二回家告发金莲、西门庆奸事。由此引出，西门庆、王婆、金莲三人密谋毒杀武大。西门庆回自家药铺包了一包砒霜，王婆教金莲并助金莲喂武大砒霜，毒死武大。

（按:武大，为《金瓶梅》死的第一个人。是因金莲与西门庆关系中死的第一个人，而且是一个无辜的人。）

三年，七月、八月，三伏天。

西门庆娶孟玉楼一个多月，忘了金莲。金莲每日门儿倚遍，眼儿望穿。后来，西门庆跟班玳安告诉金莲西门庆娶了孟玉楼。金莲写一《寄生草》请玳安带给西门庆。金莲《寄生草》写道:"将奴这知心话，付花笺寄与他。想当初结下青丝发，门儿倚遍帘儿下，受了些没打弄的耽惊怕。你今果是负了奴心，不来还我香罗帕。"（按:由此看到金莲的才情如此惊艳。可想，明末朝廷的昏暗皇帝的怠政，刺激了民间商业的繁荣，再就是人性，特别是女性的某种解放与开放。一个三寸小脚的金莲，从小可以读书识字，学习音乐，并极有成就。）

金莲写信后再请王婆到西门庆家说项。

三年，八月初六。

武大法事时。潘金莲怎肯斋戒，陪伴西门庆睡到日头半天，妇人方才起来梳洗，乔素打扮，来到佛前参拜。（按:金莲是杀亲夫主谋之一，竟与奸夫睡到日头过半。金莲恶行，昭然若揭。但是《金瓶梅》却写得不动声色，足见大手笔。）众和尚见了金莲，都迷了佛性禅心，心猿意马，七颠八倒，酥成一块。（按：由此可见在明朝中晚期，无论僧俗，淫风炽烈如此，紧接着写的和尚听西门庆与金莲性事时，和尚们"不亦乐乎"且"手之舞之、足之蹈之"可谓天下奇观。后来陈经济为了生存，卖男风给金道士，也属此种。）

金莲与西门庆烧了武大灵，便换了一身艳色衣服，将武大独女迎儿交与王婆养着。一顶轿子、四个灯笼娶到了西门庆家里。西门庆把府内楼下独门独户的三间房给了金莲，再把大房吴月娘丫头春梅（按：春梅由此登场）做了金莲侍女，另用六两银子买了一个上灶丫头秋菊做下人。因大房吴月娘、二房李娇儿、三房孟玉楼、四房孙雪娥，金莲给西门庆做妾，自然就是五房五娘了。

（按：第十回"武松充配孟州道　妻妾宴赏芙蓉亭"说金莲"这妇人一娶过门，西门庆家中大小多不欢喜"。第十一回"潘金莲激打孙雪娥　西门庆梳笼李桂姐"说金莲"恃宠生娇，颠寒作热，镇日夜不得个宁静"。）

（又按：此两句一出，为之后《金瓶梅》定了调：西门庆家里的争风吃醋便逐渐演变成性权利的你死我活的争斗。女性性权利的争斗或争夺，就是女性财产、地位、嫡传的争斗与争夺。自唐传奇到明小说（乃自明小说以降），没有一部小说有《金瓶梅》将此话题写得如此鲜活、如此黑暗，又如此深邃！）

（再按：因武二充军途中，西门庆不由得不高兴，于是在自家后院芙蓉亭大摆酒席庆贺。此为西门府上除李瓶儿外，第一次从妻妾排坐次：西门庆、吴月娘居上，李娇儿、孟玉楼、孙雪娥、潘金莲两旁列坐。此时，除了男尊妻重这一家庭伦理等级的最高表达之外，还将四妾两边对称排坐。这种对称，显现了西门府上此时的平衡。而正是这一宴会，直接涉及《金瓶梅》一书大局和整个走向的两件大事：一、从吴月娘口中，李瓶儿即将出现。李瓶儿的出现便是打破这一对称和平衡的重要人物和全书的关节。二、就在宴会后，西门庆与刚娶进门的金莲"薰香打铺、解衣上床"，而且在金莲的同意下，西门庆（次日）便收了刚从正室吴月娘处调给金莲的丫头春梅。醋意极浓、对性权利极为敏感、极为看重的潘金莲，何以如此大度地让身边小丫头春梅从了西门庆？一如后来，金莲与陈经济通奸时，让春梅从了陈经济一样。《金瓶梅》的旨义与布局，神鬼莫测。金莲是春梅的导师与前生：金莲死于武二的工具暴力刀下；春梅是金莲的优秀学生与来世：春梅死于自己性权利的性暴力）。

三年，入秋。

"镇日夜不得个宁静"的第一不宁静就是金莲刺激挑唆西门怒打孙雪娥。

先是金莲惹得春梅不高兴，春梅向孙雪娥撒气，雪娥大怒，金莲帮春梅告到西门庆处，西门踢雪娥，雪娥诉冤到大房月娘处。雪娥对月娘说："娘，你不知淫妇，说起来比养汉老婆还浪，一夜没汉子也不成的。背地干的那茧儿，人干不出，他干出来。当初在家把亲汉子用毒药摆死了，跟了来，如今把俺们也吃他活埋了。……"金莲不听则罢，一听把个雪娥骂得狗血淋头不说，又到西门庆处耍泼、放横、要休书。西门庆哪里见过这场面，于是"采过雪娥头发来，尽力拿短棍打了几下"。西门打了雪娥之后，便到金莲一边，用四两珠子安慰金莲。

由此，金莲在西门府上，呼风唤雨。不要说府中的其他女性没在金莲眼里，连大房正室吴月娘也让金莲三分。

三年，七月二十八前后。

因西门庆梳笼李桂姐半月不回家。金莲"青春未及三十岁，欲火难禁一丈高"，一小厮走近金莲身边。"朝朝暮暮，眉来眼去，两人都有意了"。

金莲与琴童私通（按：此为金莲后来与陈经济、王潮儿奸情埋下伏笔），西门庆在狠打了琴童后，怒气直逼金莲。这时春梅起了作用，伪证金莲清白。再加上西门庆对金莲的那多几分的喜欢，一场大灾才烟消云散。金莲又好口才："这一家都谁是疼你的？都是露水夫妻。……惟有奴知道你的心，你知道奴的意。"好一个"你知道奴的意"便拴牢了西门庆。后又请瞎子算命，瞎子说"男人煞重掌威权，女人煞重必刑夫"。（按：这般看来，女性获得性权利，也不只有性一门武器，同时，男性再有主动权，也会有投降的地方，《金瓶梅》的人性情节书写，是《红楼梦》所不及的。）连西门庆也说，"那里是怕他的，我语言不的了"。显然，金莲的口才和智慧在其西门府中为翘楚。

金莲郁闷请刘婆来烧纸。（按：晚明，淫风盛，巫风也盛。

明末清初张岱《夜航船》有专章谈"符咒"的。这是皇权衰弱的表现之一，同时也是民间力量增强的表现之一）。于是，西门庆与金莲"欢会如常"。

另外，在此与其他女性和西门庆的争斗中，金莲获得了另一成果，即与玉楼结成了统一战线。玉楼与金莲无大小之分。

三年，九月重阳节。

金莲知道了西门庆与瓶儿私约一事，便敲诈西门庆"约法三章"。三件事的主旨就是，西门庆外边私会其他女人（妓女除外）都要向她金莲报告或者同意。由此，金莲在西门府上的地位得到巩固。之后宋惠莲的死与李瓶儿的死间接直接都与金莲有关。

金莲还要西门庆从瓶儿那里得来的一幅内府春宫画。［按：春宫画，于晚明为盛。传入日本，成为江户时代（1603—1867）浮世绘的重要题材。朝鲜的春宫画，大概也是从明传入的。］这幅春宫画再次印证了明中晚期的淫风，在民间也在宫廷，在商贾文人，也在百姓之间。《万历野获编》第二十六卷"瓷器"节里记有明隆庆年间烧制的酒杯俱绘"男女私亵之状"，而且《万历野获编》还指出此为"穆守好内"所制。另在"春画"一节里记有作者本人即沈德符曾亲见一画有男女野合的箑（即扇子）。

四年，正月初九。

金莲生日。瓶儿第一次进西门府就是以为金莲祝生为由。瓶儿乖巧，入西门府先拜大房吴月娘，然后是李娇儿、孟玉楼，见金莲时则专说"姐姐，请受奴一礼儿"。于是两人平磕了头。（按：瓶儿本想与西门庆家中霸王花搞好关系，哪承想，金莲才是瓶儿最大的敌人。）

四年，正月十五。

瓶儿生日。金莲虽是配角，但因一小插曲，突然也临时客串了一下主角。酒席间听到几个浮浪子弟闲聊：那穿大红遍地金比甲儿，上戴着个翠面花儿的，倒好似卖炊饼武大郎的娘子。西门把他娶在家里做妾。

"如今一二年不见出来，落的这等标致了。"

四年，七月中旬。

西门庆听说瓶儿嫁与蒋竹山之事。西门庆见人就生气就骂人，还踢了金莲两脚。月娘还以为是金莲惹的事，金莲便向月娘诉苦："这一家子只是我好欺负的！一般三个人在这里，只踢我一个儿。那个偏受用着甚么也怎的？"

（按：金莲与月娘结怨。"绣像本"眉批："金莲乖人，开口亦惹人恼，月娘贤妇，触着也要怪人。可见家庭老婆舌头，有所不免。"妻妾争斗，无非性权利的争斗，胜便有财产，便有家庭地位。如果还有子嗣，本质上讲也是性权利的另一种符号和象征，那就更具力量。正因为如此，金莲对育有子嗣官哥儿的瓶儿便恨之入骨，不除不以解根。）

西门庆与金莲一性事技巧（隔山取火）来源于西门庆与

瓶儿两男女所创。金莲听后道："我不好骂出来的，甚么瓶姨鸟姨，提那淫妇做甚，奴好心不得好报。"（按：果然说中，瓶儿在正式的众妻妾中第一个死亡。）

这一事，坏事成了好事。金莲在与月娘的争夺中占了上风。见西门庆偏听自己，于是以为得志，每日抖擞精神，妆饰打扮，希宠示爱。

陈经济到金莲房中讨茶吃，一问一答中，陈经济与金莲日近日亲。

四年，八月。

西门庆新房修好。吴月娘在家与众姐妹在新花园中赏玩。众姐妹在楼上观看，只金莲在山子前花池边，用白纱团扇扑蝴蝶为戏。不妨经济悄悄在他背后，戏说道："五娘，你不会扑蝴蝶儿，等我替你扑。这蝴蝶儿忽上忽下，心不定，有些走滚。"那金莲扭回粉颈，斜瞅了他一眼，骂道："贼短命，人听着，你待死也！我晓得你也不要命了。"那经济笑嘻嘻扑近他身来，搂他亲嘴。被妇人顺手只一推，把小伙儿推了一跤。

四年，八月二十。

瓶儿一波三折地终于走进西门府里。

金莲（和玉楼）托春梅打听西门庆对待先嫁蒋竹山后回西门府的瓶儿，在西门庆那里受到什么"待遇"。听说，西门庆与瓶儿重归旧好，金莲骂道："贼没廉耻的货！头里那等雷声大雨点小，打哩乱哩。……我猜，也没的想……"又说春梅："俺这小肉儿，正经使着他，死了一般懒待动旦。若干猫儿头差事，钻头觅缝干办了要去，去的那快！现他房里两个丫头，你替他走，管你腿事！卖萝葡的跟着盐担子走——好个闲嘈心的小肉儿！"

金莲见西门与瓶儿重归旧好，便直接到西门庆处询问。先怪瓶儿用钱笼络西门，后却向西门索要瓶儿之物。西门庆说道："你这小淫妇儿！单管爱小便益儿，随处也捏个尖儿。"

四年，八月二十五。

自此西门庆连在瓶儿房里歇了数夜。别人都罢了，只有潘金莲恼得要不的，背地唆调吴月娘与李瓶儿合气。对着李瓶儿，又说月娘容不得人。（按：兴风作浪，是金莲一大本领。也是金莲在西门府上为了更多的性权利的伎俩和权术。这与所谓金莲争取自由和爱情之说相去甚远。）

四年，十一月下旬，大雪。

金莲、玉楼听说西门庆与吴月娘和好了。玉楼建议，金莲与玉楼各出五钱银子，瓶儿出一两，办桌酒请西门、月娘"正经夫妻"赏雪。

月娘置酒回席时，金莲听说西门庆又回先前赌誓不去的丽春院："我猜他已定往院中，李桂儿那淫妇家去了。"

四年，十一月末。

金莲在藏春坞山子洞儿发现了西门庆与宋惠莲在此私狎。金莲大怒骂西门庆道："贼没廉耻的货，你和奴才淫妇大白日里在这里，端的干的勾当儿，刚才我打与淫妇两个耳刮子才好，不想他往外走了。原来你就是画童儿，他来寻你！你与我实说，和这淫妇偷了几遭？若不实说，等住回大姐姐来家，看我说不说。我若不把奴才淫妇脸打的胀猪，也不算。俺每闲的声唤在这里，你也来插上一把子。老娘眼里却放不过！"

（按：金莲如此霸王花，在西门府上少见，也在中国小说史上少见。性权利的争夺，于金莲来说是公开的而且极具颠覆性。《金瓶梅》写惠莲似乎只为了西门庆的乱伦，事实上，惠莲作为另一个金莲进场，既是金莲的前世，又是金莲继续在西门府存活的今身。从文本布局和小说人物纵横来讲，张竹坡论道："见金莲之恶，少试于惠莲一人"，又道"写惠莲为瓶儿受害作一小小前车"。）

五年，正月初十。

西门庆要与惠莲私约，求金莲能意。金莲道："我不好骂的，没的那汗邪的胡乱！……我是没处安放他。我就算依了你，春梅贼小肉儿他也不容。你不信，叫了春梅小肉儿，问了他来，他若肯了，我就容你容他在这屋里。"

（按："绣像本"批注"为春梅作声价"。为什么金莲会为春梅张目和作声价，是因为金莲拉春梅作同盟军，以便共同对付那些现实的和潜在的性权利的争夺者。这也是为了金莲走后，春梅的出场与退场做伏笔。）

面对得宠的惠莲，金莲道："……汉子既要了你，俺们莫不与争？不许你在汉子跟前弄鬼，轻言轻语的。你说你把俺们踩下去了，你要在中间踢跳，我的姐姐，对你说，把这样心儿且吐了些儿罢！"惠莲道："娘再访，小的并不敢欺心，到只怕昨日晚夕娘错听了。"金莲道："傻嫂子，我闲的慌，听你怎的？我对你说了罢，十个老婆买不住一个男子汉的心。你爹虽故家里有这几个老婆，或是外边请人家的粉头，来家通不瞒我一些儿，一五一十就告我说。你大娘当时和他一个鼻子眼儿里出气，甚么事儿来家不告诉我？你比他差些儿。"

接着西门庆刚勾搭上的贲四嫂，见金莲在西门府上的地位，便抱了金莲腿儿。（按：此段，足见西门府上霸王花的本领。一、你与西门庆的苟合，是我金莲同意了的；二、西门庆在外的苟合，是要向我报告的；三、西门府正室也要让我三分的。）

五年，正月十六。

元宵家宴。席间，陈经济与金莲调情（按：用一章的大半部分写两人调情，且动与静别具一格）始，金莲乘执酒，右手向经济手背一捻，经济则把金莲小脚儿踢了一下。不料被惠莲看到。（按："绣像本"夹批"看破"。此一"看破"将是惠莲大限的来临。惠莲以此作资本打击金莲"今日被我看出破绽，到明日再搜求我"。仗西门庆背地和他勾搭，由此越发猖狂起来，把家中大小都看不到眼里。更加速了惠莲走向她的穷途末路。不过，就惠莲在西门府里的地位，其实连一小丫惠祥也不怕她的。）

五年，清明。

月娘在花园置秋千，以解众姐妹春乏。金莲从来兴处得知，惠莲在西门庆枕边说她的怪话。金莲不听便罢，听了，粉面通红，银牙咬碎，骂道："这犯死的奴才！我与他往日无冤近日无仇，他主子要了他的老婆，他怎的缠我？我若教这奴才在西门庆家，永不算老婆！怎的我亏他救活了性命？"

金莲因惠莲得宠一事劝西门庆："你若要他这奴才老婆，不如先把奴才打发他离门离户。常言道：剪草不除根，萌芽依旧生；剪草若除根，萌芽再不生。就是你也不耽心，老婆他也死心塌地。"一席话儿，说得西门庆如醉方醒。

（按：金莲不仅有争风吃醋的本领，而且还有治家的政治才干。一、为了西门府不要出现来旺这样的强仆；二、瓦解来旺与雪娥的联盟；三、让惠莲一个人没有了帮手；四、重要的是，金莲自家性命与性权利的安全。）

五年，三月二十八日前后。

金莲离间西门庆与来旺第一次成功后，听说西门庆因惠莲求情准备放来旺一马。金莲便说道："待要把他做你小老婆，奴才又见在；待要说道奴才老婆，你见把他逼的恁没张致的，在人跟前上头上脸有些样儿！就算另替那奴才娶一个，着你要了他这老婆，往后倘忽你两个坐在一答里，那奴才或走来跟前回话，或做甚么，见了有个不气的？……你既要干这营生，不如一狠二狠，把奴才结果了，你就搂着他老婆也放心。"几句又把西门庆说的回心转意了。

五年，四月十八日。

金莲在惠莲一事上，唆使雪娥与惠莲的打斗。接着，蕙莲走到房内，倒插了门，哭泣不止。哭到掌灯时分，忍气不过，寻了两条脚带，拴在门槛上，自缢身死，亡年二十五岁。

（按：张竹坡论道此回"来旺儿递解徐州宋惠莲含羞自缢"里，"一路写金莲之恶"。金莲之恶，全因为性权利的争夺而已。）

（又按：与金莲有关的第一桩人命是武大郎。这第二桩人命便是惠莲了。）

五年，六月初二。

因鞋丢失，打骂秋菊，并叫秋菊拿块石头顶在头上跪在地上。一直骂到晚上："贼奴才，还教甚么屁娘哩，他是你家主子前世的娘！不然，怎的把他的鞋这等收藏的娇贵？到明日好传代！没廉耻的货！"（按：金莲人性里最糟糕的一面。另，为西门庆死后金莲与陈经济偷情，让秋菊告发做伏笔。又为陈经济拾到金莲鞋出场暖场。《金瓶梅》里的人物出场、故事进程，真是滴水不漏。）

陈经济因金莲鞋来到金莲房间。一问一答，一戏一嗔，两男女便心心相印。（按：此回，"词话本"作"陈经济因鞋戏金莲　西门庆怒打铁棍儿"，"绣像本"却作"陈经济徼幸得金莲　西门庆糊涂打铁棍"。无论"词话本"还是"绣像本"，就现在的版本看，显然，"绣像本"所指的"徼幸得金莲"并非事实，而"词话本"倒写得贴切——"戏金莲"。）

五年，六月初三。

与瓶儿、春梅、玉楼做鞋。其场景诙谐，四位女性，各怀心机，且伏脉几人后来下场。张竹坡则评道："直至后三十回，……细数凡八十个鞋字，如一线穿去。"

五年，六月初三后。

吴神仙为其测的字"面上黑痣，必主刑夫；唇中短促，终须寿夭"。

测字之后正当中午，与西门庆煮兰汤洗鸳鸯澡。洗时还大骂秋菊。(按：金莲一生与一小丫头交恶，真是人性之恶《金瓶梅》如此写出一侍女出头后，因貌美性厉获男人宠爱的女性，如此心狠，为后世作品所汗颜。)

五年，六月二十三。

西门庆在聚景堂大卷棚，与妻妾赏荷花。瓶儿回房。金莲"见李瓶儿待养孩子，心中未免有几分气"。接着，瓶儿生下了官哥儿，合家欢喜，乱成一块。金莲却"越发怒气，径自去到房里，自闭门户，向床上哭去了"。(按："绣像本"眉批"至情"，夹批"结得甚深"。"至情"说金莲对西门庆的性霸占，"结得甚深"说的是，金莲对有子嗣的瓶儿恨之入骨。伏下，猫惊孩死的悲剧。)

五年，七月下旬。

瓶儿产子满月家宴丢壶时，金莲当着西门庆面借机看笑话："若是吃一遭酒，不见了一把，不嚷乱，你家是王十万！头醋不酸，到底儿薄。"背后又一次一次地狠骂瓶儿。(《金瓶梅》自注："金莲此话，讥讽李瓶儿首先生孩子，满月就不见了壶，也是不吉利。")

金莲自从李瓶儿生了孩子，见西门庆常在瓶儿房里宿歇，于是常怀嫉妒之心，每蓄不平之意。

七月二十九，官哥儿家宴翌日，西门庆又做东官宴。金莲将官哥儿高高举起，惊吓了官哥儿。（按：此为金莲对官哥儿的第一次嫉妒和生恨的表现。）

（又按：金莲与瓶儿，一开始便有性权利争夺战，由于瓶儿产子，这种争斗从暗的转向了明的。金莲除了当面看笑话指桑骂槐之外，背地里便是一通乱骂。一骂瓶儿生子像生了太子，二骂瓶儿带着财产来到西门家。在女人没有地位的那个王朝，女子能为男人留下子嗣，那是天大的事。这是男权社会的根本，同时也是女性之间争夺性权利和财产的本钱与宿命。）

五年，八月十五。

西门庆本想在瓶儿房里睡，瓶儿因官哥儿稍好推辞。西门庆便来到了金莲房里，"金莲听见汉子进他房来，如同拾了金宝一般"。

五年，八月十六。

吴月娘生日第二天，金莲、潘姥姥、瓶儿吃酒，春梅服侍。酒间，金莲叫来陈经济，金莲与陈经济调情。叫经济唱《山坡羊儿》。

金莲听了西门庆又到瓶儿房里，冷笑骂道："贼强人，把我只当亡故了的一般。一发在那淫妇屋里睡了长觉罢了。到明日，只交长远倚逗那尿胞种，只休要晌午错了……"（按：

金莲对瓶儿的恨日渐加深。而且可以直面讥讽西门庆刚干了男风又来瓶儿房做"双席"。)

五年，八月二十四。
金莲见西门庆又去了瓶儿那里，便使性关了门睡了。

五年，十月中旬。
金莲见西门庆许多日子不进她房间，每日翡翠衾寒，芙蓉帐冷。那一日把角门儿开着，在房内银灯高点，靠定帏屏，弹弄琵琶。后被西门庆在瓶儿房里拉去下棋。金莲却使性。坐在床上，纹丝儿不动，把脸儿沉着，半日说道："那没时运的人儿，丢在这冷屋里，随我自生自活的，又来瞅采我怎的？没的空费了你这个心，留着别处使。"瓶儿让了西门庆一晚与金莲歇了一夜。

六年，正月初九。
金莲生日。金莲发现头日西门庆玉皇庙打醮除了生有子嗣的瓶儿在册，其他妻妾都不在西门庆打醮名单里。心中不高兴，又挑唆其他妻妾。

六年，正月初十。
金莲当面抱官哥儿向西门庆邀宠，背后却脚蹬着火炉发气。
金莲装会弹唱的丫头。西门庆不觉淫心荡漾。(按：金莲为了获得更多的性权利，使出浑身解数。连装艳妆浓抹的丫头这一招也想得出来。)

六年，正月十二。

官哥儿与乔大户家小姐结娃娃亲。潘金莲在酒席上，见李瓶儿披红簪花递酒，心中甚是气不愤，又哭又骂。

六年，正月十三。

金莲继续发酵着对瓶儿的怒恨。(按："词话本"本回作"西门庆与乔大户结亲　潘金莲共李瓶儿斗气"，"绣像本"作"两孩儿联姻共笑嬉　二佳人愤深同气苦"。从回目看，"词话本"更符合市井风格。《秋水堂论〈金瓶梅〉》认为，"词话本"不如"绣像本"的一个原因在于"词话本"的文字冗余不及"绣像本"的文学性，事实上，由于"词话本"更接近市井风格，才让《金瓶梅》这样一部世俗主义的小说，有了它的根基。)以打自家秋菊敲打与恐吓瓶儿母子："贼奴才，你身上打着一万把刀子，这等叫饶。我是恁性儿，你越叫，我越打。莫不为你拉断了路行人？"

六年，正月十四。

金莲见官哥儿玩丢了一锭金镯儿，借机就跑到月娘处挑唆："一锭金子，至少重十来两，也值五六十两银子，平白就罢了？瓮里走了鳖，左右是他家一窝子。再有谁进他屋里去？"西门庆一听说官哥儿的事就气了上来，提起拳头要打金莲。没想到金莲顶嘴："我晓的你倚官仗势，倚财为主，把心来横了，只欺负的是我，你说你这般威势，把一个半个人命儿打死了，不放在意里。那个拦着你手儿哩不成？你打不是的！我随你怎么打，难得只打得有这口气儿在着，若没了，愁我家那病妈妈子不向你要人！随你家怎么有钱有势，和你家一递一状。你说你是衙门里千户便怎的？无故只是个破纱帽债壳子，穷官罢了，能禁的几个人命？就不是教皇帝敢杀下人也怎么！"（按："绣像本"眉批"数语中倔强中实含软媚，认赴任上微带戏谑，非有二十分奇妒，二十分呆胆，二十分灵心利口，不能当机圆话如此。金莲真可人也"。金莲非大户人家出身，但在大户人家长大，且貌美性感，又有琵琶技艺，更有性技巧，再加上胆大心细心狠，金莲在西门府上岂有不敢说的不敢做的，西门府的主人西门庆岂有不喜欢的？）

六年，正月十四。

因瓶儿让出西门庆，西门庆来到金莲房。金莲听见西门庆进房来，天上落下来一般，向前与他接衣解带，铺陈床铺，展放鲛绡，吃了茶，两个上床歇宿不提。

六年，元宵夜。

在贲四娘子家中听曲，孟玉楼与金莲戏道："我儿，你过来，你穿上这黄狗皮，娘与你试试看好不好。"金莲道："有本事到明日向汉子要一件穿，也不枉的。平白拾人家旧皮袄披在身上做甚！"玉楼戏道："好个不认业的，人家有这一件皮袄，穿在身上念佛。"于是替他穿上。见宽宽大大，金莲才不言语。（按：佛教中国化里最重要的内容就是世俗化。佛常在月娘与众妾口中，不过就是身体欲望与物质欲望的随穿随

脱的外套罢了。认不得真的，便是某种解放。与清人的《续
金瓶梅》关于业报的佛理相去甚远。）

六年，元宵夜次日。

月娘请卜龟儿卦儿的老婆子，为其众妾算命。金莲摇头
儿道："我是不卜他。常言：算的着命，算不着行。想前日道
士说我短命哩，怎的哩？说的人心里影影的。随他明日街死
街埋，路死路埋，倒在洋沟里就是棺材。"（按：金莲不信命，
信自己的身体和智慧。更信在性权利的争斗中，只有强者和
智慧才能打败他人。金莲的奸死，只是金莲生命旅程中的污
点。金莲的活着则表明生命的倔强和不甘。当然，对金莲来说，
这一定是悲剧的。）

六年，三月初六清明。

西门庆出门五里外祭祖。金莲手拈一株桃花与陈经济调
情。（按："绣像本"眉批"意致便别，韵甚，媚甚"。"词话
本"本回即第四十八回作"曾御史参劾提刑官　蔡太师奏行
七件事"，"绣像本"作"弄私情戏赠一枝桃　走捷径探归七
件事"。"词话本"回目重政治，"绣像本"回目重生活。回目
所指，各有千秋。可见，文学文本的多义性的交错。）

六年，四月十七。

金莲见西门庆在瓶儿屋里歇了，只道他偷去淫器包儿和
他顽耍，更不体察外边勾当。是夜暗咬银牙，关门睡了。

六年，四月十八。

金莲心恨昨夜西门庆到瓶儿房歇，便到月娘处挑唆。但没有讨到好。（按：月娘本是省油的灯。）

六年，四月十八。

夜。与吃了胡僧药的西门庆房事。（按："戴本"删去性事文字1520字。1520字极见当时淫风炽盛场景，更见金莲作为一女性身体的本能，以及金莲对性的渴望与放纵。当然在通行的洁本里，我们都看不到了。）

六年，四月十九。

金莲当着瓶儿与陈经济妻西门大姐的面，与陈经济调情。

六年，四月二十二。

潘金莲趁西门庆不在家，与李瓶儿计较，将陈经济输的那三钱银子，又教李瓶儿添出七钱来，教来兴儿买了一只烧鸭、两只鸡、一钱银子下饭、一坛金华酒、一瓶白酒、一钱银子裹馅凉糕。请月娘、玉楼、娇儿、雪娥、西门大姐、桂姐吃酒。酒间处，为一方汗巾与陈经济调情。调情时，被抱着官哥儿的瓶儿和奶娘如意儿看到。

六年，五月上旬。

西门庆到东京给蔡太师送礼期间。金莲耐不住寂寞，便寻机与陈经济打情骂俏，却未能得手。

六年，秋初。

见西门庆、月娘和瓶儿在欢喜地讨论官哥儿孝敬大房的事时，不想潘金莲在外边听见，不觉怒从心上起，就骂道："没廉耻、弄虚脾的臭娼根，偏你会养儿子！也不曾经过三个黄梅、四个夏至，又不曾长成十五六岁，出幼过关，上学堂读书，还是个水的（按："绣像本"缺"的"）泡，与阎罗王合养在这里的，怎见的就做官，就封赠那老夫人？我那（按："绣像本"缺"我那"）怪贼囚根子，没廉耻的货，怎的就见的要做文官，不要像你！"（按：金莲愈发加深了对瓶儿的恨。）于是又骂道："怪尖嘴的贼囚根子，那个晓的你什么爹在那里！怎的到我这屋里来？他自有五花官诰的太奶奶、老封婆，八珍五鼎奉养他的在那里，那里问着我讨。"

六年，六月二十八。

西门庆生日，金莲吃得大醉。把对瓶儿的恨一股脑儿发在狗儿和秋菊身上。先打狗儿，狗儿大叫，吓官哥儿，又借机大骂瓶儿，瓶儿叫人去金莲处求她不要打狗儿，但金莲又打；打秋菊时先是"提着鞋拽巴，兜脸就是几鞋底子。打的秋菊嘴唇都破了，只顾揾着抹血"，接着，便叫春梅扯了秋菊的衣服，并"教春梅把他手扯住，雨点般鞭子打下来，打的这丫头杀猪也似叫"。瓶儿再叫人过来求不要打秋菊，金莲反而越打越厉害。打够二三十马鞭子，然后又盖了十栏杆，打得秋菊皮开肉绽，才放出来。又把秋菊的脸和腮颊都用尖指甲掐得稀烂（按：后来春梅打雪娥便是金莲的借尸还魂）。李瓶儿在那边，只是双手捂着孩子耳朵，腮边堕泪，敢怒而不敢言。

（按：此节，是金莲最混账最肮脏人性最恶的一次表现。在整部《金瓶梅》中，没有任何一次涉及暴力的事件，有这次打秋菊这般恶毒！《金瓶梅》多次写金莲暴打秋菊之事，但没有哪一次有这次恶毒残忍。潘金莲最后被武二残杀，让后人有一丝丝同情。如果看到这回，显然是不会同情的。田晓菲在《秋水堂论〈金瓶梅〉》一书里，多次为金莲争取性权利辩护。刘火不会为金莲辩护，如果仅从这节看，刘火连同情也不会的！）

六年，六月三十。

金莲见瓶儿出钱印经，立马挖苦："……李大姐恁哈账行货，就要把银子交姑子拿了印经去。经也印不成，没脚蟹行货子，藏在那大人家，你那里寻他去？"又骂："纵然他背地落，也落不多儿。"（按：足见金莲品行之坏！）

六年，七月初。

金莲磨镜，共磨照脸大镜、小镜八面镜和四方穿衣镜。（按：张竹坡批道："观磨镜文字，作者必有风水深悲，自为苦孝之人，而作此一回苦语，直结入一百回。"张语，为金莲之后的命运寄寓了一些同情。另按：此镜之事，直接启发了《红楼梦》里的"贾天祥正照风月鉴"。）

六年，八月初。

金莲用"红绢裹肉"训练养的"雪狮子"，因为官哥儿平昔怕猫。那天要出事。那猫"……将官哥儿，身上皆抓破了。只听那官哥儿呱的一声，倒咽了一口气，就不言语了，手脚俱被风搐起来"。金莲见猫被西门庆摔死，还硬硬地骂道："贼作死的强盗，把人妆出去杀了才是好汉！一个猫儿碍着你事？亡神也似走的来摔死了。他到阴司里，明日还向你要命，你慌怎的？贼不逢好死变心的强盗！"（按：一证金莲是一个狠角色；二证金莲并不怕西门庆；三证金莲没有罪恶感。再就是金莲此话，其实是一句西门府所有人报应与下场的预言。）

六年，八月末。

潘金莲见孩子没了，每日抖擞精神，百般称快，指着丫头骂道："贼淫妇！我只说你日头常晌午，却怎的今日也有错了的时节？你斑鸠跌了蛋也，嘴答谷了！春凳折了靠背儿，没的倚了！王婆子卖了磨，推不的了！老鸨子死了粉头，没指望了。却怎的也和我一般！"（按：金莲之恶毒，由此可见一斑。中土市民，这样一种看人笑话、怨人穷不望人富的心理和行为，几为世袭，至今依然。）

六年，九月十六。

瓶儿死时。月娘说："人也剌经，不管那有恶气没恶气，就口拃着口那等叫唤。……三年没过一日好日子。"金莲说："他没得过好日子，那个偏受用着甚么哩，都是一个跳板儿上人。"（按："绣像本"无金莲这段恶话。没有这段恶话，金莲的恶行就被多三少五地遮掩了。再就是，这段话在这里并不唐突，符合金莲对瓶儿态度的逻辑。）

六年，九月二十三。

瓶儿葬礼期间西门庆请戏班唱戏以祭瓶儿。金莲看到西门庆因戏生情为瓶儿落泪时，对月娘说："大娘，你看他好个没来头的行货子，如何吃着酒，看见扮戏的哭起来？"（按："崇祯本"批道"活贼"，可见古人对金莲之厌。）

六年，九月二十四。

金莲抓住月娘侍女玉箫与书童通奸一事，金莲恐吓玉箫："第一件，你娘房里，但凡大小事儿，就来告我说。你不说，我打听出来，定不饶你。第二件，我但向你要甚么，你就捎出来与我。第三件，你娘向来没有身孕，如今他怎生便有了？"玉箫道："不瞒五娘说，俺娘如此这般，吃了薛姑子的衣胞符药，便有了。"金莲听说月娘已有身孕，但却不告诉西门庆。同时撺走了书童。（按：性权利的争夺。最终演变成子嗣有无的争夺和财产继承权的争夺，同时看到金莲不仅心恶而且也有相适应的技巧和谋略。）

六年，十月上旬。

瓶儿出殡回家，金莲知道了西门庆与瓶儿房里的奶娘如意儿勾搭成奸的事。

六年，十月十八。

西门庆送走黄太尉一干朝廷高官显要后，再摆酒时，西门庆想起瓶儿，说："有他在，就是他经手整定。从他没了，随着丫鬟撮弄，你看像什么模样？好应口菜也没一根我吃！"
金莲听事即到月娘处告状，说西门庆收了瓶儿的奶娘如意儿，
又与瓶儿的两丫头迎春、绣春打得火热。（按：金莲之恶，不
在于自己的性权利，更在乎她的敌人不能享有性权利。）

　　六年，十月二十二。

　　金莲见西门庆与如意儿歇在一处，便在月娘处告状："不
明不暗，到明日弄出个孩子来算谁的？"（按：西门庆、潘金
莲死后，如意儿在月娘保媒下嫁与西门府家丁来兴。此事，
看似一闲笔，但却是《金瓶梅》价值观的某一种体现：一是对
金莲的惩罚，二是对瓶儿的安慰）。

　　六年，十月二十七。

　　金莲在西门庆面前落泪撒娇："李瓶儿是心上的，奶子是
心下的，俺们是心外的人，入不上数。"两人房事时，应伯爵
闯入，慌得金莲一溜烟后边走了。《金瓶梅》在此写道："雪隐
鹭鸶飞始见，柳藏鹦鹉语方知。"（按：此结语断辞，张竹坡未
点评，"崇祯本"里的眉批夹批也无点评。今人格非以《雪隐
鹭鸶——〈金瓶梅〉的声色与虚无》为书名，写了一部关于
《金瓶梅》的书。足见如此雅韵的"雪隐鹭鸶飞始见，柳藏鹦
鹉语方知"的诗句与全书的重要关联和提示。）

　　六年，十一月初二。

　　因月娘有了身孕，又见西门庆常与如意儿混，掺夺了他
宠爱。与薛姑子一两银子，替她配坐胎气符药。五两银子经

钱写法。

六年，十一月初五。

金莲请薛姑子为她做道场祈求坐胎。

六年，十一月中旬和下旬。

西门庆进东京谢恩走动期间，因月娘管得紧，潘金莲无法与经济勾搭。于是只赖奶子如意儿，逐日只和如意儿合气。终于因秋菊借棒槌之事，与如意儿对骂到动手打如意儿，"走向前一把手把老婆头发扯住，只用手抠他腹"。（按："词话本"此回的回目作"王三官拜西门为义父　应伯爵替李铭解冤"，"绣像本"作"潘金莲抠打如意儿　王三官义拜西门庆"。从文本看，"绣像本"的回目更接近文本旨义，尤其是更接近金莲人性之恶之旨义。另，"崇祯本"的《金瓶梅》两百幅插图，都以"绣像本"作底本。其中第七十二回的一幅插图就叫《潘金莲抠打如意儿》。其画面可见金莲的凶暴：金莲怒打如意儿，春梅在一旁助威。）

六年，十一月二十六。

金莲在与西门庆房事时，一告如意儿的状，二教西门庆新一种性事技巧用"白绫带子"。（按："戴本"删节将"白绫带子"一并删去。殊不知，"白绫带子"和"胡僧药"是致西门庆淫死的两件重器。再就是第七十三回所说金莲要与西门庆做"白绫带子"便没有着落。）

六年，十一月二十八。

与西门庆温存后，软硬兼施要瓶儿值六十两银子的貂鼠皮袄。（按：此为瓶儿从花家带来，不是西门庆家的。金莲于此，不仅贪婪、虚荣，还要从根上抹去西门庆对瓶儿的念想。又，"词话本"回目作"宋御史索求八仙鼎　吴月娘听宣黄氏经"；"绣像本"作"潘金莲香腮偎玉　薛姑子佛口谈经"。"绣像本"回目两义都为家庭叙事，"词话本"则一家庭叙事一社会叙事。从这一点看，"词话本"的文本旨义更加廓大些。）

六年，十一月二十八残更。

西门庆来金莲房申请到如意儿房歇息。金莲允了但不许西门庆与如意儿说知心话。（按：两人讨价还价，在《金瓶梅》里实为罕见。金莲让渡性权利，实为想获得长远的权利。）

六年，十一月二十八。

金莲对西门庆到如意儿房歇耿耿于怀，虽然是金莲让渡的。金莲对来问事的玉箫说："鸡儿不撒尿，各自有去处。死了一个，还有一个顶窝儿的。"从应伯爵处吃了小孩子满月酒、回家吃了薛姑子的安胎药，等西门庆来同房。哪晓得西门庆去了金莲在西门府的同盟者孟玉楼那里。（按：《金瓶梅》的叙事，与故事布局往往说甲事在乙，说乙事在甲。处处设扣、处处解扣。为中国古典小说提拱了一个之前从来没有过的空间与时间关系。）

六年，十一月二十八至二十九。

金莲因西门庆去了玉楼房中歇又被月娘拦了，为此错过坐胎最佳日而不悦。于是在春梅话题上，与月娘大打出手。月娘说："一个使的丫头（按：为春梅撒娇西门庆伏笔），和他猫鼠同眠，惯的有些摺儿！"金莲说："丫头便是我惯了他，是我浪了图汉子喜欢。像这等的，却是谁浪？"这两句触到月娘心上，月娘说："这个是我浪了，随你怎的说。我当初是女儿填房嫁他，不是趁来的老婆。那没廉耻趁汉精便浪，俺每真材实料不浪。"金莲一听这话便坐在地上打滚撒泼、打自家几个嘴巴、放声大哭，怒怼月娘："你是真材实料的，谁敢辩别你？"月娘越发大怒："我不真材实料，我敢在这家里养下汉来？"金莲："你不养下汉，谁养下汉来？你就拿主儿来与我！"

（按："绣像本"此回即第七十五回的回目有"为护短金莲泼醋"，就是写的金莲与月娘的这场揭短对骂。这是西门府里第一次妻妾大战，也是最后一战。这场妻妾大战不亚于一场核战。它从家庭伦理的中心撕开口子，这个口子里面的核心，就是性权利的争夺和家庭继承权利的争夺。一面，月娘有正室的伦理优势；一面，金莲有性技巧和天不怕地不怕的优势。这一战争是《金瓶梅》的家庭叙事里最重要的一个关节。这一关节最后的指向：西门庆死后，金莲被月娘打发出西门府，最后被武二残忍杀死；月娘却凭借正室和孝哥这一子嗣的地位，成了西门府的真正主人。尽管月娘后来也走入佛门。从这一角度看，金莲的不怕天不怕地的反抗，最终都是徒劳的。《金瓶梅》的伟大之处就是在披露人性的光与暗的同时，披露了那个社会的旧制度和旧礼教罪恶的多种样式。可参考《吴月娘年表·六年初二》《吴月娘年表·六年十二月初三》和《西门庆年表·六年十二月初二》。）

六年，十一月三十。

金莲给月娘认错："娘是个天，俺每是个地。娘容了俺每，俺每骨秃叉着心里。"（按：金莲此一性格，即先扬后抑，为《红楼梦》里的尤二姐提供了参照。）

六年，腊月初一。

孟玉楼攒了账，递与西门庆，就交代"与金莲管理使用银钱"。（按："绣像本"缺"使用银钱"。）西门庆打账兑三十两银子、三十吊钱，交与金莲管理。（按：金莲头天向月娘认错，第二天玉楼不再管理西门府账。此事，并非凑巧，而是西门庆宠金莲的必然。这一宠，直接导致西门庆离死不远。《金瓶梅》布局的鬼形天意，是中国古典小说史上的大手笔。）金莲晚向西门庆诉苦，抱怨月娘骂她："你看昨日，生怕气了他，在屋里守着的是谁？请太医的是谁？在跟前撺拨侍奉的是谁？……"金莲桃花脸（按：好一个"桃花脸"！就此便把西门庆化了）止不住滚下珍珠儿，倒在西门庆怀里呜呜咽咽地哭。西门庆一面搂抱着劝道："虽然我和人睡，一片心只想着你。"（按：白天，西门府银钱管理交给了金莲，晚上西门庆又与金莲赔不是。"崇祯本"眉批"金莲于财色二者无所不爱"。金莲的上位，却是西门庆死的消息预告。）

六年，腊月初二。

王婆（按：王婆再次出现，为西门庆死后金莲被月娘所逐伏脉。）到西门府看望金莲。问候金莲有无子息，金莲答小产过两次。（按：《金瓶梅》写瓶儿有子、春梅有子、月娘有子，独金莲无子。足见《金瓶梅》对潘金莲的讨厌。）

六年，腊月上旬。

潘金莲自从当家管理银钱，另定新规：每日小厮买进菜，金莲先瞧过，方数钱。数钱由春梅执行。小厮时又被春鸿骂得狗血淋头，众小厮互相抱怨说在玉楼管理时使钱好。（按：金莲不仅贪色而且贪财，是一厉害了的贪财贪色者。在西门府里，无一可以出其右。又，此为《红楼梦》里的王熙凤协理宁国府提供模版）。

六年，腊月初十。

金莲知道西门庆与贲四娘子勾搭成奸，却没当回事。（按：这是金莲在性权利方面，第一次表现出来无所谓。这在《金瓶梅》里是一件奇怪的事。）

七年，正月初九。

金莲生日。早早起来便花妆粉抹，翠袖朱唇。一上午因为西门庆与贲四嫂勾搭之事责骂与自己有私情的琴童和玳安。接着连王六儿与西门庆的事一并骂。（按：金莲早知西门庆与贲四嫂有私情但不与西门庆说破，却在两男仆面前耍横。这一骂看似闲笔，但《金瓶梅》里的众多闲笔都是伏笔。金莲对自己的性权利的霸道，从进西门府就开始了的。这一骂的伏笔便是即将到来的把西门庆送入"淫死"的结局。)

晚夕，潘金莲上寿，后厅小优弹唱，与西门庆饮酒，玩耍做一处。

七年，正月十五至十八。

金莲拿出胡僧药，斟了一盅酒，自己吃了一丸，剩下三丸。一并送到西门庆口内。与西门庆房事。事后，西门庆已昏迷过去，四肢不收。（按："崇祯本"眉批："此药较武大药所差几何。吃法与武大吃法所差几何，因果循环，读都猛省。"此语虽属劝世文，但劝世文有时确有它的教化功能。田晓菲以为，金莲此处行为只是回应了第二十七回的性事。那次是西门庆与金莲性事时述西门庆乐事，这次是西门庆昏迷述金莲性事之乐。从女权主义角度看，田氏对于金莲的理解和同情，并非妄语。但是，田氏忽略的一个事实是，在随后西门庆已经根本不能再行房事时，金莲依然"晚夕不管好歹，还骑在他身上，倒浇蜡烛掇弄，死而复苏者数次"。性权利的独占和性权利的霸道，是金莲人性中最肮脏的部分。）

七年，正月二十。

西门庆临终时，金莲知道了自己未来在西门府的境遇，悲不自胜地对西门庆说："只怕人不肯容我。"（按：如果从因果来讲，金莲当预测到了自己可能的恶报。但从人性的角度观察，金莲此句有些类似忏悔的话，却让读者感到人世的艰辛和命运的不济。）

七年，正月二十一至二十四。

西门庆死后，金莲管理库房和收祭桌。（按：“收祭桌”《金瓶梅鉴赏辞典》不录，“梅本”（陈诏、黄霖注释）不注。“收祭桌”大概是收受前来吊孝的丧礼钱。）经济“无一日不和潘金莲嘲戏”。

七年，正月二十八。

西门庆“首七”，与陈经济奸耍。（按：“绣像本”作“好耍”，“戴本”删字101字。删去的字全是韵文。《金瓶梅》里性事描写，许多时候都以韵文方式出现。这表明《金瓶梅》的词话形式，“绣像本”在韵文方面也大都未作删改。韵文写性，这是中国古典文学的一个重要标识。无论是夹在散文里还是独立的韵文，无论是戏曲里的念白还是唱词，都能看到韵文写性的这一汉语文学的特征。）自西门庆孝堂楔房得手，两人“日逐偷寒，白日送暖，或倚肩嘲笑，或并坐调情，掐打揪捽，通无忌惮”。接着金莲用词《寄生草》传信、经济用《水仙子》回应成奸。（按：《金瓶梅》的修辞，除故事之外，源头三支：一、故事骨架来自唐传奇到宋明话本；二、韵文散文来自宋元词曲和明小说的叙事方式；三、对话来自民间俚语及白话方式。散文和韵文考虑到它的读者或者听众，《金瓶梅》借已有修辞方式和手段，大量使用习惯的、大众的且兼有文人雅皮的趣味。在对话上则完全采取了与散文、与韵文不同的方式，借用、套用甚或照搬民间原生的言语习惯和方式，塑造和刻画人物性格、推进故事进程。关于对话的方言问题，自20世纪30年代以来，多有论者论及。不过，在山东方言与吴方言的问题上，至今未有定论。而这，也是《金瓶梅》修辞学和语言学有待深入和拓展的话题。）

七年，四月某一日。

金莲与经济私通（按："戴本"删去 198 字）被春梅发现。金莲怕春梅将私情说与他人，就对春梅说："你若肯遮盖俺们，趁你姐夫在这里，你也过来和你姐夫睡一睡，我方信你。你若不肯，只是不可怜见俺们了。"（按："崇祯本"眉批道："金莲分惠耶，拖仍下水耶？春梅屈从耶，敬喜领受耶？再四思之不得。"金莲对性权利的争夺几为半寸不让。即便让也是临时的，如对王六儿。但对春梅则是另一番情致。先是让西门庆收了春梅，春梅本是月娘给金莲的陪房丫头，金莲出让势在必行。但出让春梅却不是必然的行为。虽后有自此之后"潘金莲与春梅打成一家"，但如"崇祯本"眉批所说，非分惠耶，实拖下水耶，主要是迫于无奈耶。金莲的机灵和狡黠，在春梅问题上一览无余。但最后却死于武二刀下，是《金瓶梅》里最大的反讽喻体。）金莲"偏听春梅说话，衣服首饰拣心爱者与之，托为心腹"。（按：此句是一关节，参见《庞春梅年表及批判·七年四月某一日》，再次佐证，春梅在西门庆死后隆重登台，也表明，自西门庆死后，金莲多么需要盟军，或者说金莲开始走向了她的末路。但"绣像本"无此段关节叙述，可见"词话本"与"绣像本"两本的差异。）

七年，六月初一。

（按：小议《金瓶梅》的时间。西门庆死之前，《金瓶梅》

的时间大概逐月逐日记事，特别是第七十八回，于西门庆的时间，不仅逐日记事，而且从早晨到下午到晚上到三更到五更。西门庆时间记事里，一方面表明西门庆生命的短暂和急迫，它的文本转喻即是西门庆这样一个恶棍并非如民谚"好人命不长，祸害一千年"，而是定位在西门庆虚岁三十三岁死去。这一生命的叙事文本转喻即是《金瓶梅》对这样一种人的态度：爱憎分明中憎大于怜悯。另一方面，则是表明，在《金瓶梅》这样的一部作品里，男权中心依然如故地在这部旷世巨著里起到主导作用。男人的生命即男性的时间叙事，不是以月计而是以天计。到了西门庆死后，《金瓶梅》的时间便突然缓慢了下来，至少再没有过如第七十八回那样以天计以半日计以更计。这一时间记事的文本转喻，可以看到女性在那个时代那种社会里的命运。以女权主义来解读这一时间记事的不同，如阿伦特在致她的好友麦卡锡的一封信中所说"不用自欺欺人。仅作为女人，谁也不能改变一切"。金莲这样一个在争夺性权利时丝毫不让、或对传统秩序的反判和反抗者来说，时间记事，依然依附在西门庆身上。当西门庆死后，一切回到金莲作为一位女性的时间上来。时间，作为小说叙事最主要的构件和小说人物命运的平台与支撑，显示着小说作者的能力。《金瓶梅》在西门庆死后，即放缓了时间的记事，这是《金瓶梅》对小说的重大发明和创造。同时也是对小说史的重大贡献。）

金莲母潘姥姥老去。

七年，六月初三。

金莲早起，尿急便在大厅墙根溺尿。（按：西门庆生前，门庭若市；西门庆死后，门可罗雀。看似一小事，写得惊心动魄。《金瓶梅》真是大手笔。）接着，经济与金莲私会。（按："戴本"删两处共 270 字。）月夜时与经济"席枕（按："绣像本"作"席枕上"）交欢，不胜缱绻"。（按：自家亲娘死去，则与经济如此欢喜。伦理在身体与欲望之间，已无丁点约束和意义。从人性的自由和解放上，《金瓶梅》时所涉及的性事叙事，从总盘面来讲，确实是中国小说史上的重要标识和重大成就。但就《金瓶梅》的叙事和修辞来看，潘金莲与陈经济的性事叙事的所指或转喻，有可能作为一种反讽喻体寄存于整个时代礼崩乐坏的本体之间。《秋水堂论〈金瓶梅〉》为金莲与经济究竟在西门庆生前还是死后通奸一事上为金莲辩诬之说，是建立在伦理之上的。事实上，那个社会和时代，伦理或旧的伦理已经退到了后台。）

七年，七月一天。

金莲先知道经济为她娘潘姥姥善后丧事（按：月娘不准金莲回娘家为潘姥姥奔丧，除了表明月娘的报复外，还表明妻妾的等级。在社会伦理和家庭伦理上，"妾"作为"如夫人"是不能在台面上行走的。《金瓶梅》让众妻妾在西门庆生前时的大致平等，这反映了《金瓶梅》一书的关于女性的前卫认识。在西门庆死后，正室有了更大的权力。这一悖论，也显现出《金瓶梅》作者的局限），"越发与这小伙儿日亲日近"。后金莲见经济有孟玉楼的簪子，不容经济分辩："你不和他两个有首尾，他的簪子缘何到你手里？"骂着要与经济分手："自今以后，你是你，我是我，绿豆皮儿请退了。"（按：金莲自由放荡的个性在此跃然纸上。有明一代，尤其是明朝中晚期后，女性的地位显然是前朝所不及的。如玉楼、金莲在西门府上的先后管账等这样的家庭经济大权，如金莲性方面的追求等，这与商业的繁荣、市场的活跃、市民思想意识的宽松密切相关，也有可能与明朝中后期外来文化的侵入相关。陈寅恪的历史巨著《柳如是别传》里就谈及过"河东君之个性放诞"。柳如是（河东君）是历史人物，潘金莲是小说人物，真实的与虚构的，事实上是在一个平台上。她们都生在明朝中后期。又，在西门庆的众妻妾及有染的女性中，孟玉楼本是金莲的盟友，但当看见盟友的簪子在情人经济手里时，金莲对性权利的敏感和性权利维护的坚定，便突然迸发。陈寅恪在《柳如是别传》一书中论及旧时妻妾关系如陈子龙妻妾关系时说，"三百年前陈氏家庭夫妇妻妾之间，其恩怨是非固匪吾人今日所能确知"。而《金瓶梅》一书中家庭叙事里的妻妾关系，刚好弥补了陈寅恪不能"确知"的遗憾。）"唬的经济气也不敢出一口儿来，干霍乱了一夜"。（按："戴本"在此句后删去性描写 7 字，"戴本"删的 7 字，"绣像本"无。另，"词话本"在叙金莲与经济"干霍乱了一夜"后，写《醉扶归》一词和孟玉楼的簪子之后叙事的预告共 130 字左右，"绣像本"全无。"词话本" 130 字属话本文本的方式。又一次可见，"绣像本"晚于"词话本"。）

七年，七月十五。

金莲为昨夜对经济说的狠话后悔。（按：好不容易占有了一个男人的心和身体。）晚，窗外籁籁下起雨来（按："崇祯本"眉批"绝有声色"。可见《金瓶梅》的修辞有多么了得），窗内，把昔日与西门庆枕边风月（按：西门庆阴魂不散），尽付经济身上。（按：金莲以为，从此将是她作为女人的好日子。殊不知，如《金瓶梅》所说"活当有事"，金莲与经济的缠绵悱恻将走到尽头。先前一直被打骂的秋菊将向月娘告密。）

七年，七月十六。

听春梅告状秋菊对外说她与经济苟且之事，金莲大怒，拿棍子在秋菊脊背上，尽力狠抽了三十下。（按：又打秋菊，金莲之恶，听到了果报如快马飞驰而来。）

七年，八月中秋。

月娘捉奸，虽然未成。月娘定规不让金莲与经济相见。"两个热突突恩情都间阻了"。

七年，九月底。

月娘外出时。金莲与经济说，从三月（按：西门庆死后）胎上身，今主六个月，要经济买药打胎。如不打胎"再休想抬头见人"（按：金莲与经济偷情，虽伦理不合便却是人性所然，但此事的金莲却说"休想抬头见人"。《金瓶梅》的伦理底线与人性自由往往纠缠不清。自程朱理学成为社会主流意识形态以来，社会、家庭的秩序如铁桶一般。男盗女娼，特别是女娼之事为社会和家庭不容。正是基于此，明代中后期的以佛入儒而改造程朱理学的陆王特别是王阳明的心学以来，传统秩序开始在主流意识形态方面出现松动，特别是商业的繁荣，新兴市民阶层的扩大，人与人、男人与女人、女人与女人的关系发生了巨大的变化。《金瓶梅》一是反映这一巨大变化的传世巨著。金莲敢于如此大胆放任地追求自己的幸福或性福，或许就是这一变化或者进步的转喻。只是，传统依然还在，所谓的传统廉耻还在。这才有了金莲敢做而还需脸面之事的桥段。）打掉的胎儿被淘茅坑的汉子给淘出来了。好事不出门，坏事传千里，家中大小都知道了"金莲养女婿，偷出私肚子来了"。（按："绣像本"作"私孩子"。"私肚子"，"梅本"释"私生儿"，《金瓶梅鉴赏辞典》也作"私生儿"讲。"私肚子"究竟出自山东方言还是吴方言，待考。《金瓶梅》的语言习惯，一说主要源于山东，一说夹有许多吴方言。这一话题涉及《金瓶梅》的作者兰陵笑笑生的语言习惯和笑笑生的真名。疑似作者从王世贞、贾三近到屠隆等有十三人之多，近人吴星、潘开沛、张鸿勋、张远芬、黄霖等多有论及，特别是卜健以20余万字论证"笑笑生"是李开先。笑笑生是何人，至今仍无定论，不像《红楼梦》的作者归属那般明了。但有一点则是可以肯定的，无论南笑笑生即主要操吴方言的作者，还是北笑笑生即主要操山东方言的作者，《金瓶梅》是一部既有山东方言又有吴方言的著作。笔者曾调查和统计过初刻二刻拍案惊奇的吴方言，发现二刻拍案惊奇完全吴方言外，有明一代的四大名著，方言并不完全决定小说的文本语言是某一特定的语言习惯。这是因为明朝中晚期的商业繁荣与交通改进和便利，著书人的语言有可能或者有意识地已经融合，并在融合的前提下进行创作了。）

七年，十月初。

与经济偷情时被月娘当场捉奸，"妇人羞的半日不敢下来"。（按："崇祯本"眉批"金莲虽泼皮，到此亦泼皮不得，可见羞耻之心，人皆有之"。田晓菲认为此为"金莲内在的软弱"。确实与月娘的强悍相比，金莲软弱多了。一个曾依托西门庆成为西门府霸王花的金莲，此时已经沦落为月娘和流言的刀俎下的鱼肉了。女权主义在此遭受重大的打击。金莲只得"挨一日似三秋，过一宵如半夏"。）后见薛嫂要领春梅出西门府，"半日说不话来，不觉满眼落泪"。（按：心软已是心善。在一个比恶的社会里，马善被人骑，人善被人欺，是一铁律。即便是恶，恶还被更恶的欺负。陈经济欺负西门大姐，后乞食街头被金道士欺负，后再被恶人张胜所杀。）

七年，十月中旬某日。

潘金莲自从春梅去后，房中纳闷。（按：金莲自此没有了盟友。金莲的悲剧，除了社会和月娘不容外，金莲的个性也决定了她的命运。）

七年，十一月末。

因经济打骂和乱骂月娘（按：实为由来已久），月娘撵金莲。当王婆来告知月娘撵金莲之事时，金莲除了隔山骂月娘外，拿着月娘打发她的"两个箱子，一张抽替桌儿，四套衣服，几件钗梳簪环，一床被褥。其余他穿的鞋脚"，拜辞月娘，在西门庆灵前大哭了一回（按："崇祯本"眉批"众妾散去，独金莲辞灵大哭，可见情为所钟，虽无情人，亦不能绝"，此处的金莲，既忏悔前尘，同时也为来生寄托。"崇祯本"的"虽无情人，亦不能绝"一句，真正地洞悉了《金瓶梅》一书的悲悯情怀），洒泪而别（按：金莲离西门府，是《金瓶梅》飞鸟各投林最凄凉的一幕。金莲前脚离房，秋菊便"一把锁就把房门锁了"，此自然也是金莲打骂秋菊的报应；月娘毫无一丝同情之心；王婆的丑恶与丑陋更让世人看到人性黑色的那一面的真实。值得金莲安慰的是，曾是盟友的玉楼，与平时并无多少交情的丫头小玉临别时送了金莲礼物。此时，一片白茫茫的大地，金莲离去西门府时，竟有一丝丝人性的光亮从黑屋子里透了出来。这便是《金瓶梅》中的大悲悯！）

七年，十一月末。

金莲在王婆家，很快回到了自己原来的状态：依旧打扮，乔眉乔眼在帘下看人。无事坐在炕上，描眉画眼，弹弄琵琶。很快与王婆的儿子王潮儿勾搭上了。（按："词话本"回目作"雪娥唆打陈经济　王婆售利嫁金莲"，"绣像本"作"雪娥唆打陈经济　金莲解渴王潮儿"。从社会叙事来讲，"词话本"回目更接近文本旨义，从女性叙事来讲，"绣像本"切合此小节文本旨义。不过，金莲与王潮儿的这一小节，似乎与紧接着经济前来要娶金莲一事无多大关系。特别是王婆向经济漫天要价一百两银子才能出手金莲一事，更无多大关系。而这一重要关节与"王婆售利嫁金莲"相关，又与即将出现的武二相关。扬"绣"抑"词"论者以为"词话本"不如"绣像本"，即便在回目上，"词话本"也比"绣像本"差。吴星

1980 年《金瓶梅考证》一书就认为"万历本题目文字粗俗"。事实上，两本回目究竟谁更"题目文字粗俗"，可见《西门庆年表及批判·六年腊月初十》。仅从这一回看，"词话本"不仅没有"绣像本"色情，更重要的是，"词话本"的回目比"绣像本"的回目，更接近这一回的文本旨义：即月娘与王婆特别是王婆卖金莲共同赚钱一事。）

　　七年，十一月末。

　　金莲听说武松要婆他看管迎儿，又见武松"出落得长大……又会说话儿，旧心不改，心下暗道："我这段姻缘还落在他手里。"（按："崇祯本"眉批"一为利昏、一为淫迷"，夹批"此时置经济于何地"。两批，可以看出批者的态度。一对媒婆不择手段赚钱的憎恶，二对金莲水性杨花的厌恶。后来经济寻金莲尸首，先为金莲坟祭烧纸钱，后为家父扶灵柩归祖茔。此一事，也算对金莲的善报。如果从女权解放的角度来解读，任一女性都有追求幸福的自由。"崇祯本"的批语，可以看到批者的矛盾心理。也可以看到批者与原著内在的某种必然的关系：批者与原著作者，会不会是一个人呢？）接下来的，便是一部《金瓶梅》最暴力最血腥的事件和场面。杀金莲先剜心后割头，紧接杀王婆也割头。（按："崇祯本"眉批"读此不敢生悲，不忍称快，然而心实恻恻难言哉"！这是《金瓶梅》作为旷世巨著的道德力量。暴力于社会于历史，或许如西人看来，有它推动社会前行的力量。但对于人尤其是对于个体来说，暴力，永远没有正义与非正义的区别。暴力的结果，就是血腥，就是个体生命的终结，就是残忍与死亡！），一代霸王花就此芳魂归阴间，亡年三十二岁。（按：西门庆死时虚岁三十三。一年之内，一对轰轰烈烈的情色男女先后赴了黄泉。）

（按：小议《金瓶梅》在中国文学史和世界文学史的地位。在面对武松这一武人时，"崇祯本"眉批"金莲何等慧心巧舌，到英雄手中都用不着"！武松哪是什么英雄？《金瓶梅》里的武松简直就是一个杀人武器。第九回想杀西门庆而误杀了李外传，第八十七回补写武松杀两个公人、杀张都监、杀蒋门神全家老小等。在《水浒传》里，武松杀人似乎还有"正义感"。到了《金瓶梅》，武松杀人尤其是杀金莲，貌似"道义感"，事实上，从杀金莲的惨不忍睹的场景和惨无人道的血腥手法来看，丝毫看不到什么"道义感"，至少看不到如《水浒传》里那种杀人的"道义感"。从武松杀金莲和杀王婆的文本看，《金瓶梅》的立场——如果硬要给作者加一个立场的话，与《水浒传》中那些赞扬暴力的立场和观念相比，《金瓶梅》显然是一个不赞成暴力更不赞美血腥的小说文本。相比明代的四大奇书其他三部《三国演义》《西游记》《水浒传》而言，《金瓶梅》在其社会价值指向、美学趣味方面，已经出现了重大变化。《三国演义》《西游记》《水浒传》三部小说里出现的神怪及对神怪的赞美、历史演义及对演义中的英雄的赞美、对阴谋及暴力的赞美，在《金瓶梅》里，几乎都不存在了。《金瓶梅》就是一部市民的小说，就是一部接地气的水乳交融的小说。《金瓶梅》彻底抛弃了在此之前所有小说的传统。从小说的社会层面和美学层面来观察，《金瓶梅》超越了之前所有小说不同的价值体系和美学样式，而由此，它开启了以《红楼梦》为代表的近代小说的先河；从小说史发展的角度来观察，《金瓶梅》从志怪、传奇、演义完全成长为近现代意义上的小说的第一部作品。《金瓶梅》与欧洲的近现代小说鼻祖《堂吉诃德》一样，同时出现在 17 世纪初叶。这般的历史场景，一如汤显祖与莎士比亚的戏剧同处同一时代一样。可以大声地讲：明朝中晚期，是中国文学史最重要的转折时期，以及剧变时期。《金瓶梅》就是这一转折和剧变的高地之一。另一高地是以汤显祖为代表的戏剧。）

火曰：无论"词话本"还是"绣像本"对金莲的判词都为一淫女。持讨厌金莲的一派如朱星，1980 年在《〈金瓶梅〉的故事梗概和主要人物评介》一文里，一节小标题即是《金瓶梅》原文本的判词的解说《坏女人浮妇潘金莲》。朱文说，金莲"出卖自己的灵魂，为了过那糜烂享受的生活……成了杀人凶手"，在此上，朱文还补充了一句，金莲"无恶不作"且"狠毒无耻"。持肯定一派的如田晓菲，2014 年在《秋水堂论〈金瓶梅〉》第八回说"金莲是一个合诗与散文于一身的人物，也是全书最有神采的中心人物"。这话虽然不是价值即伦理指向赞扬金莲，但却以纯文本的方式肯定金莲在《金瓶梅》文本的重要性，并从这一转移，可以看到田晓菲在伦理角度上对金莲是持肯定至少是持同情态度的。为此，田晓菲多次为金莲抱不平：将金莲与瓶儿相比时，田说"提到无血的锦标主义人，瓶儿其实何减于金莲"，"瓶儿是社会的人，金莲是原始的力与激情耳"；将金莲与月娘相比时，田说月娘"动辄张口骂人，而就连骂人，也不像金莲冰雪聪明"；将金莲与春梅相比时，田说，金莲软弱、春梅刚强；同样是死，田说瓶儿之死"使我们感到哀怜"、金莲之死"令我们震动"，其比较级是不一样的等。中庸一派如近现代戏曲史大家赵景深，1980 年在《中国小说丛考》一书中对金莲等女性人物描写时指出："以潘金莲为首的妇女群像，作者以人道主义的精神，对封建男权社会统治阶级凌辱妇女的事实，提出了愤怒的控诉。"赵以传统语境论金莲，持论平和，也暗含有同情。本按以为，金莲作为《金瓶梅》的女主或女一号，对于作者来说，是一个爱与恨交加或许恨多过爱的人物；对于读者来说，是一个憎恶与同情，憎恶或许多过于同情的人物。也许正因为如此复杂，金莲这一人物才具有其特质和异秉的气质与光彩。也由此，作为金莲的补充，惠莲和春梅，尤其是女三号（加上月娘，春梅应算作女四号）春梅，相比于金莲，其性格、人性的多面化，就简明得多了。再就是，一部《金瓶梅》，无论对恶人、坏人、淫人都不是一棒子打死，而是将它的多个层面呈现在它的读者面前，呈现在历史的吊诡与流变之中。由此，以金莲为一关节来观察《金瓶梅》，一如金莲，具有多重解读的可能和方式。多重解读的可能和方式，即是对人性的真正理解，这是伟大作品的伟大之处吧。东吴弄珠客所谓的"金莲以奸死"，只看到了人性和历史的一面，而且有可能是最粗略最简单的一面。金莲死后托梦于陈经济和庞春梅，一示金莲情色依然、二示金莲冤屈无伸。仅此两端，《金瓶梅》，就是一部充满且隐匿着大悲悯的旷世大书。

可怜又可气的瓶儿

——李瓶儿年表及批判

政和三年，八月十四。（按："梅节本"作"六月十四"）

李瓶儿，23岁。

李瓶儿戴着银丝鬏髻，金镶紫瑛坠子，藕丝对衿衫，白纱挑线镶边裙，裙边露一对红鸳凤嘴尖尖翘翘小脚。

花子虚请西门庆吃酒，西门庆进门，与花子虚妇李瓶儿撞了个满怀。（"绣像本"眉批"此一撞，可谓五百年风流业冤"。）

由此，《金瓶梅》的"金""瓶""梅"全部亮相（按："绣像本"，李瓶儿比潘金莲先出场）。由此，西门府的大戏和重头戏正式开场。也由此，西门府的人开启了死亡旅程。（按：《金》死的第一个人是李外传，为武二误杀，但他姓"李"。李瓶儿不是西门府众女性死的第一个人，第一个是宋惠莲。宋惠莲的死是"瓶""金""梅"死亡的预演。）

酒散，瓶儿出来拜谢西门庆。对西门庆诉苦自家男人，西门庆便顺藤摘瓜："……哥也糊涂，嫂子又青年，偌大家室，如何就丢了，成夜不在家？是何道理！"瓶儿就像遇故人一般与西门谈夫君谈家事。又很殷勤，临走时，还叫小丫鬟拿了一盏果仁泡茶与西门庆吃。西门庆走时说了一句莫名其妙的话："我回去罢，嫂子仔细门户。"

三年，九月重阳令节。

西门庆在花家吃酒时到外面更衣解手，与瓶儿又一次撞了个满怀（按："绣像本"眉批"此一撞未必无心"）。西门庆踏桌翻墙来到花家，瓶儿投怀送抱，就在花家与西门庆勾搭成奸。瓶儿与西门庆偷情被瓶儿侍女迎春窥见。西门庆后顺势收了瓶儿两侍女迎春与绣春。

不只如此，瓶儿准备买份大礼看望大房吴月娘；二是愿拜恃宠的金莲做个姐姐。话已明了，就是瓶儿要西门庆纳了自己去。

〔按："金""瓶""梅"三女性，金莲为西门庆主动勾引成妾，瓶儿则是投怀送抱（包括花家的财产）成妾，春梅为西门庆、金莲两主子同意被西门庆所收。瓶儿最后进西门府，而最先死去。〕

三年，重阳令节后。

瓶儿之夫花子虚，是大内太监花公公的嫡侄。花公公挣得一份好财产，因花子虚叔伯弟兄打官司入监。瓶儿一托西门庆救花子虚，主要是将花公公留存在瓶儿处的财产给西门庆保管和使用。多少财产呢？三千两大元宝、四箱描金箱柜及蟒衣玉带、帽顶绦环、提系条脱等。

花子虚因气死去，从此花公公的这些巨额财富便成了西门庆的财产。

瓶儿还在守灵，一心只想着西门庆。花子虚活着的时候，瓶儿就把自家的两个丫头（迎春、绣春）教西门庆耍了。

（按：瓶儿此招与金莲同意怂恿西门庆收春梅，后又叫陈经济收春梅一路伎俩。女性的强大、软弱与灰暗，在性权利方面的争斗、争夺中如此胶着。晚明风尚可见一斑。另，《红楼梦》里的凤姐、平儿与贾琏的关系便是这种风尚的隔代遗传。）

四年，正月初九。

李瓶儿 24 岁。

瓶儿第一次进西门庆家为潘金莲（正月初九）祝生。此时，花子虚死后还未满"五七"。

（按：这第十四回"花子虚因气丧身　李瓶儿送奸赴会"留下的线头，要到第六十七回"西门庆书房赏雪　李瓶儿梦诉幽情"才重新拾起。即瓶儿入西门府一年后的冬月，瓶儿梦中的幽情，虽是诉花子虚在阴间告了瓶儿，但却表明瓶儿的某种忏悔。）

潘金莲生日，本是金莲重头戏，由于李瓶儿加入，金莲的生日宴会，瓶儿倒成了主角。吴大妗子（月娘的舅妈）、潘姥姥（金莲的母亲）、李瓶儿上座，月娘、李娇儿主席，孟玉楼、潘金莲打横，孙雪娥下厨。席上，花二娘（即瓶儿）异常活跃，边吃边与众人说笑。酒稍歇，月娘请到上房再吃。西门庆进来，瓶儿上座，西门拿了杯子关席，吴月娘在炕上呲着炉壶，玉楼金莲两边打横，五人坐定，用大银衢花杯子，你一杯我一盏。吃到三更时分，瓶儿与金莲出外净手。金莲牵引着瓶儿看了西门府的花园。再就是，月娘知道李瓶儿的生日后，讲道，今明的众姐妹一个都不能少。瓶儿巴不得呢："蜗居小舍，娘们肯下降，奴已定春请。"（按：花二娘瓶儿与西门府上的关系自然而然地续接上了。）顺势，瓶儿给了春梅一副三金儿。（按："绣像本"眉批："处处收拾人心，瓶儿亦自不俗"。）

（又按：事实上，这一不俗，引发了金莲的猜忌。原本瓶儿与金莲可成好友，至少不像后来的冤家对头。春梅本是金莲的侍女，虽然为西门庆所收，还在门外的花二娘，就迫不及待地拉圈子。聪明有时真的会被聪明误的。）

四年，正月十四。

瓶儿生日头天。

李瓶儿一早起来，就听说西门府上差人来送礼了。此礼，机灵小子玳安在说了"娘多上覆"后专门说了一句（因玳安知道个中原因）："爹也上覆二娘，不多些微礼，送二娘赏人。"瓶儿心领神会，随即写了五个柬帖，请月娘和李娇儿、孟玉楼、孙雪娥、潘金莲，又捎了一个帖儿，暗暗请西门庆那日晚夕赴席。（张竹坡说："此回与下十六回，皆瓶儿传中过文。"把西门与月娘分开写，"绣像本"眉批说，倘若西门月娘并排，而不是这样分句写出，那"便文心死矣"。）

（按：岂止是"文心"一句可说尽。瓶儿母子后来惨死，纵有千条万条外在原因，但从瓶儿自身的个性来看，这种急急地上位，大概是没有好的下场的。这是人性的弱点与宿命。）

四年，正月十五。

瓶儿生日，24 岁。

瓶儿知道月娘与众人来看灯。瓶儿新置房产于狮子街灯市（又临街皇亲花园），瓶儿便借景在其临街楼上悬挂许多花灯。

这一回的主角当是瓶儿，但月娘却成了主角。

待月娘等离去不多时，西门庆来了。见西门庆，瓶儿磕下头去说道："拙夫已故，举眼无亲。今日此杯酒，只靠官人与奴作个主儿，休要嫌奴丑陋，奴情愿与官人铺床叠被，与众位娘子作个姊妹，奴死也甘心。不知官人心下如何？"说着满眼泪落。西门庆一手接酒，一手扯他道："你请起来。既蒙你厚爱，我西门庆铭刻于心。待你孝服满时，我自有处，不劳你费心。今日是你的好日子，咱每且吃酒。"

瓶儿叫西门庆来花家搬走三四十斤沉香、二百斤白蜡、两罐子水银、八十斤胡椒。共卖了三百八十两银，瓶儿自己留下一百八十两，余下的两百两全给了西门庆。

（按：此节，张竹坡评为"追魂取影之笔"，"绣像本"眉批评道"一片眷恋心情，虽铁石人亦动"。西门庆与瓶儿交，一开始劫其色劫其财，但到了后来，《金瓶梅》用第五十九、第六十、第六十一、第六十二、第六十三、第六十七整整 6 回写瓶儿母子之死、写西门庆对瓶儿的真情。用如此多而紧迫的回目和文字写一个人以及西门庆如何对待瓶儿，这是整部《金瓶梅》仅有的事件。）

（又按："词话本"此回的回目"西门庆谋财取妇　应伯

爵庆喜追欢"，"绣像本"作"西门庆择吉佳期　应伯爵追欢喜庆"。从这第十六回往前到十三回"李瓶儿隔墙秘约　迎春女窥隙偷光"看，西门庆与瓶儿是完全的财色关系。但从第十六回开始到第六十七回"西门庆书房赏雪　李瓶儿梦诉幽情"来看，先前的财色退到了后台，人性的某种光辉映照到了西门庆与李瓶儿身上。这是整部都以黑暗为基调的小说中极为罕见的事件！）

　　四年，三月上旬。

　　花子虚百日，瓶儿急急地想进西门府门。央求西门庆，即便不能正娶明嫁，搬到五娘那边楼上住。

　　（按："绣像本"批道"写出瓶儿之浅"。瓶儿从与西门庆交往后，最重要的策略是想与西门庆宠妾潘金莲交好。这一则可以从金莲处多分一点性权利，一则也表明瓶儿是一个不识善恶不知阴谋的人。前有先将花家财产托付于西门庆，后又想与金莲交好获得更多的权利。最终看来，在西门府里，性权利让金莲恶意相向，财产为西门庆享用。世道的黑暗和人性的黑暗，不是用"瓶儿之浅"一句可揭露的。）

　　四年，五月中旬下旬。

　　原与西门庆定好，五月十五嫁入西门府。因西门庆亲家陈洪出事（因官场牵涉而充军边卫），西门忙不过娶瓶儿。瓶儿等了一日两日。到了五月二十四日，请用人问西门府，西门府上没有回声。

四年，六月上旬。

瓶儿久不见西门庆来，"每日茶饭顿减，精神恍惚。到晚夕孤眠枕上展转踌蹰"，"渐渐形容黄瘦，饮食不进，卧床不起"。郎中蒋竹山来瓶儿家为瓶儿看病。竹山，一轻浮狂诈的人，《金瓶梅》里众多孽缘中的一段由此展开。

四年，六月十八日。

瓶儿先是听信了蒋竹山说西门庆是"打老婆的班头，坑妇女的领袖"，又因西门府上久没有消息（按：五月十五到六月十八，不过三十来天）。在六月十八，瓶儿将竹山招赘入婿成为夫妇。瓶儿又凑三百两银子给竹山开了药铺。

（按：西门庆就是开药铺起家的。瓶儿竟然也开一药铺？张竹坡由此评道"竹山必开药铺，盖特刺入西门庆眼内"。）

四年，八月。

李瓶儿招赘了蒋竹山，约两月光景。初时蒋竹山图妇人喜欢，修合了些戏药，买了些景东人事、美女相思套之类，实指望打动妇人。不想妇人在西门庆手里狂风骤雨经过的，往往干事不称其意，渐生憎恶。又说："你本虾鳝，腰里无力，平白买将这行货子来戏弄老娘！把你当块肉儿，原来是个中看不中吃蜡枪头，死王八！"（按：《红楼梦》黛玉嗔宝玉的"银洋蜡枪头"，既出自《西厢记》，也出自《金瓶梅》。）

蒋竹山常被妇人半夜三更赶到前边铺子里睡。瓶儿于是一心只想西门庆，不许他进房。每日噪聒着算账，查算本钱。

蒋竹山交了被敲诈的三十两银子，归到家中。瓶儿哪里容他住："只当奴害了汗病，把这三十两银子问你讨了药吃了。你趁早与我搬出去罢！再迟些时，连我这两间房子，尚且不够你还人！"这蒋竹山自知存身不住，自去另寻房儿。瓶儿把他原旧的药材、药碾、药筛、药箱之物，即时催蒋搬去，两个就分开了。临出门，妇人还使冯妈妈舀了一盆水，当日打发了竹山出门。

四年，八月十五。

瓶儿一心只想着西门庆，对嫁蒋竹山甚是懊悔。每日茶饭慵餐，蛾眉懒画，把门儿倚遍，眼儿望穿。因玳安，重又与西门庆联系上。

四年，八月十五至八月十八。

八月十五。瓶儿将家里（用五六副杠抬运了四五日）的财产全给了西门庆。

八月二十。西门庆因瓶儿嫁蒋竹山还在气头上，新人进门委屈安置在金莲房里。

八月十八。瓶儿见西门庆三日不理她，悬梁自缢。丫头发现，金莲与春梅救下。众人劝西门去看瓶儿。西门庆记恨着瓶儿嫁竹山一事。吵着不见，见时打骂。但因瓶儿一通话，则云开雾散，如此回目"李瓶儿情感西门庆"。瓶儿的一通话是："他拿甚么来比你！你是个天，他是块砖；你在三十三天之上，他在九十九地之下……你这等为人上之人，自你每日吃用稀奇之物，他在世儿百年还没曾看见哩！他拿甚么来比你！你就是医奴的药一般，一经你手，教奴没日没夜只是想你。"只这一句话，把西门庆旧情兜起，欢喜无尽，说道："我的儿，你说的是。果然这厮他见甚么碟儿天来大！"

（按：此节，一波三折，先抑后扬，峰回路转。瓶儿一扫先嫁竹山之过，终得正果。）

（又按：张竹坡以为此节所写"西门廉耻良心俱无，而瓶儿亦良心廉耻俱无，皆狗彘不若人也"。从两人的现场看，竹坡所言有理。一部《金瓶梅》即写天下良心廉耻俱无之事。但是，人性的复杂和多重，并非如此绝对。从西门庆、李瓶儿此节一波三折的叙事来看，人心并不是没有一个由坏向好、由恶向善的可能。）

四年，八月二十一。

"西门庆与李瓶儿两个相怜相爱"。（按：对西门庆与瓶儿重归旧好说出的"相怜相爱"是一部《金瓶梅》里没有的。西门庆对瓶儿性权利的给予，不完全是施舍。这与西门与其他女性有些不同的。这也是《金瓶梅》这样一部伟大作品的特质之一。）

瓶儿晨起，先漱了口，陪西门庆吃了半盏儿，又教迎春："将昨日剩的金华酒筛来。"拿瓯子陪着西门庆，每人吃了两瓯子，方才洗脸梳妆。一面开箱子，打点细软首饰衣服，与西门庆过目。拿出一百颗西洋珠子与西门庆看，原是昔日梁中书家带来之物。又拿出一件金镶鸦青帽顶子，说是过世老公公的。起下来上等子称，四钱八分重。李瓶儿教西门庆拿与银匠，替他做一对坠子。又拿出一顶金丝鬓髻，重九两。因问西门庆："上房他大娘众人，有这鬓髻没有？"西门庆道："他们银丝鬓髻倒有两三顶，只没编这鬓髻。"妇人道："我不好戴出来的。你替我拿到银匠家毁了，打一件金九凤垫根儿，每个凤嘴衔一溜珠儿，剩下的再替我打一件，照依他大娘正面戴的金镶玉观音满池娇分心。"

（按：张竹坡对此中所述"一百颗西洋珠"有一段很长且精彩的评论，一、为小说末伏笔；二、以为瓶儿送与西门"可笑可笑"。前一说至理，但后一说却可商榷。在"绣像本"里，所有瓶儿举止言行，要么是"浅"，要么是"可笑"。如瓶儿给西门这一百颗珠子如送顶门针一般就给了西门。其实，从西门庆对瓶儿好，瓶儿还有了西门的子嗣。这是瓶儿在西门府里的最大成功和胜利。性权利的最大效益，在瓶儿进了西门府里，第一当然还是西门府里霸王花金莲，第二，一定就是瓶儿了。瓶儿死去后，西门庆对瓶儿奶妈如意儿的宠爱，便可看作是西门庆对瓶儿性权利的延续。金莲对如意儿的醋和恨，与对瓶儿的恨源出一脉，就是对瓶儿衍生出对如意儿的恨。）

瓶儿拿出一顶金丝鬓髻，重九两。问西门庆大娘有没有此？在知道上房没有后，瓶儿说：把它分成两半，打成两件，一件归自己，一件"好歹你替我照依他也打一件九凤垫根儿"。

李瓶儿打发四个唱的，每人都是一方销金汗巾儿，五钱银子，欢喜回家。

（按：瓶儿哪儿可笑？分明，瓶儿有心计。）

五年，正月初十。

西门府上，众妻妾在月娘的建议下，从初五始，妻妾轮流做东请酒。做东之前，孟玉楼、潘金莲与李瓶儿房里下棋。金莲道："咱们赌五钱银子东道，三钱银子买金华酒儿，那二钱买个猪头来，教来旺媳妇子烧猪头咱们吃。说他会烧的好猪头，只用一根柴禾儿，烧的稀烂。"三人下棋。下了三盘，李瓶儿输了五钱。金莲使绣春儿叫将来兴儿来，把银子递与他，教他买一坛金华酒，一个猪首，连四只蹄子。（按："词话本"此回即第二十三回作"玉箫观风赛月房　金莲窃听藏春坞"；"绣像本"作"玉赌棋枰瓶儿输钞　觑藏春潘氏潜踪"，可见两本的立意和趣味的差别）

五年，清明。

月娘教瓶儿玩秋千。瓶儿胆小，秋千一起，吓得怪叫。

五年，五月二十八。

为凑蔡太师生日礼物，瓶儿拿出几件没裁的蟒服（两件大红纱，两件玄色焦布，俱是织金莲五彩蟒衣）。西门庆很是欢喜。（按：瓶儿的财和瓶儿的细心，是瓶儿笼络西门庆的武器之一，也是西门庆对瓶儿好的先决条件之一。瓶儿一角色，在一部《金瓶梅》的大戏里，是一位举足轻重的角色。与西门庆的性格及变化有关，与金莲的角色有关，与月娘、春梅等一众女性的性格塑造有关。）

五年，六月初一。

炎热。

瓶儿与西门庆在翡翠轩，西门庆得知瓶儿也有了身孕，满心欢喜。

（按：第二十七回，是《金瓶梅》一书性事描写最多的章回。与瓶儿的，"戴本"共删去四节212字。性事描写一事，是《金瓶梅》被人诟病的主要原因，但性事却是《金瓶梅》重要的关节之一。金莲、瓶儿、春梅之死与性事有关，三人的性格和角色，与性事有关。西门庆的死更与性事直接相关。虽然有些性事的描写并不能左右叙事的进程，但性事则是《金瓶梅》这样一部伟大小说里不可缺少的关节。从晚明的淫风来看，《金瓶梅》不仅让后人看到了那个颓靡和黑暗的社会，同时还让后人看到人性的另一种样式和姿态。）

五年，六月初三。

受金莲之邀，与春梅、玉楼做鞋。

五年，六月初三后。

吴神仙为瓶儿测字：虽"鸡犬之年难过"，但"必产贵儿"、"必受夫之宠爱"。（按：第六十二回"西门庆大哭李瓶儿"、六十三回"西门庆观戏感李瓶"，六十七回"李瓶儿梦诉幽情"、七十一回"李瓶儿何千户托梦"等是写的西门庆宠爱或珍惜李瓶儿的事。此事，是《金瓶梅》里罕见的关节和叙事。）

瓶儿劝金莲放过琴童。少打了十大板（本当二十大板）。

五年，六月初三后。

西门庆在聚景堂大卷棚，与妻妾赏荷花。中间不见了瓶儿。玉楼说瓶儿七八月临盆。金莲说，距八月还早。西门庆叫来了瓶儿。瓶儿坐不住回房去了。

五年，六月二十三。

产下一子，因西门庆升任金吾卫副千户，取名"官哥儿"。

（按：官哥儿出生小考。"词话本"作"时宣和四年戊申六月廿三日也"，"绣像本"作"时宣和四年戊申六月廿三日也"。《金瓶梅》里的"金""瓶""梅"最先出场者为金莲，金莲政和二年出场，瓶儿为三年八月出场，娶进西门府时第二年八月十五即政和四年。产子应在政和五年。官哥儿出生，"词话""绣像"两本均作"宣和四年"。"戴本"此处注"其间年号、干支、时序均颠倒乖舛，莫可案值诘"。日本阿部泰记《论〈金瓶梅词话〉叙述之混乱》（1979）指出《金瓶梅》多处混乱和误写，但对此时间即瓶儿生子的"宣和四年"却视而不见。如依"政和"五年当为乙未年即1115年，如依"宣和"四年当为壬寅年即1122年。时间相差达7年。为何？容火臆测："时宣和四年戊申六月廿三日也"中之"戊申"月透露出《金瓶梅》另一玄机：按农历计，"戊申月"在天干"丁年"和"壬年"里才有。宋政和年间（1111—1118）没有"丁年"和"壬年"，但在宋宣和年间（1119—1125）间却有壬寅年即"宣和四年"。宣和四年是壬寅年，明万历三十五年是丁未年。可参考《西门庆年表·西门庆生卒及〈金瓶梅〉的历史背景小考》，明的丁未年"戊申月"即1607年。1607年正是《金瓶梅》成书的大致年代。如果这不算不靠谱的话，那么是不是由此可以推断，吴神仙与西门庆测的字和瓶儿产子的年代应为17世纪的第一个10年到第二个10年即万历后期的1601—1619这一时期，也就是《金瓶梅》写作和出版的时期。)

五年，七月二十八。

瓶儿产子满月。

家宴时丢了一壶，瓶儿便骂道："这囚根子，他做甚么拿进来？后边为这把壶好不反乱，玉箫推小玉，小玉推玉箫，急得那大丫头赌身发咒，只是哭。你趁早还不快送进去哩，迟回管情就赖在你这小淫妇儿身上。"

（按：壶者瓶也，丢壶丢瓶。丢壶，为瓶儿之子和瓶儿早夭预警。而且，围绕丢壶一事，几乎把西门庆的几妻妾全牵了进来。张竹坡对此有许多点评。)

五年，七月二十九日。

西门庆请县衙四官。在后厨，"李瓶儿与玉箫在房首拣酥油泡螺儿"。（按："绣像本"无此句。会做"酥油泡螺儿"在西门府里，只瓶儿一人做得，瓶儿死后，要到第六十七回才又有人会做，便是西门庆的新相好郑爱月儿。"词话本"有此句，"绣像本"无此句，可见两本在文本的布局上的差别。也就是说，"词话本"于此埋下的伏笔要到瓶儿死后才又拾起。

"绣像本"却没有这一伏笔。)

五年，八月十六。

吴月娘生日翌日。瓶儿劝西门庆："是门外花大舅那里来说，教你饶了那伙人罢。"西门庆道："前日吴大舅来说，我没依。若不是，我定要送问这起光棍。既是他那里分上，我明日到衙门里，每人打他一顿放了罢。"李瓶儿道："又打他怎的？打的那雌牙露嘴。甚么模样！"西门庆道："衙门是这等衙门，我管他雌牙不雌牙。还有比他娇贵的。"李瓶儿道："我的哥哥，你做这刑名官，早晚公门中与人行些方便儿，也是你个阴骘……别的不打紧，只积你这点孩儿罢。"西门庆道："可说什么哩！"李瓶儿道："你到明日，也要少拶打人，得将就将就些儿，那里不是积福处。"西门庆道："公事可惜不的情儿。"

（按：张竹坡对此不置一词，"崇祯本"眉批夹批对此也不置一词。事实上，这一关节并非闲笔。一、可以表明，瓶儿不是一个只关心性权利的女性，而是一个具有政治头脑的女性。这与"崇祯本"的眉批和夹批所说的"瓶儿之浅"认知，截然不同。二、还可以看到瓶儿在西门庆眼里的位置。三、可以看到西门庆公干的处事态度和处事本领。闲笔不闲，正是《金瓶梅》里极为重要的叙事元素。）

五年，八月二十四日。
西门庆往瓶儿那里去睡了。

五年，九月初十后。

瓶儿见西门庆少有来她房里，又觉冯妈妈拿了西门庆的钱蹊跷，便追问冯妈妈。见冯妈妈顶嘴，瓶儿骂道："等你吊了他的，你死也。"（按：清人评瓶儿，总以为瓶儿浅薄，从这里看，瓶儿哪是浅薄之人。性权利的争夺，是众妻妾的头等大事。）

五年，十月中旬。

西门庆从夏提刑家吃酒回家，一路天气阴晦，空中半雨半雪下来。瓶儿问，"今夜吃酒来的早？"西门庆道："……见天气下雪，来家早些。"李瓶儿道："你吃酒，叫丫头筛酒来你吃。大雪里来家，只怕冷哩。"西门庆道："还有那葡萄酒，你筛来我吃。今日他家吃的是造的菊花酒，我嫌他香涩气的，我没大好生吃。"（按：西门府作为财主官员，比他大的官的酒，西门庆还嫌呢。）于是迎春放下桌儿，就是几碟嗄饭、细巧果菜之类。李瓶儿拿杌儿在旁边坐下。桌下放着一架小火盆儿。（按：与金莲独自怀抱琵琶，见西门庆与瓶儿的感情。）

六年，正月十二。

官哥儿与乔大户家五个月小姐结娃娃亲。最高兴的就是瓶儿。李瓶儿与月娘磕头，说道："今日孩子的事，累姐姐费心。"那月娘笑嘻嘻，也倒身还下礼去，说道："你喜呀？"李瓶儿道："与姐姐同喜。"（按：瓶儿与月娘前后生子，瓶儿产子且与乔大户结娃娃亲时是西门府鲜花烹油时，月娘产子则是遗腹子。虽在此两人心照不宣，毕竟是西门府上一件大事，何况月娘是正室，瓶儿是第六房。妻妾伦理、高下尊卑，在一个不太看重礼教的明朝中后期，依然行使着它的权力。）

六年，正月十三。

金莲指桑骂槐地骂瓶儿，哭的眼红红的，但"敢怒而不敢言"。（按：俗语的大量运用，是《金瓶梅》文本修辞最重要的构件。如"放水""绵里针""狗弟子孩儿""万里江山""赶热被窝""真人不露相""行鬼路儿"等等。俗语，作为一部市民小说或超自然主义小说，是不可或缺的修辞，没有这些俗语和方言，《金瓶梅》就不可能有今天这般的美学意义和史学社会学意义。它与同时代的《水浒传》、"三言二拍"等小说，有着质的不同。20世纪30年代《金瓶梅》研究者灵犀的《金瓶小札》，是一部极其重要的《金瓶梅》俗语大全式的论著。灵犀在《金瓶小札》引言里讲："见卷中俚言俗语，一一拈出，考其所本，得若干条。"）

六年，正月十四。

西门庆做生意赚了钱，拿着新赚的四锭金镯儿给官哥儿玩，不料平白无故失了一锭（按：张竹坡评，生子失壶、联姻失金，祸福相倚。金子后在夏花儿身上收得）。不过瓶儿并不以为是，抱着官哥儿四处招摇。乔大户娘子与乔五太太来西门府，让西门府增光不少，更让瓶儿有了底气。

（按：因钱，西门府与官府不仅有了钩挂，而且与越来越"高"的人物即蔡太师结交，"大"即与世袭大户乔家联姻，"上"即西门庆成了朝廷的五品命官。钱及财政在明中后期，一方面是官方缺钱，一方面则是因商贸发展很快民间财力猛增。民间的钱财便在民间与官方之间流动。流动的结果，一是官方日趋腐败，二是民间有钱就是强势。二者的互动日趋紧密，又导致了整个社会的黑暗和人心的黑暗。近人黄仁宇在《万历十五年》中《海瑞——古怪的模范官僚》一章里，就讨论过明中后期官商的对立、互惠以及两者的背反。从这一角度讲，张竹坡所谓的西门庆与乔大户联姻势利之说，仅是明中后期黑暗社会和黑暗人心的一种表现，而非触及西门庆与乔大户联姻的实质。）

六年，正月十四。

瓶儿与吴银儿睡一房，便让出西门庆去了金莲房。瓶儿与银儿夜话。银儿关心瓶儿孩子，瓶儿更深晓金莲对官哥儿的恨。但瓶儿有把握："若不是你爹和你大娘看觑，这孩子也活不到如今。"

（按：此回在《金瓶梅》里基本是一闲篇，但正是这一闲篇，将月娘、瓶儿、金莲和西门庆关系的纠结更加凸显。特别为不久就要出现的官哥儿生病的事件伏笔。另，"词话本"本回作"吴月娘留宿李桂姐　西门庆醉拶夏花儿"；"绣像本"作"避马房侍女偷金　下象棋佳人宵夜"。从内容看，"绣像本"比"词话本"更接近叙事内容。）

六年，正月十五。

吴银儿要回家，瓶儿送一套上色织金缎子衣服、两方销金汗巾儿、一两银子，一匹松江阔机尖素白绫等物。（按："绣像本"眉批"银儿、瓶儿两个好人、金莲、桂儿一对辣手"。吴银儿、李桂姐同为风月中人、也同为西门庆相好、瓶儿、金莲同为西门庆爱妾、人品则不一样。《金瓶梅》在众多的女性形象里、无论符号还是符号下的人物、都是不一样的。这与《水浒传》中的一百单八将的人物性格类同较多、形成比较。这也为《红楼梦》的女性塑造提供了借鉴。）

六年、元宵夜次日。

月娘请卜龟儿卦儿的老婆子、为其众妾算命。瓶儿：一生荣华富贵、吃也有、穿也有、所招的夫主都是贵人。为人心地有仁义、金银财帛不计较、人吃了、穿了他的、他喜欢；不吃他、不穿他、反倒恼怒。只是吃了比肩不和的亏、凡事恩将仇报。正是：比肩刑害乱扰扰、转眼无情就放刁；宁逢虎摘三生路、休遇人前两面刀。即便出了家、今年计都星照命、主有血光之灾。

六年、三月初六清明。

西门庆出门五里外祭祖。瓶儿之子官哥儿是主角之一。即怕有什么对官哥儿的闪失。官哥儿从坟上来家、夜间只是惊哭、不肯吃奶。一吃下奶去就吐了。除吃药外请了端公师婆跳神、与官哥儿下神。

六年、四月十七。

西门庆吃胡僧药后、先与王六儿房事、接着又与瓶儿房事。瓶儿正在月经期间。（按：瓶儿之死与官哥儿的早夭有关、更与西门庆此次房事有关。）

六年，四月十九。

金莲对月娘做佛事信道姑不以为然，便对瓶儿发牢骚。瓶儿厚道，不作理睬。自己又有钱，拿出一两银子为自己、为金莲、为西门大姐做汗巾。（按：此时的瓶儿对金莲没有防备之意。"绣像本"眉批"金莲之动，玉楼之静，月娘之憎，瓶儿之随，人各一心，心各一口，各说各是"。"瓶儿之随"在此一目了然。）

六年，四月二十一。

西门府上妻妾在花园游玩，小周儿给官哥儿剃头，结果是剃了几刀官哥儿就哭了。（按：官哥儿的早夭是不以瓶儿意志为转移的。官哥儿一出场就有凶兆。本来四月二十一日，诸事适宜，但就在给官哥儿剃头时，官哥儿差一丁点气就出不来。）

六年，四月二十二。

瓶儿因月娘叫去问事，便托金莲临时看护官哥儿，哪晓金莲要与陈经济在洞里戏玩而扔下官哥儿一人在地上。官哥儿不料被过路的一只黑色野猫吓哭了。（按：官哥儿从此怪哭。）

六年，四月二十五。

西门庆与应伯爵诸友玩得高兴时，瓶儿得病。西门庆"两步做一步走一直走到进六娘房里"。（按："绣像本"无此内容更无此细节。关于西门庆对待瓶儿态度之事，可参见《李瓶儿在幸福中死去》）请了任医官到家与瓶儿治病。任医官诊断瓶儿为"血虚"。任说："妇人产后，小儿痘后，最难调理。"（按：任医官哪里知道，瓶儿产后且月事中与西门庆的房事？）

六年，五月中旬。

瓶儿得到了出门一月西门庆的特别关照。说道："孩子也没甚事，我身子吃药后，略觉好些。"

六年，秋初。

李瓶儿很会做人。见月娘喜欢官哥儿，李瓶儿就说："……假饶儿子长成，讨的一官半职，也先向上头封赠起，那凤冠霞帔，稳稳儿先到娘哩。"

六年，六月二十九。

任医官又来看瓶儿的病。

但很快被金莲的恶行打破。先是打狗吓官哥儿，后是打秋菊。瓶儿叫人过金莲处求情。金莲非但不住手，反而变本加厉。狠心肠打秋菊。"李瓶儿在那边，只是双手握着孩子耳朵，腮边堕泪，敢怒而不敢言。"

六年，七月初。

因金莲一夜打狗、打秋菊，官哥儿因而惊吓"一双眼只是往上吊吊的"。于是拿出自家压被的银狮子兑现银四十一两五钱托月娘给薛姑子印经。后又用银香球兑现银十三两五钱共五十五两印经为官哥儿祈祷平安。

六年，八月初。

瓶儿听说官哥儿被猫抓伤了，李瓶儿不听便罢，听了，"正是：惊损六叶连肝肺，唬坏三毛七孔心"。

六年，八月下旬之前。

自官哥儿被猫抓伤后，瓶儿衣不解带，昼夜把官哥儿抱在怀中，眼泪不干，只是哭。

六年，八月二十三。

瓶儿之子官哥儿，呜呼哀哉，断气身亡，只活了一年零两个月。瓶儿哭得昏了过去，半日才苏醒后又号啕大哭："我的没救星儿，心疼杀我了！宁可我同你一答儿里死了罢，我也不久活在世上了。我的抛闪杀人的心肝，撇的我好苦也！"

六年，八月二十七。

官哥儿出殡。西门庆怕瓶儿坟上悲恸，不让上山。赶着官哥儿棺材大声痛哭。叫的连声气破了，一头撞在门底下，"粉额磕伤，金钗坠地"。（按：官哥儿早夭，打开了西门府地狱大门。敲响了瓶儿死亡的警钟。在此之前，《金瓶梅》插入花子虚托梦瓶儿之事，即瓶儿卷财送色到西门府必有报应一事。此事，虽有果报意味，但也是中国文学特别是俗文学的一个重要元素，那就是文学于世于人的"教化"功用。）

六年，官哥儿死后。

官哥儿死，又金莲看笑话，说狠心肠话。瓶儿不敢声言，背地里只是掉泪。着暗气暗恼，加之烦恼忧戚，渐渐精神恍乱，梦魂颠倒，旧病复发，血虚又来。虽药，但却无济于事。半月之间，容颜顿减，肌肤消瘦，精彩丰标也无复昔时之态。

六年，九月初。

独自在房中，梦里花子虚推她跌地，吓得瓶儿只哭丧着脸到天明。病，愈发加重。

六年，九月初六夜。

西门庆要歇息在瓶儿房里，瓶儿因血虚叫西门到金莲房里歇。

六年，重阳。

西门庆在瓶儿对面床上歇了一夜。

六年，九月初十。

任医官到瓶儿处诊治。病更加沉重，药吃下，却如石沉大海一般无效。

韩道国推荐一专看妇科的赵太医，说瓶儿病为血崩。（按：这与月事期间与西门庆房事有关。）

六年，九月十二至九月十六。

瓶儿服药无效；求神问卜发课，皆为凶兆。西门庆衙门隔日去走一走。瓶儿却道："我的哥，你还往衙门中去，只怕误了你公事。我不妨事，只吃下边流的亏，若得止住了，再把口里放开，吃些饮食儿，就好了。你男子汉，常绊在我房中做甚么！"西门庆哭道："我的姐姐，我见你不好，心中舍不的你。"李瓶儿道："好傻子，只不死，死将来你拦的住那些！"（按：此时的西门庆与瓶儿就是一对生死相依的夫妇。瓶儿大限来临，西门庆如换了另一个人：不再是恶棍混账无赖。）

六年，九月十四。

瓶儿病加重。瓶儿对西门庆说："我的哥哥，奴已是得了这个拙病，那里好甚么！奴指望在你身边团圆几年，也是做夫妻一场，谁知到今二十七岁，先把冤家死了，奴又没造化，这般不得命，抛闪了你去了。若得再和你相逢，只除非在鬼门关上罢了。"说着，一把拉着西门庆手，两眼落泪，哽咽（按："绣像本"作"哽哽咽咽"），再哭不出声来。

六年，九月十六。

潘道士为李瓶儿点的二十七盏本命灯皆被大风刮灭，李瓶儿死。"卒于政和丁酉九月十六日丑时"。（按："词话""绣像"两本在第六十五回，应伯爵说瓶儿死于"九月十七"。此一处亦可见《金瓶梅》的错乱。）

（按："宣和""政和"考。吴神仙前为西门庆与众妻妾测字时，写明西门庆政和五年即1115年为29岁。而政和丁酉即1117年。瓶儿生于元祐辛未即1091年。1091年到1117年瓶儿26岁。李瓶儿与西门庆隔墙密约时《金瓶梅》写明为23

岁，此时的西门庆27岁。官哥儿怎么会生于"宣和四年"呢？瓶儿卒于"政和"，官哥儿却生于"宣和"。《金瓶梅》即便有多处叙述混乱，但无论怎样，不能如此胡诌吧。"政和""宣和"迷药一般，不得而知。对于《金瓶梅》这样无所不通、无所不晓的作者，肯定不会犯如此低等的错误。那么有另一种解释，就是，《金瓶梅》实写大明假托于大宋罢了。）

六年，九月二十五。

瓶儿出殡。出殡辞："……故锦衣西门孺人（按：先"恭人"改"室人"，再"孺人"，再后"恭人"）李氏之灵曰：维灵秀毓闺闱，善淑女红，金玉其德，兰蕙其姿。相内政而有道，主中馈而无阙。重积学而和睦内眷，尊所天而举案齐眉。……呜呼，尚飨。"（按："绣像本"无此近 200 字的祭文。虽是"官样"和表面文章，但也足见西门庆对瓶儿的感情。可参见《西门庆年表·六年二月十五、六、七》《西门庆年表·六年十一月初六》《西门庆年表·六年十一月下旬某日》《潘金莲年表·六年十一月二十七》等。）

六年，十月十二。

瓶儿发引。（按："发引"即发丧。"词话本"回目作"吴道官迎殡颁真容　宋御史结豪请六黄"，"绣像本"作"愿同穴一时丧礼盛　守孤灵半夜口脂香"。从文本来看，"绣像本"回目接近瓶儿以发引的西门庆的家庭旨趣，"词话本"接近西门庆的社会旨趣。）瓶儿的发引场面宏大且极其奢华：名旌、各项幡亭纸扎齐备；僧道、鼓手、细乐、人役都来伺候；西门庆预先问帅府周守备讨了五十名巡捕军士，都带弓马，全装结束；留十名在家看守，四十名在材边摆马道，分两翼而行；衙门里二十名排军打路，照管冥器；坟头，二十名把门，管收祭祀。那日官员士夫、亲邻朋友来送殡者，车马喧呼，填街塞巷。本家并亲眷轿子也有百十余顶，三院鸨子粉头小轿也有数十。辰时起棺，西门庆留下孙雪娥二女僧看家，平安儿同两名排军把前门。女婿陈经济跪在柩前摔盆，六十四人上杠，仵作，敲响板，指拨抬材人上肩。报恩寺朗僧官起棺，大街两边观看的人山人海。"白头老叟，尽将拐棒挂髭须；绿鬓佳人，也带儿童来看殡。"（按：《红楼梦》中的秦可卿出殡场景，几乎按此照抄。）

火曰：瓶儿出殡，瓶儿叙事几已结束。然不然，在后来的西门庆叙事里，瓶儿叙事时隐时现。直到除夕之夜，西门庆忙完公事家事后，专门到瓶儿房"灵前祭奠"。此为《金瓶梅》独一。此一独一，可见瓶儿与西门庆之关系，超越了西门庆与其他妻妾的关系。此，是否与瓶儿带财入西门府有关，待考。

又曰，瓶儿法事、道场用度，极尽奢靡（可参见《西门庆收入开销一览》），可见西门庆对瓶儿的一番深意。

再曰：瓶儿裹花子虚亲叔花太监浮财，与西门庆隔墙密约，投怀送抱。其间饥不择食嫁了（招赘）蒋竹山，后西门庆抢回。瓶儿便一心一意做西门府上的顺服工具，上下左右，"万人无怨"。瓶儿因官哥儿早夭和自己妇女病而亡。西门府鼎盛时期，瓶儿是死的第二人。惠莲前死悲死，瓶儿今死病死，金莲后死惨死。在男权社会里，女性的死大都与男权相关。惠莲想以哀求获得性的权利和生的希望，瓶儿想以顺从获得性的权利和生的希望，金莲想以抗争获得性的权利和生的希望，命运的过程虽然不同，但是女性被男权所打压的宿命则是一样的。

敢怒敢爱的春梅

——庞春梅年表及批判

政和三年，八月初。

潘金莲被娶进西门庆家时，西门庆把大房吴月娘两丫头之一春梅（按：春梅在第七回已出现，即吴月娘在头年即政和二年时买的丫头）送了金莲做侍女。（按：可见金莲地位，也可见春梅出场的隆重。）西门庆在金莲的同意和怂恿下，收了春梅。（按：不料这一收，春梅这一个出身在吴月娘身边的小丫头，竟然是金莲的另一个幻身。）

春梅第一次表现狠辣是怒怼西门庆第四房孙雪娥。金莲一日心烦骂了几句春梅，春梅十分不耐烦。出闷气时正遇孙雪娥戏她"怪行货子，想汉子便别处去想，怎的在这里硬气"。哪知道一个西门庆五房金莲的侍女竟然"暴跳起来：'寻个歪斯缠我哄汉子？'"敢与五房太太对骂。春梅紧接又发怒气于秋菊（按：秋菊是与春梅一起到金莲房中的两侍女之一，秋菊较春梅，低等侍女而已），一只手"拧着秋菊的耳朵"送到金莲面前。

（按：小议春梅。春梅一出场就是一个爱恨爱嗔的人，或者说一出场就是一个狠角色。不过，随着《金瓶梅》情节的展开特别是随着春梅的成长，我们看到的是别一番景象。西门庆、潘金莲死前，春梅癫狂怒放。西门庆、潘金莲死后，春梅成了知书达理且以德报怨的女子。这是春梅人格的两面。或许是《金瓶梅》作者对这一人物极为矛盾的外化书写。此为春梅的第一次发狠。与后来春梅在西门府里的地位相关，更与后来春梅嫁周守备家时的行为打伏笔。此第十回，春梅对孙雪娥的这种态度，直到了九十回、九十四回时，因为春梅的狠，孙雪娥被卖入周守备家，落入已升为正室夫人的春梅手里，又被春梅逼成娼妓。再一件事就是，秋菊多次在吴月娘处告发金莲与陈经济奸情不忠后，终于在第八十三回"秋菊含恨泄幽情　春梅寄柬谐佳会"中，又为春梅后来对月娘不计前嫌伏笔。另，两件事前面牵出许多线头。草蛇灰线、伏脉千里。可见《金瓶梅》叙事技巧的精妙。）

三年，八月。

金莲与琴童奸情事发，西门庆怒不可遏准备严惩金莲。金莲一仗着西门庆平时的几多喜欢，又仗着被她拖下水的春梅的"哥们儿义气"。果然春梅在西门庆怀里"撒娇撒痴"，为金莲做伪证。（按：一报还一报，金莲可以出让性权利与春梅，于是利益之前，便没有是非和真相。此为春梅在西门庆、金莲相继死后，依然可以获得很多利益的原因。）

四年，八月二十。

瓶儿嫁蒋竹山，西门庆唆使"草里蛇"鲁华、"过街鼠"

张胜敲诈竹山。瓶儿离开竹山回到西门府。西门庆先惩后爱瓶儿的一波三折中，春梅既协助西门庆又在与瓶儿一事中为金莲奔走。被金莲嗔怪道："贼小肉儿，没他房里丫头？你替他取酒去！"（按：此节看似金莲吃醋，实为春梅正式介入西门庆妻妾的性权利争夺的行列里站队金莲一边，成为金莲的"死党"。或者说，春梅从此进入西门庆的核心利益的争夺之中。）

四年，腊月初八。

西门庆约应伯爵等吃酒，请李铭指导春梅等人弹唱。李铭不知好歹，想调戏春梅，（按："词话本"回目作"西门庆私淫来旺妇　春梅正色骂李铭"；"绣像本"作"蕙莲儿偷期蒙爱　春梅姐正色闲邪"。）被春梅怪叫起来，骂道："好贼王八（按："绣像本"作"忘八"）！你怎的捻我的手，调戏我？贼少死的王八，你还不知道我是谁哩！一日好酒好肉，越发养活的你这王八圣灵儿出来了，平白捻我的手来了。贼王八，你错下这个锹镢了。你问声儿去，我手里你来弄鬼！爹来家等我说了，把你这贼王八，一条棍撑的离门离户！没你这王八，学不成唱了？愁本司三院寻不出王八来？撅臭了你这王八了！"（按：春梅此处骂李铭"王八"共十九次。春梅骂"王八"十九次，一气呵成、汪洋恣意。对女性的维权，真可谓大快人心，此为全书骂人最精彩处。也是春梅上半场最夺人心魄的地方。张竹坡点评，此放手一写"春梅之心高志大气横"。春梅，金莲幻身，亦非幻身。金莲替身，亦非替身。金莲因偷情西门庆为武二所杀，春梅因淫陈经济，陈经济被张胜所杀，春梅自己与周义房事太密而死。性权利争夺以死亡来了结，这是《金瓶梅》一书中大写的关节，也是《金瓶梅》性事叙事的重要场景。春梅的混骂，在于春梅敢恨敢爱的个性，也表达了《金瓶梅》在春梅身上寄托的某种理想。春梅的这一骂人的桥段，我们在《红楼梦》里的晴雯撕扇中再次看到。尽管两者的对象不一。）

五年，六月初一。

西门庆与瓶儿、金莲、玉楼、春梅等在翡翠轩消夏。春梅抱了月琴和红牙象板，春梅讨厌众人使唤，丢了月琴扬长而去。而且故作撒娇。

五年，六月初二。

为金莲丢鞋之事，春梅与金莲一起欺负秋菊。

五年，六月初三后。

吴神仙为其测的字："仓库丰盈财禄厚，一生常得贵人怜。"（按：为春梅后成为周守备正室预告。）

西门庆与潘金莲大白天在房内睡觉。春梅在房外守候，不准琴童打扰西门与金莲的好事。春梅骂琴童："贼囚根子！张安就是了，何必大惊小怪，见鬼也似！悄悄儿的，爹和娘睡着了。惊醒他，你就是死。你且叫张安在外边等等儿。"

五年，七月二十八。

官哥儿弥月家宴。只见春梅从外走来。玉楼问道："你爹在哪里？"春梅道："爹往六娘房里去了。"（按：此时的春梅不再是过场人物，而是西门府不可或缺的人物了。春梅之"梅"，作为一部旷世巨著里的书名之一，即便前半场不如金莲、瓶儿重要，但春梅出场时所露的尖尖角，此时已经快速长大。官哥儿弥月家宴，是《金瓶梅》一书的一个重要关节，至少是瓶儿的重要关节。在这一关节里，西门庆与县、州、朝廷官府的密切交往在这里展现；金莲与瓶儿的争斗在此公开化。前者与春梅无关，但后者则与春梅相关。如果不是春梅说一句西门庆去了瓶儿房里的话，那么金莲不会撒泼大骂瓶儿。任一地方任一人群，都有站队的选择，都有争夺上位时的残酷无情。）

五年，八月二十四日。

在金莲与瓶儿之间，因瓶儿有了子嗣而从中挑唆金莲。金莲道："真个是因孩子哭接他来？"春梅道："孩子后晌好不怪哭的，抱着也哭，放下也哭，再没法处。前边对爹说了，才使小厮接去。"金莲道："若是这等也罢了。我说又是没廉耻的货，三等儿九般使了接去。"（按：春梅站队坚决，金莲"死党"之一证。）

六年，正月十二。

西门庆准备与乔大户家结娃娃亲时，春梅撒娇，说西门庆给众娘置了新衣，她春梅没有"身上有数那两件旧片子，怎么好穿出去见人的"！于是西门庆便拣了五套缎子衣服、两套遍地锦比甲儿，一匹白绫裁了两件白绫对衿袄儿。惟西门大姐和春梅是大红遍地金比甲儿，迎春、玉箫、兰香，都是蓝绿颜色；衣服都是大红缎子织金对衿袄，翠蓝边拖裙，共十七件。一面叫了赵裁来，都裁剪停当。又要一匹黄纱做裙腰，贴里一色都是杭州绢儿。春梅方才喜欢了，陪侍西门庆在屋里吃了一日酒，说笑玩耍不提。（按：春梅的得宠，表明春梅不仅是金莲的分身，还是一个独立于众妻妾、众丫头之外的一个重要人物。此为春梅后来嫁入周守备做正室埋下伏笔。春梅这一角色，上接《西厢记》的红娘，下接《红楼梦》的平儿或者平儿与袭人的合体。）

六年，元宵夜。

春梅穿着新白绫袄子，大红遍地金比甲。见玉箫与书童和画童嬉笑，便狠骂了玉箫。（按：此时的春梅还非"州官"，就做起了州官不准百姓点灯的事。自个人可以与西门庆亲热，不准比自己低位的小丫头、府上小童玩耍。伏笔春梅后来对孙雪娥的狠。金莲一身三化，一化惠莲、二化春梅，三是自己。《金瓶梅》的叙事之摇曳，或见一斑。）春梅随玉箫、迎春、兰香一起跟西门庆到西门庆外室相好贲四嫂家里听曲。唯春梅"往房里匀施脂粉"。（按：这一细节或这一闲笔，足见《金瓶梅》叙事和塑造人物性格的高超本领。因为在西门府的众丫头或与西门庆有染的丫头中，唯春梅最重要。不然，兰陵笑笑生的《金瓶梅》就不会叫这个名字了。）

六年，四月十八。

西门庆吃了胡僧药之后要与金莲同房。春梅端茶上来，金莲支走了春梅。（按："戴本"删去"那春梅就知其意"。此句与西门庆与金莲性事相关，也与春梅身体的欲望相关，但通行的洁本里在删去西门庆与潘金莲性事时一并删去。从春梅的人物塑造方面来讲，不利于春梅的个性塑造。同时也为春梅后来死在淫上，断了某种照应。《金瓶梅》里的性事叙事，其实是这部旷世巨著里的重要叙事之一。如果可以建立"性事叙事学"的话，那么，"那春梅就知其意"这样的叙事，便是充实"性事叙事学"的构件之一。《金瓶梅》的性事叙事的许多细节和桥段，其文本旨义和趣味，丝毫不亚于《金瓶梅》里社会叙事与家庭叙事。）

　　六年，十一月中旬和下旬。
　　西门庆进东京谢恩走动期间。因借棒槌，突然发威。（按：瓶儿死、丧期间，一部《金瓶梅》只有两主角：西门庆与瓶儿。连西门府正室夫人月娘也是打酱油的角色。终于在西门庆进东京谢恩期间，西门府上的众妻妾有了活动的空间。）春梅借着主子金莲的势力更借着"年壮"（按："绣像本"缺"年壮"一词，这一缺，减低了春梅凭着自己年轻这一本钱的文本书写。如果说"绣像本"是在"词话本"上的删增，那么许多时候，"绣像本"的删增毫无道理），一冲性子，一阵风走来李瓶儿那边，说道："那个是外人也怎的？棒槌借使使就不与。如今这屋里又钻出个当家的来了！"（按：张竹坡在总评第七十一回时讲"又春梅，下半部书之枢纽也"。其实，"绣像本"和"词话本"第七十一回都没有春梅的消息。春梅在隔了许多回之后，重新出场是在第七十二回。不过，"又春梅，下半部书之枢纽也"一语道出《金瓶梅》文本中、下部的旨意，即八十回后西门庆、金莲相继死后，春梅作为主角正式登台的开始。）

六年，十一月二十七。

春梅在与西门庆和金莲的性事中，若隐若现。西门庆不见金莲但见春梅站在上房门首，就一手抚着春梅肩膀。（按："崇祯本"眉批"春梅与西门庆狂淫情态，只暗暗摹写"。）春梅提水与金莲洗澡。（按：春梅正步金莲后尘走向前台。为西门庆、金莲死后登台预演。）

六年，十一月二十七残更。

春梅见西门庆与金莲谈性权利让渡时，春梅对金莲说："由他去，你管他怎的？婆婆口絮，媳妇耳烦，倒没的教人与你为冤结仇，误了咱娘儿两个下棋。"（按：这一句相当霸道的话，足见春梅在西门庆与金莲眼里已有了足够的地位。同时显现春梅与金莲不仅一样是个狠角色，而且春梅似乎更有主见。"词话本"此回的回目第一义即"春梅毁骂申二姐"，"绣像本"则作"因抱恙玉姐含酸"。从文本看，"词话本"的回目更接近此回文本的旨义，更接近春梅走上前台的历史性转变。）

六年，十一月二十八。

春梅听春鸿说申二姐之事，三尸神暴跳，五脏气冲天，众人拦阻不住，一阵风走到上房里，指着申二姐一顿大骂道：

（按：没有西门庆众妻妾在场时，春梅便要么春风满面，要么如此"猴子称大王"，在西门府里威风八面，哪像是从吴月娘那里来给金莲做丫头的人。春梅原主子月娘的大嫂吴大妗子都说春梅"言语粗鲁"。可见，春梅此时比主子金莲还厉害。此为骂李铭的升级版，但却没有骂李铭那段精彩。）"你无非是个走千家门、万家户，贼狗攘的瞎淫妇！你来俺家才走了多少时儿，就敢恁量视人家？你会晓的甚么好成样的套数儿，左右是那几句东沟篱，西沟坝，油嘴狗舌，不上纸笔的那胡歌野词，就拿班做势起来！俺家本司三院唱的老婆，不知见过多少，稀罕你。韩道国那淫妇家兴你，俺这里不兴你。你就学与那淫妇，我也不怕。你好不好趁早儿去，贾妈妈与我离门离户。"把个申二姐骂得大气不敢出，敢怒而不敢言。（按：又一个"敢怒而不敢言"。第一个"敢怒而不敢言"是金莲设计整弄瓶儿，瓶儿"敢怒而不敢言"；这第二个"敢怒而不敢言"是金莲丫头兼西门庆私宠春梅骂申二姐，申二姐"敢怒而不敢言"。可见春梅与金莲同属一路人马。就后来春梅对待孙雪娥的行为来看，春梅之强势与金莲比有过之而无不及。）春梅大骂后还不解气，狠狠地向众人说道："方才把贼瞎淫妇两个耳刮子才好。他还不知道我是谁哩！叫着他张儿致儿，拿班做势儿的。"（按："词话本"回目作"春梅毁骂申二姐 玉箫诉言潘金莲"，"绣像本"作"因抱恙玉姐含酸　为护短金莲泼醋"。从文本看，"春梅毁骂申二姐"更接近《金瓶梅》写春梅的旨义。）西门庆在时，春梅撒娇："怪小蛮囚儿，爹来家随他来去，管俺们腿事！没娘在家，他也不往俺这边来。"（按：春梅越发张狂了！春梅于此，让人笑让人嗔，却让人不得不高看春梅几眼。如果《金瓶梅》里的众女人，真心有让人高看几眼的，春梅恐是其中之一，而且是极少数之一。）

六年，腊月初一。

听金莲说春梅因月娘骂她生气不吃饭，西门庆慌过这边屋里，只见春梅容妆不整，睡在炕上。西门庆双手把她抱将起来。春梅撒娇（按："词话本"此回即第七十六回的回目作"孟玉楼解愠吴月娘　西门庆斥逐温葵轩"，"绣像本"作"春梅娇撒西门庆　画童哭躲温葵轩"。从文本旨趣看，"绣像本"的"春梅娇撒西门庆"更接近文本旨趣。因为，春梅作为金莲的另一个版本，"崇祯本"眉批说过"娘儿一二，其有传授"指的就是这。无论与西门庆还是与陈经济，无论在西门府还是之后的周守备府，春梅都是一个了不起的角色。不然，《金瓶梅》就不叫"金""瓶""梅"了！）道："吃饭不吃饭，你管他怎的！……我做奴才，也没干坏了甚么事，……教大娘这等骂我，……"西门庆劝后，让秋菊摆一桌酒菜：一方盒菜蔬、肉鲊拆上几丝鸡肉、酸笋韭菜、一大碗香喷喷馄饨汤、烤了一盒果馅饼儿。西门庆、金莲和春梅三个你一杯，我一杯，吃到一更方睡。

七年，正月初八。

金莲上寿。金莲妈潘姥姥在西门府里吃酒。春梅来了。潘姥姥说："老身知道他与我那冤家一条腿儿。"（按：又一个潘金莲出世，这话由金莲老妈说出，看似随意，实为天惊。）春梅进来，如意儿让座，春梅把裙子搂起，一屁股坐在炕上。

（按：可见春梅的架子，何等的气派。与春梅后来做了懂礼的周守备正室夫人判若两人。）听潘姥姥说瓶儿好话又批评金莲。春梅便说："姥姥，罢，你老人家只知其一，不知其二。俺娘是争强不伏弱的性儿。比不同的（按："绣像本"作"比不的"）六娘银钱自有，他本等手里没钱，你只说他不与你。别人不知道，我知道。想俺爹虽是抄的（按："绣像本"作"有的"）银子放在屋里，俺娘正眼儿也不看他的。若遇着买花儿东西，明公正义向他要。不恁瞒藏背掖的（按："绣像本"作"瞒瞒藏藏的"。"词话本"里的方言，一是山东方言，二是吴方言，在"绣像本"里作了大量的删减。仅从这一点看，"词话本"应比"绣像本"早。近人叶桂桐认为"绣像本"早于"词话本"说法应不成立），教人看小了他，怎么张着嘴儿说人！他本没钱，姥姥怪他，就亏了他了。莫不我护他？也要个公道。"

春梅吃酒后回房见秋菊偷窥西门庆与金莲房事，便大骂秋菊。（按：为秋菊在西门庆死后再次向月娘揭发金莲与陈经济私通埋伏笔。也为月娘撵走金莲，逼走春梅埋伏笔。）

七年，正月中旬。
西门庆房事过多病时，春梅人前人后细心服侍西门庆。

七年，正月二十八。
西门庆"首七"。金莲与经济通奸。金莲连忙教春梅拿钥匙与经济，经济先教春梅楼上开门去了。（按：春梅此处出场，一与西门庆收春梅相似，二为春梅被经济所收作伏笔。）

七年，四月某一日。

在金莲性权利的让渡下，"春梅把脸羞的一红一白"（按："戴本"删去40字），只得依了陈经济。（按："词话本"回目作"潘金莲月夜偷期　陈经济画楼双美"，"绣像本"作"陈经济弄一得双　潘金莲热心冷面"。"双美"也好，"得双"也罢，春梅在西门庆死后，因此事隆重登场。）

七年，七月十六。

春梅听说秋菊将头夜金莲与经济睡觉一事告诉了外人，便一五一十对金莲说："娘不打与这奴才几下，教他骗口张舌，葬送主子。"（按：春梅的助纣为虐，不仅是为了主子金莲，也是为了自己。）又怂恿金莲："……拿大板子尽力砍与他二三十板，看他怕不怕？"又"做奴才，里言不出，外言不入"。（按："崇祯本"眉批"春梅此语，可为天下奴才之训"。于春梅来说，何止"奴才"？春梅的世故精明远远胜于金莲。金莲死后，春梅却做了官员的正室。这便是春梅此语的言外之意。）

七年，八月中秋时分。

金莲与经济偷欢被秋菊告发，月娘来时，春梅慌得先报了金莲，又与金莲一起藏起了经济。

七年，九月中旬。（按："词话本"无时间记载，"绣像本"作"那日正值九月十二三"。此也可作"绣像本"晚于"词话本"内证之一。因为"词话本"叙经济与春梅相戏一事没有时间，"绣像本"后来补上。）

金莲叫春梅去请经济来金莲房里。春梅去时，"独有经济在炕上才歪下，忽见有人叫门，声音像是春梅（按："词话本"无"声音像是春梅"。"崇祯本"为此眉批"写得情景活现，绝无一呆语死容"。春梅与经济单独见面，是《金瓶梅》第一次，一表明经济、春梅的关系已经很近，二为春梅以后当上了官员正室之后仍与经济偷情埋伏笔），连忙开门，见是他，满面笑道：'果然是小大姐，没人，请里面坐。'"然后，经济与春梅亲嘴咂舌、相戏了一回。（按："词话本"于此有一七言诗相赞，"绣像本"无。）

七年，十月初。

金莲与经济私情在月娘面前败露后，春梅劝说道："娘，你老人家也少要忧心。是非有无，随人说去。如今爹也没了，大娘他养出个墓生儿来，莫不是也来路不明？他也难管你我暗地的事。你把心放开，料天塌了还有撑天大汉哩。人生在世，且风流了一日是一日。"（按：田晓菲论春梅为"内在的刚强"。在这里，确实春梅比金莲更有主见，也比金莲多了许多旷达。这正与春梅在后 20 回里成为一号女主有关系。）

七年，十月上旬。

因媒婆薛嫂让月娘卖了春梅。临走之时，金莲不忍与名为主仆实为姐妹的春梅离别，春梅说："自古好男不吃分时饭，好女不穿嫁时衣。"（按：此话真见春梅刚强和自主。）春梅走时，金莲叫春梅拜辞月娘众人，但"这春梅跟定薛嫂，头也不回，扬长决裂，出大门去了"。（按："词话本"此回的回目作"吴月娘识破金莲奸情　薛嫂月夜卖春梅"，"绣像本"作"月娘识破奸情　春梅姐不垂别泪"。从春梅性格与春梅以后的人生来看，"绣像本"回目能指更接近文本所指，同时也为春梅重新开启一段辉煌人生的伏笔。西门庆死后，月娘日渐恶、春梅日渐善，开启了《金瓶梅》文本的另外一种旨义的叙事。）

七年，十月中旬。

春梅暂住薛嫂家时。经济来此相会，一来看春梅，二来听金莲消息。薛嫂让他们俩人坐在房里后，"两个干讫一度作别，比时难割难舍"。

（按：小议《金瓶梅》版本的点校。"词话本"梅节本作"两个干讫一度，作别之时"，"绣像本"王汝梅本作"两个干讫，一度作别"。"干讫"，"梅本"校释本无释，《金瓶梅鉴赏辞典》无释，《现代汉语词典》（1973 年版）》无释，《辞源（1980 年版）》无释。"干讫"拆开"干"与"讫"，"干"作"做事"讲，"讫"作"完成"讲，"干讫"一词可释"事情做毕"。如果这样，此句应为："两个干讫，一度作别，比时难割难舍。""词话本"戴本作"两个干讫一度作别"，将三层意思混叠，不失中正；梅本作"两个干讫一度，作别之时"三层意思拆分，不知"一度"在前在后；王本作"两个干讫，一度作别"虽近此回经济与春梅相会之意，但"一度作别"却又与下文联系不大。为什么不同版本的不同点校竟有如此这般的差异？可见，直到今天，《金瓶梅》的点校、勘误尚有许多未尽之事。另，"比是"之"比"可作"及"讲，但"及"作介词时作"等到"讲，"比时"就当"等到时候"讲。这显然与上下文不太通。也许"比时"或为"此时"之误。诸本都对此未作校勘。）

又过两日，经济到薛嫂处与春梅吃酒。（按：为春梅嫁周守备之后，春梅与经济偷情埋伏笔。也为月娘撵金莲埋伏笔。）

七年，十一月末。

春梅嫁了周守备做了二房。因大房一目失明吃斋念佛，春梅成了周家的大管家。周守备将"各处钥匙都教他掌管，甚是宠爱他"。（按：为春梅后来在周家耀武扬威做铺垫，也为春梅后来"淫死"做铺垫。）春梅为报答金莲在西门府里对她的好处，求周守备从王婆手里买下金莲。王婆待价而沽，从八十两要到一百两。（按：王婆死期已到。《金瓶梅》里写有若干类似王婆这样的媒人，其嘴脸无不让人厌恶。如在卖春梅时，《金瓶梅》写道"十个九个媒人都是如此转钱养家"。后武松杀王婆凶残的场景也可证《金瓶梅》对媒婆的厌恶。）

八年，正月初旬。

春梅做一梦，梦见金莲云髻蓬松，浑身是血，叫道："庞大姐，我的好姐姐，奴死的好苦也！所有奴的尸首，在街暴露日久，风吹雨洒，鸡犬作践，无人领埋。奴举眼无亲，你若念旧日母子之情，买具棺木，把奴埋在一个去处，奴在阴司口眼皆闭。"（按：金莲托梦，以示冤屈。可见《金瓶梅》对金莲的同情，对暴力的反对与憎恨。）春梅托周秀府家丁张胜（按：为经济后来被张胜所杀埋伏笔）等用人打听杀金莲的凶犯抓没抓到，并用十两银子、两匹大布领尸，又用六两银子装殓无首无心金莲尸首，葬于夫君周守备的香火院永福寺。（按：永福寺，作为《金瓶梅》关节的地理能指，为《金瓶梅》的后续故事埋伏笔和做铺垫。）

八年，二月初旬。

在周守备家。住西厢房三间，有使女服侍，四季衣服齐整，已有了四五个月身孕。春梅说一句周守备依十句。（按：俗语有"从糠箩筐跳到米箩筐"。春梅不知积何阴德，竟有如此福气。月娘、雪娥听了大开眼界。殊不知，此等福分，与西门府鲜花烹油却急转飞鸟各投林是再一次翻版的前奏与伏笔。同是一样大喜大悲，敢在同一文本里写两次，唯有《金瓶梅》。）

八年，三月清明节。

春梅推梦假托，给夫君周秀讲要去上金莲新坟。（按：春梅于一部《金瓶梅》中，不是小聪明一类的人而是一个具有大智慧的角色。这一人物的多种元素，给《红楼梦》里的晴雯、湘云，甚至袭人的人物性格塑造方式都提供了营养。）于是周家上坟便多了一项，到葬金莲的永福寺（按：好一个永福寺！既是周守备的守寺，又是金莲的入土地方。还为即将到来的月娘，以及今后的事提供了叙事的平台）为金莲进香。春梅来到坟前，摆了香，拜了四拜，说道："我的娘，今日庞大姐特来与你烧陌纸钱，你好处升天，苦处用钱。早知你死在仇人之手，奴随问怎的，也娶来府中，和奴做一处。还是奴耽误了你，悔已是迟了。"春梅向前放声大哭不已。（按："词话本"以《山坡羊》再提金莲命苦作结。"绣像本"无此《山坡羊》。）已是小夫人（按：很快就要成大夫人了）的春梅，此时比昔时出落得长大身材，面如满月，打扮得粉妆玉琢，头上戴着冠儿，珠翠堆满，凤钗半卸，上穿大红妆花袄（按："大红妆花袄"是《金瓶梅》性感女人的标配，金莲、惠莲，包括瓶儿都穿戴过），下着翠兰缕金宽裥裙子（按："翠兰缕金"为《金瓶梅》贵妇的标配，林太太就穿戴过。关于服饰的社会定义，可参看《一部〈金瓶梅〉，写尽中国古代服饰》），戴着玎珰禁步（按：这是对月娘的严重打击）。

春梅与月娘见面。春梅主、月娘宾；春梅贵，月娘轻。春梅不计前嫌，春梅把自家簪儿插在孝哥儿帽儿上。月娘先自称"奴"，后又一个劲地叫她春梅"姐姐"。（按：谁知道脚下，下一步踩的是粪还是金子。谁知道人与人今昔多有不同。永福寺，月娘春梅相遇，春梅不再是任月娘骂的丫头了，已经高高在上。但是，谁晓得，春梅与她的"娘"金莲和"爹"西门庆都是短命的人儿，而永福寺相遇时落魄的月娘却是长寿的人！《金瓶梅》的作者实在狠心，不留丁点人生慰藉。）送别月娘一行人时，家丁来报，老爷请小夫人看杂耍，春梅不慌不忙说，"你回去。知道了。"（按：春梅此时，何等官宦人家大夫人气派！此更为春梅以后的死抹上悲哀的色彩。）

八年，三月中旬。

春梅买来与来旺私奔被抓官卖的雪娥时，摘了雪娥的头饰，剥了雪娥的衣裳，打入厨下，烧火做饭。"要打他嘴，以报平昔之仇"。

（按：小议人性之恶书写的意义。春梅此时，完全一副讨人厌的恶人。从《金瓶梅》的总体来讲，《金瓶梅》里的女性男性几乎无人可爱。春梅出现时，大概应是一个不谙世情的小丫头，似乎可以看到她是西门府里的一丝光亮。但很快地从骂比她地位低下的秋菊开始，一路骂起，春梅便从善一步步走向恶，直到与月娘不计前嫌时。春梅生活的那个社会，不是一个可以把人改恶从善的社会，而是一个改善从恶的社会。这是《金瓶梅》的压抑和灰暗，但同时也是《金瓶梅》的光亮与伟大。大凡伟大的作品，都不是以颂圣歌德为基调的作品，相反的是，伟大的作品，正是如《金瓶梅》一样披露社会和人性的黑暗。就近现代文学而言，大概是一规律，就如俄国陀思妥耶夫斯基的《卡拉马佐夫兄弟》《白痴》，法国巴尔扎克的《欧也妮·葛朗台》《高利贷者》，法国加缪的《局外人》《鼠疫》，德文作家卡夫卡的《城堡》《变形记》，中国鲁迅的《狂人日记》《阿 Q 正传》，哥伦比亚马尔克思的《百年孤独》等。何至于此？原因似乎也简单，那就是这些伟大作品，在披露社会和人性的黑暗的同时，期冀人性的光辉和社会的光明。）

八年，四月。

已经当娘半年的春梅，见儿子哭，知道了在其夫君周秀的堂上过堂的人是陈经济。春梅暗道"正是他了"。春梅一见经济，方待留他。

（按：此语，金莲再生。春梅本已是官宦正室夫人，突然，经济撞入，平静打破。情的继续，性的张扬，再度让人性这一无法捉摸、无法规定的魔鬼释放。由此，既断送了经济的性命，又加速了春梅的死亡进程。）

八年，六月。

春梅借病耍横，刁难厨房里的孙雪娥。春梅呷了一口雪娥做的鸡尖汤，立即怪叫大骂起来："你对那淫妇奴才说去，做的甚么汤！清水寡淡，有些甚味？你们只教我吃，平白叫我惹气！"并叫周府家丁把这孙雪娥拖番在地，褪去衣服，打了三十大棍（按：深仇大恨，也不至于此。足见春梅之恶），打得雪娥皮开肉绽。（按："崇祯本"此回对春梅的厌恶达到"顶峰"，计有：1."春梅作乔处，不得其情，殊可憎；得其其情，见其有腔有板，老脸儿做作，亦可后笑"；2."人只知春梅器小暴戾，弄娇使势，孰知其一段冷暖苦心，别有所用。人家妻妾但作此态，便有可疑"；3."嫌好道恶，强寻事端，似从鲁达打镇关西中化来"；4."要拔去眼中钉，势必不得不狠毒。然要子以子，挟之以命，亦觉太泼皮无赖矣。"除第二段，眉批有些理解的同情之外，其余诸条，都是对春梅的不敬和憎恶。春梅对金莲以娘以姐回应回报、对经济以情以性回应回报，对月娘以尊以上回应回报，春梅有情有义。但对秋菊对雪娥，却是一副恶人形象，而且是狠心的恶人。人性的复杂与吊诡，与历史的复杂与吊诡、与社会的黑暗与幽深，几乎同一。金莲如此、瓶儿如此、春梅亦如此。《金瓶梅》何以成为旷世巨著，就在于，把人置于这样的历史这样的社会之中，同时也把历史和社会置于人性之中，两者几为一个硬币的两面，两者几为无缝天衣。）春梅收了八两银子（按：实为二十五两。春梅卖雪娥，与月娘卖春梅何等相似，历史的重复与人性的幽暗何等的相似。历史从来没有进步过，在春梅卖雪娥一事上，可以得到佐证），几经倒腾，卖雪娥入了娼门。（按：后周守备家丁张胜在河下娼门包下了雪娥，也算雪娥暂时有了归宿。）

八年，八月。

春梅不计前嫌，让周秀帮助月娘渡过难关。周守备看了说："此事正是我衙门里事，如何呈详府县？吴巡简那厮这等可恶！我明日出牌，连他都提来发落。"春梅道："正是这等说。你替他明日处处罢。"（按："崇祯本"眉批"春梅不念旧恶劣，一说便肯，亦自可人"。此一场景，在《金瓶梅》里实属罕见。尽管，在西门庆那里、在金莲那里、在月娘那里、在瓶儿那里，都曾见过。但这般隆重地写出，确为罕见。《金瓶梅》的杰出就在于不经意处，在大写、重写人性恶时，人性的光亮如彗星一般划过。正是这彗星一般地划过，方才显出人性光亮的不易和伟大。另，春梅的这一善心和善举，为春梅后面的"淫死"增添了厚重的悲剧色彩。）经此事后，月娘与春梅两家"交往不绝"。（按：这样的温情，《金瓶梅》中真是少有的。西门庆在时的风光都不过是有酒肉朋友和利益朋友，到了月娘落难时，春梅却伸出了温情的手。）

九年，正月二十一。

春梅和周守备说，"备一张祭桌，四样羹果，一坛南酒"，送与吴月娘。一是西门庆去世三周年，二是孝哥儿生日。日午，春梅着满头珠翠金凤头面钗梳、胡珠环子、身穿大红通袖、四兽朝麒麟袍儿，翠兰十样锦百花裙，玉玎珰禁步，束着金带，坐着四人大轿，到西门府祭桌。月娘亦缟素打扮，着稀稀几件金翠首饰，上穿白绫袄，下边翠兰缎子裙，与大妗子迎接春梅。月娘答礼说道："向日有累姐姐费心，粗尺头又不肯受。今又重承厚礼祭桌，感激不尽。"春梅道："惶恐。家官府没甚么，这些薄礼，表意而已。一向要请奶奶过去，家官府不时出巡，所以不曾请得。"（按："崇祯本"眉批说，春梅盛妆排场到西门府为"相如驰马，高直不过如此"。确实如此，春梅，曾是月娘侍女、西门庆金莲的通房丫头，如今来到西门府，与月娘虽非天壤，但在春梅面前，月娘已是低贱之妇。从人与人的转换角度，社会与历史在此显现出它的冷酷与无情。）

　　春梅到西门府上，对西门府上众人，遍种善缘，尤其是对西门遗腹子孝哥儿亲热（按：为接下来的春梅之子金哥儿大富大贵铺垫）。接着为西门庆烧纸，还"落了几点眼泪"。（按：想必春梅此泪，恐非虚伪。春梅能有在周府的地位，与西门庆的性启蒙密不可分。遥想第二十七回的葡萄架下，观金莲与西门庆亲热，那是何等的淫艳，何等的骇俗！又遥想第七十六回病床上，春梅撒娇西门庆，那是何等的亲昵，何等的幸福！张竹坡评春梅回访西门府为"千古伤心事一朝得意"，谬也。《金瓶梅》写人写事，从来不是一条直线或一条明线一路写来，而是隔三岔五，曲折蛇行，时隐时现。别说

《金瓶梅》之前的小说没有，就是集古典小说大成的《红楼梦》，也未必能达到如此境界！）

春梅到了瓶儿和金莲曾住的房子，见草荒房空，口中不言，叹息了半日。（按："崇祯本"眉批"春梅眷怀可惜，不减蒸离之悲"。事实上，此为春梅死于纵欲提供了一个悲凉的背景。而又为随后的春梅想念经济提前预示。）

春梅与月娘等在西门府"传杯换盏"和听唱曲时，却"一向心中牵挂陈经济"。（按：春梅死期正临。欲望，无法克制；身体，无从压制。）

九年，正月下旬。

想念陈经济，终日卧床不起，周守备察知其意，说道："只怕思念你兄弟。"叫家丁张胜打听经济消息。（按：引狼入室，加速春梅走向死亡。此时的经济，因一钱几分银子便出卖男风于出钱人。《金瓶梅》对社会黑暗和人性幽暗的披露和批判，从来不吝啬笔墨。而且这样的笔墨又往往在不经意处写起，写起时又不刻意，就如平常生活一般。看似没有什么大惊小怪，却是万分惊悸。）

九年，三月中旬。

周府家丁张胜找到了经济。春梅吩咐，叫用香汤沐浴了身体，换了一套新衣服靴帽。经济进门就望春梅拜了四双八拜，让姐姐受礼。春梅受了半礼，对面坐下，叙了寒温离别之情，彼此皆眼中垂泪。（按：春梅、经济地位身份，已今非昔比。一贯为官宦正室，一为落难风尘道士。竟彼此惺惺相惜，可见男女之情许多时候，说断未断，说了未了。春梅、经济便是这彀中之人。）春梅见无人在前，使眼色与经济："他（按："他"即春梅夫君周守备。女人愚蠢叫不知东西，男人愚蠢叫愚不可及。春梅说经济是姑表姐弟，周便称经济为"贤弟"。经济叫春梅为"家姐"，周便说春梅、经济重逢为"三生有缘"。一部《金瓶梅》的幽默到了这般，恐古今中国小说无人能比。）若问你，只说是姑表兄弟。"经济道："我知道了。"（按：真是两两前情未了，又急急地为今情预热。"词话本"第九十七回的回目作"经济守御府用事　薛嫂卖花说姻亲"，"绣像本"作"假弟妹暗续鸾胶　真夫妇明谐花烛"。"绣像本"回目更接近此回情节所指。）由此每日饭食，春梅请经济后面吃。

九年，四月二十五。

春梅生日。月娘来送礼，春梅还礼称"周门庞氏敛衽拜"。（按：春梅要多骄傲就有多骄傲。遥想当年是"西门吴氏敛衽拜"。一部《金瓶梅》从来没有忘记它前文留下的"草蛇灰线"。）经济与春梅说："他是你我的仇人。"春梅说："过往勾当也罢了，还是我心好，不念旧仇。"（按："崇祯本"眉批"春梅自厚，经济自薄"。此话说对了一半，经济与西门庆为天下坏人，当然"经济自薄"；春梅记情金莲及经济亦可以说是"春梅自厚"。不过，这自厚来自春梅现有的身份与地位。春梅此时已是官宦人家正室，哪里是一个已经败落的西门府寡妇月娘和一个沦落成穷道士的经济所能比、所敢比的。人的身份和地位，由钱、由权或两者兼备来决定的。这本是古今

中外社会里的一条重要法则。《红楼梦》里"护官符"说得清
清楚楚。"自厚",春梅人性中的光辉?)月娘知道了经济在周
府,春梅又被经济挑唆,于是庞吴两家不相往来。从此,经
济在府中与春梅暗地勾搭,吃饭、吃酒、下棋、调笑,无所
不至。

九年,五月端午。

春梅在西书院花亭(按:当年西门庆建自家大院后花园
时的监工就是陈经济)置酒席,与孙二娘、陈经济吃雄黄酒,
吃粽子。酒残时,就春梅与经济,斟上大盅,赌酒为乐。然后,
男女"解佩露相如之玉,朱唇点汉署之香"。(按:当年西门
府的花酒时,女主是月娘、金莲、瓶儿、玉楼等妻妾及妓女,
春梅只是一旁端茶送水的丫头,现在风水轮流转,女主只一
人,那就是春梅了。这样的男女纵情欢娱,西门府已在西门
庆死时终结,却又在周守备府的女主春梅这里重现。历史无
质变的循环,让人感叹与沉思。)

九年,六月初八。

周守备奉旨征剿梁山宋江,临行时,叫春梅与经济寻一
门亲事。(按:周秀之"秀",何秀之有?)于是,经薛嫂保
媒,陈经济与葛员外家大女儿葛翠屏小姐联姻。完婚当日,
婆家之主春梅"打扮珠翠凤冠,穿通袖大红袍儿,束金镶碧
玉带"(按:真是显贵);春梅"姑表弟"陈经济"骑大白马,
拣银鞍辔,青衣军牢喝道"。(按:"崇祯本"眉批"经济一少
年,不经事妄人也"。经济本是官宦子弟,父因他案牵涉寄居

岳丈西门家，西门庆死后胡作非为、逼死亲妻，被月娘告上官司、流落他乡，现由春梅拾起，便张狂至极。紧接便被周府家丁张胜杀死。人生如梦、人生如芥，倏忽天上人间，瞬时便是地狱十八层。）春梅将府厅西厢房（按：古人为什么总用"西"？男女际遇、男女情生、男女幽会都从《西厢记》这"西"起源的吗？）三间划给一对新人。原来，春梅好与经济"两个暗地交情"。（按：春梅、经济，死期已临。）

九年，十月中旬。

周守备大败宋江。宋江三十六人，万余草寇，都受了招安。（按："词话本"回应西门庆、潘金莲、武松等《水浒传》的故事，让这一"话本"样式的小说有更多的听众和读者。"绣像本"同样有此内容。表明"绣像本"尊重"词话本"的文本与叙事方式，也表明"绣像本"应晚于"词话本"。）消息传回周府，"春梅满心欢喜"。春梅告诉周秀自家在家做主为表弟娶了一门媳妇又费了些银两，守备道："阿呀，你止这个兄弟，投奔你来，无个妻室，不成个前程道理。就是费了几两银子，不曾为了别人。"（按：善心未必有好报。在《金瓶梅》善心往往恶报。前有西门庆助温秀才，温则男风西门庆家童；月娘施恩吴恩典，则被吴陷害状告等。到了春梅、周秀、经济时，守备对春梅与经济不可谓不好。但是春梅、经济却偏要给周秀戴绿帽。对于一部挑战道德、伦理的旷世巨著，《金瓶梅》的眼光无比犀利，将欲望的张狂与无度和人性的救赎，放在一个平台上考问：当旧的道德与旧的秩序被新势力摧毁时，新的道德和新的秩序，却茫然不知所措。春梅最后死于淫，虽然回应了果报，但却未能让世人看到某种光亮和希望。或许，《金瓶梅》本身就不是为光亮的到来写作的，而是为黑暗走向寂灭而写作的。）

九年，十一月上旬。

周守备升迁到济南赴任。春梅在家安排经济外出做生意。经济在春梅帮助和两混混使唤诈下，开上了大店（按："词话本"回目作"陈经济临清开大店　韩爱姐翠馆遇情郎"，"绣像本"作"陈经济临清逢旧识　韩爱姐翠馆遇情郎"。从故事的台面和走向看，"绣像本"回目更接近文本的旨义。经济在临清遇到因蔡太师被参一案受到影响逃生的韩道国、王六儿、韩爱姐一家。引出经济与韩爱姐的勾当，引出张胜怒杀经济之事。为春梅移情移性他人做铺垫。一部旷世大戏即将走向它的尾声。经济重逢王六儿一家，与西门庆与潘金莲相遇何等相似。历史的死结式行进，在这里再一次放绳打结。）

十年，五月二十五。（按：接前面的十一月上旬，没过几日就到了翌年的五月。其间相距半年时间，此为误写还是故意？《潘金莲年表及批判·七年六月初一·小议〈金瓶梅〉的时间》说：西门庆在时以月以日甚到以每日时辰记时记事，西门庆死后以月以旬计，表明了《金瓶梅》的主叙事是以西门庆及西门庆妻妾的空间的时间记事，到了西门庆死后，时间不再是叙事的重要构件。此论用于此，也可以看到，时间对于非西门庆叙事来讲，已经无足轻重。尽管，时间从来就是叙事的本体之一。关于时间在《金瓶梅》里的作用，可参

看《吴月娘年表》）

春梅为经济生日置酒上寿。酒后经济到河上会韩爱姐，遇张胜外甥刘二打骂王六儿。经济与春梅商议处理张胜，不料被张胜听到，一气之下杀了陈经济。（按："崇祯本"眉批"张胜做法大类武松"。《金瓶梅》为经济之死再次写道"三寸气在千般用，一日无常万事休"。显然，此谒两用于西门庆与陈经济不同身份的人，表达某种众生平等的旨义。）事后张胜被周府另一家丁李安拿下。周秀周统制军情紧迫之时回家，棒打死了张胜和外甥刘二（按：刘二一死，孙雪娥自缢，西门庆又一妾死于非命），次日，山东统制周秀率兵出征番军后阵亡。（按：周守备虽然在济南府做官挣得"巨万金银"，但当自己阵亡，爱妻淫死，"巨万金银"便成了粪土。东吴弄珠客说《金瓶梅》写的就是一场"世之大净"的戏，"世之大净"不仅专写西门庆，同样也写《金瓶梅》中所有的人！）

九年，冬月。

陈敬济死，守备出征，春梅每日珍馐百味，绫锦衣衫，无所不有。金哥也长成了六岁，但却晚上"难禁独眠孤枕，欲火烧心"。（按：距春梅淫死只隔一天了。）

十年，正月上旬。

因周秀忙于军务久不沾身，见老家人周忠次子周义年轻又帅，自然眉来眼去，春梅与周义便暗通了款曲。

十年，春尽夏初。

周秀死于疆场，发丧清河县。春梅在内颐养之余，淫情愈盛。常留周义在香阁中，镇日不出。淫欲无度，生出骨蒸痨病症。逐日吃药，消了精神，体瘦如柴，依然贪淫不已。

十年，六月初伏。

春梅刚过了自家二十九岁生日，晨起，搂着周义在床上，一泄之后，呜呼哀哉，死在周义身上。

（按：小议身体的本体及《金瓶梅》的外来影响。"金莲以奸死"，说的是金莲使性使诈；"瓶儿以孽死"，说的是瓶儿隔墙售奸；"春梅以淫死"说的是春梅淫情无度。这是旧时文人的判词，是对女性争取自由和解放的曲解或者诬蔑。当然，我们看到了《金瓶梅》的几位女主都是女性争取自由和解放个性的形象，"崇祯本"在春梅之死时的两条眉批，道出了《金瓶梅》这一信息。一条是"极乐世界"，一条是"所谓牡丹花下死，做鬼也风流。死得快活！死得快活！"也就是说，春梅是为自己的欢乐而死的。身体的需要或身体的欢愉，不需要理性，不需要伦理，甚至可以置世俗于不顾。这并非就是后现代的女性主义的观点。事实上，它源于前现代，即源于文艺复兴。发端于佛罗伦萨的文艺复兴，最重要的标志和最重大的成就是：神主体或神的转喻体伦理主体即神权向人为主体即人权转变，人身体的重要是人权内容的基础和本体。这时，旧的伦理、旧的道德或者旧的秩序便会退居二线。格非以《金瓶梅》二十五回的两句诗："雪隐鹭鸶飞始见，柳藏鹦鹉语方知"为由所著"金学专著"《雪隐鹭鸶》。格氏"金学"以为《金瓶梅》里的情色描写不在于"情色"在于虚无，诚然有一丝道理，但，格非却没有看到《金瓶梅》里的情色主要源于女性，源于女性的身体、女性的自由与解放。《金瓶梅》印行的时代，大约相似于文艺复兴的狂飙时代进入中后期。这便提供了一个富有想象的历史空间。有没有可能，这一思潮给予了《金瓶梅》的作者？意大利传教士利玛窦于万历十一年即 1583 年来到中国，并于万历三十三年即 1605 年修建了北京的第一座天主教堂。依现有的材料表明，《金瓶梅》的第一个印本即"词话本"是在万历四十五年即 1617 年印行的。中西的会面，会在《金瓶梅》这里找到最早的见证吗？尽管《金瓶梅》对女性的这种为自己为自由的情状，一直是纠结的。"金""瓶""梅"三位女性，瓶儿先死，死后虽哀荣极盛，但生前却遭金莲处处使坏；金莲，虽生前是西门府上的霸王花，死时却最为惨烈；春梅生前死时，没有金莲那样的霸气，也没有瓶儿在西门庆那里得到的爱怜，却在与性伴侣的爱河中死去。如《金瓶梅》所说"呜呼哀哉"。"金""瓶""梅"及惠莲、雪娥等女性死去，唯春梅死时用了"呜呼哀哉"。在此之前，仅西门庆死用过。春梅的死与西门庆的死都来源于身体和欲望。这是《金瓶梅》最奇特的事件和叙事。至此，一部旷世巨著的所有风流、所有孽缘、所有恶债，都在此"呜呼哀哉"。所有身体无论男女的欲望最终都激烈又平静地走向"世之大净"。之后的孝哥儿剃度出家、月娘七十五高寿了结，只是这一"世之大净"的尾声。）

刘火曰：在《金瓶梅》看来，与金莲、瓶儿相比，春梅死得其时、死得其所。这是女性争取自由与解放所付出的代价。春梅，是《金瓶梅》一书中所有女性自尊、自强和自爱的角色。"瓶"装"莲"，莲却陷于污泥之中。"莲"却与"梅"不相似。取金莲，显然不是"莲"的传统能指与所指，而是两义：一义：小脚为那个时代的时尚。惠莲能在某一时段取代金莲在西门庆那里得宠，原因是，惠莲的脚比金莲还小。二义：此莲反周敦颐之莲。《金瓶梅》本是一部反道统反伦理反秩序的巨著，在那个污浊的社会和时代里，哪能有出淤泥而不染之物！春梅之"梅"，便可以看到点作者光亮的理想，那就是春梅以一个丫头身份敢骂李铭，敢骂申二姐，敢在西门庆面前撒娇，敢为被武二所杀的"荡妇"金莲收尸，敢不计前嫌施与月娘友善，敢于与情郎欢喜死在性事……这是《金瓶梅》中所有女性都不曾有的。尽管那个时候没有"女性自由与女性解放"一说。但在《金瓶梅》写作和印行时的时代和社会，有了与之前不同的女性视角、不同的女性观念和不同的女性叙事，超越了之前的《西厢记》的女性叙事，也超前了之后的《红楼梦》的女性叙事。到了全社会禁锢的清朝，别说是女性的自由，连男人的头发都要一样时，就会觉得《金瓶梅》不易和伟大。也才知道清初为什么会将《金瓶梅》列为禁书的原因。

真善伪善之间的月娘

——吴月娘年表及批判

政和三年，七月。

吴月娘，27 岁。（第二回，在王婆与西门庆言语中出场。称作西门庆大娘子）

清河县左卫千户之女。八月十五生，面若银盘，眼如杏子，举止温柔，持重寡言。从头看到脚，风流往下流，从脚看到头，风流往上流。（按："绣像本"第一回，吴月娘在他人叙事里已经出现时，二十五六岁，在"词话本"里，月娘在他人叙事里首出现，直到第十回，才在"武二充配孟州道妻妾宴赏芙蓉亭"里正式出场。）

金莲进西门府，金莲先与月娘磕了头，递了鞋脚。月娘还了四礼。

三年，七月二十八日前后。

因金莲与琴童私通，李娇儿、孙雪娥联袂告发到大娘吴月娘处。但月娘再三不信。（按：与后来秋菊告发金莲与陈经济私通而月娘不信同出一辙。《金瓶梅》叙事技巧之反复美学效应，可见一斑。）

四年，正月初九。

主持潘金莲生日，但第一主角是瓶儿，第二主角是西门庆，第三主角是金莲。月娘最多在她的上房为这三主角摆了一台金莲生日正宴后的私宴。西门不能在金莲处住，因为瓶儿与金莲在一起。想到月娘又因月娘娘家的嫂子在，不便住。

月娘从金莲处知道了瓶儿的生日即六天之后的正月十五，便说，到了花二娘的生日时，俺姐妹一个也不少。

四年，正月十五。

瓶儿生日。

这一回的主角本是瓶儿，但月娘却成了主角。月娘留下孙雪娥看家，带着众妾娇儿、玉楼、金莲四顶轿子出门，都穿着妆花锦绣衣服。又叫来兴、来安、玳安、画童四个小厮跟随着。作为大房正室，好不威风！吴月娘穿着大红妆花通袖袄儿，娇绿缎裙，貂鼠皮袄。李娇儿、孟玉楼、潘金莲都是白绫袄儿，蓝缎裙。李娇儿是沉香色遍地金比甲，孟玉楼是绿遍地金比甲，潘金莲是大红遍地金比甲，头上珠翠堆盈，凤钗半卸。

即便月娘要起身回西门府，李瓶儿那里肯放，说道："好大娘，奴没尽心也是的。"

四年，七月中旬。

西门庆因瓶儿嫁蒋竹山一事，在西门府上见人（包括众妻妾）就骂。月娘以为是金莲惹得的。便怨金莲："你头里何不叫他连我踢不是？你没偏受用，谁偏受用？恁的贼不识高低货！我到不言语，你只顾嘴头子哗哩薄喇的！"金莲见月娘恼了，便把话儿来撼，说道："姐姐，不是这等说。他不知那里因着甚么由头儿，只拿我煞气。要便睁着眼望着俺叫，千也要打个臭死，万也要打个臭死！"月娘道："谁教你只要嘲他来？他不打你，却打狗不成！"

（按：由此月娘与金莲结怨。）

月娘对瓶儿一开始就无好印象：瓶儿就是一个"孝服未满，浪着嫁人的，淫妇成日和汉子酒里眠酒里卧的人，他原守的甚么贞节！"

（按：《金瓶梅》一书，除了楔子诗词和中间嵌入诗词曲之外，很少作对书中人物的评论和干涉。不过在这里，《金瓶梅》写一段话："看官听说：月娘这一句话，一棒打着两个人——孟玉楼与潘金莲都是孝服不曾满再醮人的。"可见，月娘并非书中一直称道的贤惠以及张竹坡等人所看重的吴月娘。吴月娘的小九九在经意和不经意之间匿藏着，而且从妻妾争夺性权利的战争中，月娘心里明镜似的。）

四年，八月二十一。

瓶儿进西门府上每次拜会月娘。没想到，月娘拿瓶儿与花子虚亲叔太监花公公说事。把瓶儿"羞的脸上一块红、一块白，站又站不得，坐又坐不住，半日回房去了"。（按："绣像本"眉批"亏瓶儿禁得起"。此话说瓶儿的过去隐晦，事实上这道出了吴月娘的另一面：即便已是大房，但在性权利方面，未见得有优势，重要的是，大房当有大房的威严：娶瓶儿时，是西门庆突然之举，并未征得月娘同意。）

四年，八月二十五。

吴月娘见西门宠着瓶儿便发牢骚："他有了他富贵的姐姐，把我这穷官儿家的丫头，只当忘故了的算账。"

四年，十一月下旬。

月娘雪中焚香祈祷西门府众妻妾和平，祈祷西门庆早有子嗣。西门庆闯入见月娘如此情怀（按：月娘的精明之处），不觉满心惭感道："原来我一向错恼了他。他一篇都是为我的心，还是正经夫妻。"又说道，"我的姐姐！我西门庆死也不晓的，你一片好心，都是为我的。一向错见了，丢冷了你的心，到今悔之晚矣。"月娘道："大雪里，你错走了门儿了，敢不是这屋里。我是那不贤良的淫妇，和你有甚情节？那讨为你的来？你平白又来理我怎的？咱两个永世千年休要见面！"（按：月娘娇嗔，不比金莲。只不过金莲犯横，月娘装可怜。妻妾争宠，妻妾性权利的争夺和获得，向来为一夫多妻制度的基点与根本。各个手段各个技巧不同，都是一个目的。但是，妻与妾在那个文化与那个制度下，妾无论如何都处于下风的。这才有了西门庆的感叹："还是正经夫妻。""正经夫妻"是一夫多妻制度的伦理原点。哪怕在晚明那样一种世风日下、人伦破碎的时代与社会，依然有着它的重要地位，虽然已经摇摇欲坠。）

四年，十一月，大雪。

经玉楼、金莲提议，与瓶儿一道为西门庆、吴月娘和好置酒赏雪。

席间，月娘转下来，令玉箫执壶，亦斟酒与众姊妹回酒。西门庆与月娘居上座，其余李娇儿、孟玉楼、潘金莲、李瓶儿、孙雪娥并西门大姐，都两边打横。

席间，月娘又叫陈经济一块来赏雪。（按：张竹坡评，此为"经济为元夜戏娇姿作引"。《金瓶梅》一书，处处设伏，处处埋线。）

然后，月娘亲自扫雪，烹江南凤团雀舌牙茶与众人吃。（按：可见大房月娘气度。一、之前也与西门庆和好可显家中地位；二、众妻妾出份子置酒席可显大房地位。）

众妾散去，西门庆与月娘上房歇了。

五年，正月初四。

月娘提议：初五上房摆酒，初六娇儿，初七玉楼，初八、初九（金莲生日）金莲，初十瓶儿。

五年，正月十六。

元宵，合家欢乐饮酒，西门庆与吴月娘居上，其余李娇儿、孟玉楼、潘金莲、李瓶儿、孙雪娥、西门大姐都在两边同坐，都穿着锦绣衣裳。

五年，清明。

吴月娘在花园中扎了一架秋千，闲中率众姊妹游戏，以消春困。

月娘教李娇儿、潘金莲、李瓶儿打秋千。（按：可见，从妾中，除孟玉楼外，娇儿、金莲、瓶儿并非大户人家出身。）

玉楼与金莲双立秋千，金莲先是险些滑倒，后独自秋千"犹若飞仙"。惠莲一仆人媳妇，竟也秋千，同样的"飞仙一般"，尤为裙子被风刮起时，惠莲内衣亮相。月娘骂道："贼成精的。"（按："绣像本"无此句，但"绣像本"回目却比"词话本"更贴切。"绣像本"作"吴月娘春昼秋千"。"词话本"作"雪娥透露蝶蜂情"。"词话本"这一回目又是"绣像本"回目所不及的。"词话本"这一回目伏笔有：一、来旺知道自家媳妇惠莲与主人西门庆有染，然后酒醉骂西门庆，直接引发惠莲走向末路；二、暗示来旺与雪娥私情；三、西门庆死后，来旺盗拐走了雪娥。）

五年，三月二十八日前后。

西门庆听从金莲毒计，陷害来旺。来旺媳妇惠莲求西门庆不得，再求月娘。月娘道："孩儿你起来，不消哭。你汉子恒数问不的他死罪。贼强人，他吃了迷魂汤了，俺们说话不中听，老婆当军——充数儿罢了。"玉楼向蕙莲道："你爹正在个气头上，待后慢慢的俺每再劝他。你安心回房去罢。"（按：月娘对惠莲的敷衍，与西门庆敷衍惠莲，如出一辙。在维护西门府主人时，月娘比任何人都清楚和精明。这与月娘的利益休戚相关。）

五年，六月初三。

金莲怂恿西门庆撺铁棍、来昭、一丈青一家三口，被月娘拦下。月娘知道此事为金莲所为,"甚恼怒金莲"。

吴(按:"吴"则"无"也)神仙为月娘测字"衣食丰足,必得贵子"。(按:"吴月娘"之"吴"也是"无"的谐音。即月娘后来子不子、财不财、房不房。西门庆死后,西门府作鸟兽散。月娘虽得子,却是遗腹子,月娘之子孝哥儿,后剃度普静寺。清人丁耀亢《续金瓶梅》由此演绎出月娘与孝哥儿一出因果业报的大戏。)

五年,七月二十八前后。

官哥儿满月。因丢壶,月娘生气:"今日席上再无闲杂人,怎的不见了东西?等住回,看这把壶从那里出来。等住回,嚷的你主子来,没这壶,管情一家一顿。"(按:"绣像本"作:"今日席上再无闲杂人,怎的不见了东西?等回你主子来,没这壶,管情一家一顿。")

五年,七月二十九日。

官哥儿满月宴翌日。丽春院老鸨西门庆相好李桂姐上门来认月娘为干妈。(按:因为西门庆当上朝廷的命官,吴月娘就是五品西门大官人的正牌第一夫人。一开青楼的老板又兼西门庆门外相好,又将一干青楼女子来西门府上祝贺。此处足见当时社会风气。)

五年,八月十五。

月娘生日摆酒。

五年，八月十六。

吴月娘小产（且是男胎）。

五年，八月二十四日。

与金莲闲话家里事。金莲讨厌玳安，玳安不服气。（按：为玳安后来成为小西门庆即月娘的男人埋下伏笔。）

六年，正月初九夜。

听大师傅、王师傅说因果、唱佛曲儿。（按：为月娘的遗腹子孝哥儿最后归宿设伏笔。）

六年，正月初十。

头晚听了佛经。与王姑子睡一觉后，听王姑子教如何才能怀子的民间偏方。还特意给了王姑子一两银子。请王姑子不要告诉昨晚讲经的大师傅。

（按：宗教于中国，有一个重要特质，那就是它的世俗化。道教作为中国本土宗教，它的世俗化也许在它诞生开始就命定了的。如它引申的长生不老便是世俗化的主要途径。而外来宗教佛教的世俗化，或许在两晋就开始了的。作为一部伟大的世俗主义的小说，就是对宗教的某种彻底反叛。《金瓶梅》中的社会无目的、人生无目的，社会的存在和人生的存在，就在于人的身体和物欲的释放与张扬。从道统来讲，这无疑是一种进步。也就是说，世俗主义是对两宋以降形成的禁锢人性的理学的反对。于月娘来讲，无论是听佛教大师的讲经，还是听王姑子的生子偏方，都与宗教的信仰无关。

月娘这些寄托在宗教外衣下的世俗，只指向月娘作为一个正室女人的最基本的生存前提，即为当家男人留一子嗣。而有了子嗣，月娘作为一个女人才能于西门府立脚。这里，世俗主义对于人性的解放，显然大于世俗主义对超自然即神的膜拜于社会于人的意义。虽然《金瓶梅》里的极致的世俗，被后世论者认为有污世道人心。）

六年，正月十二。

官哥儿与乔大户家五个月小姐结娃娃亲。月娘忙里忙外，尽显正室气度。

（按：第三十九回月娘听佛经求子，第四十回又听王姑子求子偏方，紧接着第四十一回"西门庆与乔大户结亲　潘金莲共李瓶儿斗气"，"绣像本"作"两孩儿联姻共笑嬉　二佳人愤深同气苦"即是两大户人家联姻。作为正室的月娘，显示其精明，同时也显示其韬略。也就是说，如果她月娘自家有子嗣时，不比瓶儿此时的风光差。不幸的是，西门庆因淫暴亡，才有了月娘孝哥儿遗腹子的出产。《金瓶梅》的笔力之狠之毒，在中国古典小说里，无人可以出其右。《红楼梦》里的许多桥段，受《金瓶梅》的启发，如秦可卿亡时开启了王熙凤掌权等即是。）

六年，正月十四。

因失一金锭，金莲到月娘处挑唆。月娘劝道："……谁叫你惹他来？我倒替你捏两把汗。若不是我在跟前劝着，绑着鬼，是也有几下子打在身上。汉子家脸上有狗毛，不知好歹，只顾下死手的和他缠起来了。不见了金子，随他不见去，寻不寻不在你，又不在你屋里不见了，平白扯着脖子和他强怎么！你也丢了这口气儿罢！"（按：月娘明劝金莲不要惹恼西门庆，实为西门庆的男尊树威。为西门庆树威，就是为她作为西门庆正室树威。月娘的心机，不是一般人可以看透的。）

六年，正月十四。

月娘留宿干女儿（实为西门庆妓女相好）李桂姐，并叫众妾来听李桂姐、韩玉钏、董娇儿、吴银儿诸妓小唱。

六年，正月十五。

干女儿李桂姐回家，月娘留不住，便用一两银子打发。

因玳安没有处理好李桂姐与夏花儿的事，便骂玳安："恁贼，两头杀番（按：'绣像本'缺'杀番'），献勤欺主的奴才，嗔道头里使他叫媒人，他就说道：爹叫领出去，原来都是他弄鬼。如今又干办着送他去了……"（按：西门庆死后，月娘跟了玳安。玳安后称"小西门庆"，此一见玳安的主见，二见月娘对玳安的信任。）

六年，元宵夜。

月娘与众人从娘家回到西门府路上又被乔大娘子拦下小住一会儿回家，此时，雪是一地，直到四更才止。

六年，元宵夜次日。

月娘请在西门府门口的一乡里卜龟儿卦儿的老婆子，进西门府为其众妻妾算命。卜龟儿卦儿的老婆子算月娘戊辰年生属龙时三十岁。（按：月娘生日小考：如果按卜龟儿卦儿的老婆子算月娘为戊辰年生，那就是宋元祐三年即 1088 年。从元祐三年即 1088 年到宣和七年即 1125 年，月娘的年岁便应是 37 岁。这种年龄的岁差与西门庆的岁差一样。要么是胡诌，要么它本不是宋代而是明代）。月娘命好可活七十岁，命差无儿或有儿也是出家终老。

六年，三月初六清明。

西门庆出门五里外祭祖。月娘叫瓶儿及他人照理好西门之子官哥儿（按：这是大房的大度，也是大房的责任，同时也是大房的高兴事。官哥儿虽是瓶儿所生，但官哥儿得喊月娘为妈。男尊女卑，妻尊妾卑，虽然在明中后期，特别是在《金瓶梅》里也不是那般等级森严，但等级是存在的。）

六年，四月十七。

月娘摆茶与莲花庵薛姑子（按：又一佛家子弟进入，且有道行）吃。"月娘、要娇小玲珑儿、孟玉楼、潘金莲、李瓶儿、西门大姐都听他讲说话"。（按："绣像本"缺"月娘、要娇小玲珑儿、孟玉楼、潘金莲、李瓶儿、西门大姐"。可见"绣像本"不太重视细节，而细节是小说文本的重要元素。扬"绣"抑"词"的田晓菲、董玉堂等以为"词话本"比"绣像本"啰唆，事实上，"词话本"的许多啰唆是细节所需。）

六年，四月十七。

夜，月娘留宿薛姑子、王姑子。王姑子送药给月娘催胎。

六年，四月十九。

月娘按薛姑子讲说的佛法，演诵《金刚科仪》。照顾家事，玳安鞍前马后地在月娘身边处理琐事。

六年，四月二十二。

吴月娘听到金莲与玉楼说她的坏话："姐姐好没正经！自家又没得养，别人养的儿子……他自长成了，有自家的娘，哪个认你！"

六年，四月二十三。

壬子日。月娘依王姑子法，与西门庆房事，"他有胡僧的法术，我有姑子的仙丹，……畅美的睡了一夜"。

（按："词话本"此回即第五十三回的回目作"吴月娘承欢求子息　李瓶儿酬愿保儿童"，"绣像本"作"潘金莲惊散幽欢　吴月娘拜求子息"。第五十三回，是"词话本"与"绣像本"文本差异最大的几回之一，此外是第一回和第五十回。"词话本"此回先叙官哥儿怪哭、请巫婆刘婆为官哥儿却哭求神，继写潘金莲与陈经济通奸得手；先写月娘依王姑子法和丹药与西门庆房事求子，又写西门庆为官哥儿拜佛祈官哥儿平安。"词话本"本回主旨为，月娘求子承欢，为西门庆死后生遗腹子埋伏笔；瓶儿求神保官哥儿平安，为官哥儿早夭伏最重一笔。"绣像本"此回，先写金莲与经济通奸得手，续写月娘求子，再写瓶儿求神保佑官哥儿。"绣像本"的主旨是，陈经济与潘金莲通奸得手以及月娘得子息。"绣像本"比"词话本"不仅文字少许多，其情节也简单许多。可参看《〈金瓶梅〉词话本与绣像本的文本优莠》。）

六年，四月二十四。

月娘因听了金莲背地讲他爱官哥儿，便两日不到瓶儿房里看官哥儿。（按：足见月娘作为大房正室的威严。又按："绣像本"无此内容。）

六年，五月中旬。

西门庆出门一月（按：进京送蔡太师礼）回家的第一夜，就在月娘房里歇了。"两个是久旱逢甘雨，他乡遇故知。欢爱之情，俱不必说。"（按：西门庆出门一月回家的"初夜"与月娘共度，可见：一、妻妾的等级伦理，西门庆没有忘记；二、月娘在众妻妾中的性权利是第一位的；三、西门庆与月娘的性事并非妻妾伦理所决定而是有感情的；四、西门庆与妻妾的性叙事和性描写里，只月娘"最干净"，表明《金瓶梅》的性叙事与性描写的"净"与"淫"是有区别的。）

六年，秋初。

月娘喜欢正在长大的官哥儿："我的儿，恁的乖觉，长大来，定是聪明伶俐的。"

见西门庆进京回家高兴，月娘便半打趣半认真地对西门庆说："哥，你天大的造化，生下孩儿。你又发起善念。广结良缘，岂不是俺一家儿的福分！只是那善念头怕他不多，那恶念头怕他不尽。哥，你日后那没来回没正经养婆娘，没搭煞贪财好色的事体，少干几桩儿与好（按："绣像本"缺"与好"），却不攒下些阴功，与那小的（"绣像本"作"孩"）子也好！"

六年，六月三十。

月娘赶在八月十五庙会前印经。用瓶儿的银狮子兑的钱付银四十一两五钱。（按：大明朝，除很少崇道外大都崇佛《万历野获编》专节"释教盛衰"记，万历年间始建万寿宫，又"大开经厂，颁赐天下"。皇上提倡，民间响应。西门一家印经所费，可谓大方。）

六年，八月初。

官哥儿被金莲养的雪狮子抓伤了，连（按：一"连"字，显现大房对西门庆子嗣的看重，有子大于天，这是农耕社会和中国家庭宗族的绝对伦理）月娘慌得两步做一步，径扑到房中。见孩子搐得两只眼直往上吊，通不见黑眼睛珠儿，口中白沫流出，咿咿犹如小鸡叫，手足皆动。一见心中犹如刀割相侵。月娘又告诉西门庆金莲养的雪狮子抓伤官哥儿之事。

六年，重阳节。

西门府家宴。月娘要瓶儿吃了酒才走。

六年，九月初十。

月娘见瓶儿病加重，与瓶儿大哭一场。（按："秋水堂"

认为，月娘在《金瓶梅》里是一伪善者。官哥儿在时，月娘对瓶儿好，也许这说法成立，但官哥儿死后，月娘对瓶儿的同情不再有功利的东西，而是人与人之间的互怜互悯。一部专写黑暗的《金瓶梅》许多时候依然有人性的光亮，只不过如流星一眨或如沙微小罢了。）

六年，九月十五。

瓶儿悄悄向月娘哭泣道："娘到明日好生看养着，与他爹做个根蒂儿，休要似奴粗心，吃人暗算了。"月娘道："姐姐，我知道。"（按：后月娘虽生子，但却是遗腹子。世事难料、人生难卜。此时，瓶儿记得自己的命运与另一女人即金莲的恶行相关。但此时此地，此情此景，却是人的大悲痛和大悲凉的最真实、最感动的写照！）

六年，九月十六。

听见李瓶儿死了，与西门庆两步做一步奔到瓶儿前边，搵泪哭涕不止。

六年，九月十九。

瓶儿大殓。月娘留瓶儿生前好友吴银儿在西门府。

六年，十月十二。

瓶儿发丧出殡。吴月娘与李娇儿等本家轿子十余顶，一字儿紧跟。

六年，九月十七至十月二十。

瓶儿死及瓶儿丧期，主角是西门庆与瓶儿，几与西门府大房正室吴月娘无关。完全一打酱油的角色。

六年，十月二十一。

瓶儿"五七"翌日。月娘服侍累坏了的西门庆。叫丫头熬粥给西门庆吃。

六年，十月二十二。

月娘不愿意掺和金莲恨如意儿（按：即恨瓶儿）之事。

六年，十一月初五。

瓶儿"断七"。月娘骂薛姑子（按：薛姑子被金莲叫去）拿了她的经钱，怎不到西门府上来为月娘坐胎念经。（按："崇祯本"眉批："三公六婆处心设虑，大抵如是。"月娘本当防瓶儿，因为瓶儿有了西门庆的子嗣，但瓶儿的乖巧和不争，更由于瓶儿的子嗣说到底就是西门正室的子嗣，因此月娘不具有防备瓶儿的先决条件。但是金莲不同。金莲是一个对包括性权利在内的所有权利无所不争的人，这挑战了月娘的权威。岂有不警惕，岂有不防备，岂有不对付的？）

六年，十一月初十。

西门庆告诉王三官之事。月娘说："你乳老鸦笑话猪儿足，原来灯台不照自。你自道成器的？你也吃这井里水，无所不为，清洁了些甚么儿？还要禁人！"（按：俗话说，知夫莫如妻。月娘嫁鸡随鸡、嫁狗随狗。但西门庆在世时，月娘也算荣华富贵。不过，正是这一荣华富贵，与西门庆死后月娘的"艰难岁月"形成巨大的反差。这一反差的写法，启发了《红楼梦》的"飞鸟各投林"。另，田晓菲说月娘伪善，尽管不无道理，但却非至理。月娘在西门府上，有她独立人格和精神，以及她洞察世事的本领。）

六年，十一月中旬和下旬。

西门庆进东京谢恩走动期间，吴月娘在家，见家中妇女多，恐惹是非，吩咐平安无事关好大门，后边仪门夜夜上锁。姊妹各自在房做针指。若经济要往后楼上寻衣裳，月娘必使春鸿或来安儿跟出跟入。常时查门户，凡事都严紧了。

六年，十一月二十四。

西门庆回家告诉月娘进京活动之事后，月娘道："不是我说，你做事有些三慌子火燎腿样，有不的些事儿，告这个说一场，告那个说一场，恰似逞强卖富的。正是有心算无心，不备怎提备？人家悄悄干的事儿停停妥妥，你还不知道哩！"（按：月娘为西门庆，当然也是为了自己在西门府正室的地位。不过，一部《金瓶梅》里，唯有月娘可以这般劝诫西门庆。真是难得一事。贬月娘的论者，认为这是月娘的伪善，殊不知，月娘的这种处事态度、方式和认知观，还有一种教化的意义。可参见《〈金瓶梅〉词话本与绣像本的优莠——兼说"教化"在古典文学里的意义》。）

六年，十一月二十七。

月娘铺着火盆摆酒与众妻妾吃酒。酒会上，月娘请李铭与两个小优唱堂会。（按："词话本"录小优一套"忆吹箫"共十首，"绣像本"未录。扬"绣"抑"词"的认为，"绣像本"经文人删改后，去掉了"词话本"啰唆的毛病。殊不知，像第七十三回"词话本""绣像本"回目第一句都作"潘金莲不愤忆吹箫"，"词话本"把"忆吹箫"全套录入，而"绣像本"则一首不录。这样便使金莲的愤恨之情难以表达，至少没有映衬物。据统计，"词话本"收录散套27套，其中较全的有14套。有出处的小令有126支。这种状况，充分表明了《金瓶梅》作者的文学素养。也就是说，并非一些论家所说，"绣像本"是文人改制后版本，"词话本"多少带有说书人的意味。近现代文学史大家赵景深有专门论述《金瓶梅》词曲的文章《〈金瓶梅词话〉与曲子》。刘辉在论及《金瓶梅》的"说散本"时指出了"绣像本"在"词话本"上刊落和改写的情况统计。赵、刘两文都说明了"词话本"的原创性和文学性都优于"绣像本"。）因小优唱词忆起瓶儿，（按：优伶普及，当时明代之事。《万历野获编》"园陵设教坊"说"嘉靖二十七年，赠设伶官左右司乐"。可见，优伶在明的中晚期是一个相当不错的职业，也是如西门庆这般土豪人家的门牌招贴。）月娘说："好六姐，常言道：好人不长寿，祸害一千年……"就这又跟金莲辩上了：月娘说看西门庆打不打你。金莲说"你问他敢打我不敢"。月娘说"他不打你嫌腥"（按："绣像本"无此句。这一句直指月娘对金莲的鄙视，虽然是以玩笑的方式展开的。月娘对瓶儿好，但却对金莲一直防着。事实上，在争夺性权利上，瓶儿并不是月娘的对手，最强对手是金莲。在这一点上，月娘比金莲更清醒。）

六年，十一月二十八。

薛姑子来西门府为月娘安胎宣讲《黄氏女卷》。（按：《黄氏女卷》，"梅本"不注，《金瓶梅鉴赏词典》释：《黄氏女卷》又名《佛说黄氏女看经宝卷》等，为佛经说唱之一种。从《金瓶梅》此回具体录的说唱文本，其实就是后来在敦煌石窟里发现的"变文"。王国维、郑振铎等认为"变文"在宋便失传，如果从《金瓶梅》这一回所录示的《黄氏女卷》的文本看，直到明代，或许民间依然有这种类似唐代变文的说唱形式和说唱文本。）薛姑子念毕已是翌日二更时分，（按："词话本"录有经近3000字，"绣像本"仅150字。"绣像本"简是简了，但却没有为他的读者提供更广阔的阅读背景和文学、宗教的一些知识。此处，"绣像本"的简，简却丢了些珍珠。）经念毕，月娘干女李桂姐又唱了几小曲。（按："词话本"录小曲四首，"绣像本"不录。）

六年，十一月二十九。

吴月娘戴着白绉纱金梁冠儿，上穿着沉香遍地金妆花补子袄儿，纱绿遍地金裙。与西门庆诸妾径往应伯爵家吃满月酒去了。晚上一干妻妾回家。听人说春梅在家怒骂申二姐，月娘便说"恁不合理的行货子，生生把丫头惯的恁没大没小头上脸的"。（按："绣像本"无"头上脸"三字。）

六年，十一月二十九。

吴月娘早晨起来，月娘给三位姑子每人一盒茶食，五钱银子。为了胎事顺利，又许薛姑子正月里庵里打斋一两银子，请香烛纸马。到腊月还送香油、白面、细米素食与他斋僧供佛。（按：月娘为自家肚里胎儿做足了功夫，哪像瓶儿胎事那般草草。这是妻妾的等级所决定。《金瓶梅》里凡所涉及对那个社会的嘲讽和批判，除了用诗词契入外，其爱与憎、喜与怒、好与恶大都隐匿在字里行间。这种非凡的写实功力，在古典小说里属神品。）

月娘在自家房里说了几句关于春梅和金莲的事。金莲路过时偷听到了，便到月娘房里讨说法。月娘与金莲互骂揭短，金莲与月娘爆发了西门府里正室与妾最严重的一场纷争。最后以月娘的全胜了结了这场战事。（按：《金瓶梅》第一次写到月娘温良恭俭让的另一面：依然是一个不依不让的角色。在西门府，正室在其伦理上占有优势，但这优势并不代表一切。金莲、瓶儿等都曾通过性技巧和通过温顺或强力姿态征服过西门庆。这是《金瓶梅》里家庭叙事和性事叙事里的一个重要参数。也是其他类似的小说不曾有的。可参考《潘金莲年表·六年十二月初一至初二》和《西门庆年表·六年十二月初二》。）

六年，十一月三十。

西门庆请任医官为月娘看病。月娘"得理不饶人"。看病后，李娇儿、孟玉楼等众人来看月娘。月娘说："……他怎么和我大嚷大闹？……常言道：一鸡死，一鸡鸣，新来鸡儿打鸣忒好听。我死了，把他立起来，也不乱，也不嚷，才拔了萝卜地皮宽。"这是骂金莲的："……一个汉子的心，如同没笼头的马一般，他要喜欢那一个，只喜欢那个。谁敢拦他拦，他又说是浪了。"这是嗔西门庆的。（按：月娘这时显露出她作为正室且又有子嗣的王道角色。事实上，除金莲外，无人敢挑战月娘的。金莲挑战了月娘，在西门庆死后立马被月娘撵出了西门府。金莲挑战在于"感性"，月娘接招在于"理性"。）

六年，腊月初一。

月娘虽不情愿，但有西门庆的坚持，还是同意了给金莲管理账目。"该那个管，你交与那个就是了。来问我怎的，谁肯让的谁？"西门府的账房先生从玉楼手里转让到了金莲手里。

六年，腊月初五。

在开除温秀才时，月娘坚定地站在西门庆一方。

六年，腊月二十七。

吴月娘与庵里薛姑子打斋，送香油、米面、银钱到庵里。

七年，正月元日。

众妇人早起，施朱傅粉，插花插翠，锦裙绣袄，罗袜弓鞋，妆点妖娆，都来月娘房里行礼。（按："行礼"一词前，"词话本"多一"厮见"）全天与回家的西门庆喝酒玩戏。

七年，正月初六。

何千户娘子蓝氏请月娘及众姊妹到何家相会吃酒。

七年，正月初七。

月娘说："我明日不往云家去罢，怀着个临月身子，只管往人家撞来撞去的，交人家唇齿。"（按:《金瓶梅》此处交代月娘"临月身子"是给紧接着的月娘生遗腹子孝哥儿作伏笔。再就是，女人临月身子不便出现在大众面前。此种态度，其实是女人的一种礼仪或禁忌。《金瓶梅》中写了众多没有禁忌没有礼仪的女性，但在吴月娘身上却写了这样一种态度。也就是，哪怕在一个"礼崩乐坏"的明代中晚期，某些礼仪和禁忌，依然有着它的拘束力。性的解放和几天的自由，在吴月娘这里依然是有边界的。或者说在《金瓶梅》这一文本，有些东西是有边界的。）

七年，正月初十。

叫西门庆请玉楼大姨、月娘大姐一起与潘姥姥于十二日看灯。

七年，正月十五。

月娘天明告诉西门庆梦境：看见林太太穿大红绒袍儿，看见了李瓶儿寻出一件大红绒袍儿，穿在她身上，却被潘金莲匹手夺了。西门庆安慰道："不打紧，我到明日替你寻一件穿就是了。"见西门庆没有精神，劝西门庆吃药，打起精神出门好看灯。

七年，正月中旬。

月娘见西门庆病重，便追问金莲又追问玳安，方才知道西门庆的病根。见任医官和胡太医的药都不顶用，又请吴神仙为西门庆测字。测的字却是有凶无吉。

七年，正月二十。

西门庆临终时交代月娘，一要养好自己娃娃，二要好好把家团住不要散了，三要待好金莲。听此话月娘放声大哭、悲恸不止。（按：田晓菲认为月娘伪善，但从月娘几次不信秋菊告金莲的状和此时的大哭，田氏理论并非至理。）月娘与西门庆告别用的是《驻马听》的唱词。（按：以唱词来了结西门庆与月娘夫妻一场的恩情，真的喜剧到了家。《金瓶梅》的反讽、揶揄，在许多地方都可以看到，但像这种明目张胆的戏剧化反讽则是全书的唯一一次。"绣像本"却没有这一情节，也就是没有这两段唱词。"绣像本"简洁倒是简洁了，但文本的趣味却寡淡了许多。另外，《金瓶梅》的产生，一开始也许就是与明代的其他大部分小说类似，即它以说唱的形式开始的，至少即便是完全的文人创作，它采用了民间话本的艺术方式，让其文人的创作更接地气。比较"绣像本"与"词话本"，可以看到"词话本"更接地气。同样，如果比较《金瓶梅》与《红楼梦》两书中的诗赋，可以看到，《金瓶梅》比《红楼梦》更接近社会、生活和人性的原初性。）

七年，正月二十一。

原来西门庆一倒头，棺材尚未曾预备。慌得吴月娘叫了吴二舅与贲四到跟前，开了箱子拿出四锭元宝，教他两个看材板去。刚才打发去了，不防忽一阵就害肚里疼，急扑进去床上倒下，就昏晕不省人事，不一会儿生下一个孩儿来。

七年，正月二十四。

给墓生子取名"孝哥儿"。（按：如《金瓶梅》借西门府邻居的话，"西门庆大官人正头娘子生了一个墓生儿子，就与老子同日同时，一头断气，一头生儿，世间有这等蹊跷古怪事。"）定西门庆丧事"四七"出殡。（按：与瓶儿"五七"出殡其丧制低一档次。一、表明《金瓶梅》对西门庆的厌恶，二、表明女性主义的某种特征。并预示西门庆一死使西门家陷入没落。这一情节给《红楼梦》"飞鸟各投林"的叙事很大的启示。）

七年，正月二十八。

西门庆"首七"，王六儿来吊孝西门庆。月娘便喝骂道："怪贼奴才，不与我走，还来甚么韩大婶、屎大婶，贼狗攮的养汉淫妇，把人家弄的家败人亡，父南子北，夫逃妻散的，还来上甚么屎纸！"（按：田晓菲是扬潘抑吴的论者，可参《金（莲）、瓶（儿）、（春）梅脏话举证》）与西门庆有染的李桂姐、吴银儿（按：吴银儿还是月娘的干女儿）等来吊孝，月娘看作上宾，唯王六儿恨得咬牙切齿。

七年，二月初三。

西门庆"二七"，月娘吩咐把李瓶儿灵床一把火烧了。又将奶子如意儿和瓶儿侍女迎春收在后边答应，把瓶儿另一侍女绣春（按：如意儿、迎春、绣春等三女都为西门庆所收）与了李娇儿房内使唤。将李瓶儿那边房门，一把锁锁了（按：月娘一改西门庆在时的温良恭俭让，突然发威、发狠甚至发恶地成了西门府的主人。以此为界，月娘的性格发生了裂变。此裂变并非张竹坡将月娘视为恶人那样对月娘的断言。对此，《秋水堂论〈金瓶梅〉》算一公论，田晓菲对月娘的憎恶虽远大于瓶儿，但也有所保留。说月娘只是一个贪财自私、俗笨粗鲁的女人。在《金瓶梅》一干女性中，兰陵笑笑生和"崇祯本"眉批夹批，好恶的排序大概应是：金莲、瓶儿、春梅、月娘、惠莲、吴银儿、郑爱月儿、李桂姐、王六儿、林太太。像李娇儿、孙雪娥、如意儿、贲四嫂等似乎上不了台面的女性，也并非一棒子打死的写法。这也可见《金瓶梅》在一个男权社会里如此写女性，当有多大的反叛精神。）

七年，二月初九至二十。

月娘念了"三七经"。"四七经"就没有再念了（按：可见西门庆的妻妾对西门庆的态度）。二十日发引时，月娘坐魂轿，后伴夫守灵。

七年，二月二十六。

西门庆"五七"，月娘打发了李娇儿回丽春院。（按：李娇儿为西门庆二房，出身妓院丽春院。西门庆一死，哪里来便哪里去，应了佛教的因缘。也为很快到来的西门府败落散尽作伏笔。)

七年，三月初九。

西门庆"断七"。吴月娘带孝哥儿，同孟玉楼、潘金莲、西门大姐（按：西门大姐作为西门庆头生胞女，在一部《金瓶梅》里就是多余人物，如田晓菲所说，西门庆父女俩几乎没有过一次认真的对话。但因为西门大姐，引出《金瓶梅》社会叙事里的第一件大事，即女婿陈经济之父的官场大案：才有了陈经济如招赘般地走进西门府里，于是才有了陈经济与西门府的一切故事，也才有了西门庆死后，因陈经济与潘金莲、庞春梅等人的故事。西门庆死，《金瓶梅》本应当结束，但因为吴月娘和陈经济这一楔子，《金瓶梅》继续着它的社会叙事、家庭叙事和性事叙事）、奶子如意儿、女婿陈经济，往坟上与西门庆烧纸。

丝绵铺关了、缎铺关了，房子也卖了，只剩门首解当、生药铺（按：此是西门庆发迹的生意场，没有关，还算得上坏人陈经济的一点点心意）经济等还开着。（按：包括韩道国拐财、应伯爵等义兄弟的视如陌人等所做出不义之举，"鸟兽散"竟来得这般的快！须知，西门庆刚"断七"。）这一切月娘通通不知道。（按：即便月娘是一家之主，但西门庆的遗嘱是托陈经济经营西门家业。可见男权社会里，再强势的女性也是弱势。这是《金瓶梅》作为一部毫不留情面地披露揭橥那个时代黑暗以及人性黑暗，无法替代的传世巨著的灼见。很快，金莲被逐与死、春梅外放与死、西门大姐被欺与吊死、孙雪娥被卖入妓院等一系列女性的悲惨大戏，便将拉开大幕。)

七年，六月初一。

金莲母病死，月娘买一张插桌与三牲、冥纸，教金莲坐轿子往门外探丧祭祀。但潘姥姥出殡时，月娘却不让金莲去，理由是西门庆"热孝在身"。(按：月娘凭借正室和有西门庆的子嗣，不再低头于金莲。此事是否是对金莲原来的霸道的报复，只有月娘和金莲两个人心里明白。女人的斗法，性和子嗣，显然是最重要的。金莲之前仗着性，月娘现在仗着子嗣，还有家庭道统的等级。)

七年，七月十五。

月娘坐轿子往地藏庵薛姑子那里，替西门庆烧盂兰会箱库去。

七年，八月中秋。

听了小玉的话，月娘轻移莲步，到金莲房捉奸，蓦然来到前边金莲房门首。金莲得春梅报知，连忙把经济藏在床身子里。捉奸不成，便定规矩，不让金莲与经济接触。

七年，九月中旬。

秋菊向月娘再次告发金莲、经济、春梅偷情之事。月娘不信，骂道："贼葬弄主子的奴才！前日平空走来，轻事重报。"(按：月娘不是不信，月娘是怕家丑外扬而已。正如月娘所说"不知道的，只说西门庆平日要的人强多了，人死了多少时儿，老婆们一个个都弄的七颠八倒"。西门庆在时，月娘装傻，西门庆死后，月娘本不应装傻，但遇这种有伤门风的事，月娘宁可吞进一枚苍蝇也在所不惜。可说此为月娘的虚荣，但难言是月娘的伪善。事实上，月娘想要维护的西门这个大家庭，一个充斥财色争夺、充斥着阴谋、充斥着幽暗的家庭，不可避免地很快就要解体了。无人可以挽回。）

七年，九月十五。
去泰山为西门庆（按：西门庆的叙事继续）还愿，出门时交代家中规矩。

七年，九月中旬至下旬。
十六日出门，已是深秋。月娘在大哥陪伴下，一日两程，约六七十里地。
到了泰山住进碧霞宫。道士石伯才"极是个贪财好色之辈，趋时揽事之徒"。（按：《金瓶梅》对佛道两教伽蓝庙观与和尚道士的虚伪和糜烂极尽讽刺。而且郑重告诫世人"但凡人家好儿好女，切记休要送与寺观中出家"。此类劝世文连同附属的一首七言诗，"绣像本"一律没有。显然，"绣像本"刻意地抹去这层社会意义的文本修辞。就传统小说来讲，有教化比无教化更容易为上下阶层所接受。当然，过多地渗入教化修辞，势必会消减作品直指人性幽微、人性黑暗和社会黑暗的力度。）石伯才把泰州知州高廉的妻弟殷天锡殷太岁引给月娘。月娘不从，高声大喊："清平世界，拦烧香妇女在此做甚？"月娘、月娘大哥，男侍来安、玳安"把道士门窗户壁都打碎了"，坐上轿子赶快下山了。（按："崇祯本"眉批"一妇人、一老子，半夜在泰山顶上逃难，危甚，险甚。此是烧香下场头"。"崇祯本眉批夹批"，依侯忠义、伍汝梅所说，到现在已无法确认为何人所批。但从所批旨义和趣味看，是最近《金瓶梅》文本旨义和趣味的。仅此条所批，对其佛、道于中土到明朝中晚期时的萎靡和腐败，所持态度与《金瓶梅》对佛、道的讽刺、揭露和批判是一脉相承的。"崇祯本眉批夹批"与《金瓶梅》文本本身是否是两者为一体的不同表达，这与"脂砚斋重评石头记"与《红楼梦》文本的关系，何其相似乃尔。或者说，"脂砚斋重评石头记"与《红楼梦》文本的关系，就有可能是"崇祯本眉批夹批"与《金瓶梅》的关系，抑或至少受到这一关系的启发。）

十七日，月娘逃走，路遇岱岳东峰雪洞禅师普静，普静要度化月娘亲子孝哥儿，月娘以孝哥不到一周岁婉辞。普静说十五年后才向月娘要。（按：月娘信佛，坐胎、安胎期间请佛又请道，印经诵经，不亦乐乎。《金瓶梅》一书多有讽刺、揭露佛、道男盗女娼之事，但在月娘信佛且日后终得善缘，即自己再婚，孝哥在永富寺出家一事却写得津津有味。也可见《金瓶梅》一书的价值取向，那就是教化在整部书里的时隐时显。）

十八日。月娘落入宋江占据的清风山。宋江不允王英要娶月娘之意，见月娘"头戴孝髻，身穿缟素衣服，举止端庄，仪容秀丽"（按：这是一部《金瓶梅》里写女性最"正派"的一次，《金瓶梅》写女性服饰，无所不尽其用，可参见《一部〈金瓶梅〉，写尽中国古代服饰》），便放了月娘。（按："词话本"

此回即第八十四回的回目作"吴月娘大闹碧霞宫　宋公明义释清风寨","绣像本"作"吴月娘大闹碧霞宫　曾静师化缘雪涧洞"。"绣像本"到月娘雪涧洞遇缘就结束了，没有宋公明与月娘一段故事。此事蹊跷。日本金学版本学者鸟居久晴《〈金瓶梅〉版本考》长文里未论及此事，中国大陆金学学者朱星在《〈金瓶梅〉的版本问题》一文里也未论及此事。田晓菲《秋水堂论〈金瓶梅〉》说这一段故事与"后文情节发展毫无瓜葛"，田还指出，"绣像本"到月娘化缘雪涧洞，因"隐藏了小说的大结局"，恰到好处，是"词话本"不能比的。田晓菲、朱星等扬"绣"抑"词"派认为，"词话本"不如"绣像本"的一个主要原因就是，"词话本"的行文不简洁。就"吴月娘大闹碧霞宫　宋公明义释清风寨"一回看，"词话本"比"绣像本"多一段"宋公明义释清风寨"故事，这段故事，并非如田晓菲所说"毫无瓜葛"。因为这段里写宋江使唤李黑旋杀了的殷天锡，正是在碧霞宫要强奸月娘的殷天锡。没有这一段，就没有月娘黑夜逃路，也没有月娘雪涧洞遇缘。再就是，"词话本"以《水浒传》武大、武二与潘金莲的故事开始，因此，"词话本"中插入《水浒传》的元素再合理不过，倒是"绣像本"一开始便避开了《水浒传》的元素，以"西门庆义结十弟兄"开始《金瓶梅》的故事和人物，因此，《水浒传》的元素便可有可无。事实上，西门庆与潘金莲这一对由《水浒传》提供的主要元素怎么可以说没有就没有了呢？何况，无论是"词话本"还是"绣像本"，其话本样式、格局和叙事，都是《金瓶梅》的作品特质。）

七年，十月初。

月娘经"风霜跋涉、着了辛苦、吃了惊怕"半月之后，从泰安返家。在秋菊三番五次告发金莲与经济偷情后，终于发现和认定金莲与经济的私情。月娘对金莲说："六姐，今后再休这般没廉耻！你我如今是寡妇，比不得有汉子，香喷喷在家里。瓶儿罐儿有耳朵，有要没紧和这小厮缠甚么！教奴才们背地排说的磣死了！常言道，男儿没性，寸铁无钢；女人无性，烂如麻糖。其身正，不令而行；其身不正，虽令不行。你若长俊正条，肯教奴才排说？他在我跟前说了几遍，我不信；今日亲眼看见，说不的了。我今日说过，你要自家立志，替汉子争气。像我进香去，被强人逼勒，若是不正气的，也来不到家了。"（按：月娘此处义正词严，完全一副当家人的气派。此不仅转喻为家庭伦理的恢复和光大，也显现出月娘内心的某种阴暗。实则，这段话为月娘撵走金莲埋伏笔，也为爽快地卖春梅做准备。）

七年，十月上旬。

月娘对媒婆薛嫂说："那咱原是你手里十六两银子买的，你如今拿十六两银子来就是了。"（按：春梅本是月娘房里的丫头，后因西门庆娶了潘金莲后给了金莲当陪房丫头。因忌恨金莲，"爱屋及乌"把春梅也连带上了，春梅以十六两买进又以原价卖出。看似公平，实为月娘无情和狠心。）

七年，十月中旬。

月娘听说经济到薛嫂处与春梅勾搭，立即威胁道："你领了奴才去，今日推明日，明日推后日，只顾不上紧替我打发，好窝藏着养汉，挣钱儿与你家使。若是你不打发，把丫头还与我领了来，我另教冯妈妈子卖，你再休上我门来。"后两人商量把春梅卖与周守备。卖时，"周守备见了春梅生的模样儿，……满心欢喜"，就出了五十两一锭元宝来。薛嫂儿凿下十三两银子，交与月娘（按：西门庆本留与月娘一大笔钱，虽说被应伯爵等人骗，陈经济等人挥霍许多，做大户人家的娘子的钱还是足足有余的。为卖春梅与媒婆沆瀣一气赚钱，月娘贪财嘴脸一览无余。加上薛嫂后给的一两五钱，月娘在卖春梅时尽赚了十四两五钱银子！）

七年，十一月二十八。

孟玉楼生日第二天。有伙计把头天经济骂月娘的话具诉了一遍。然后在孙雪娥的唆使下，痛打了陈经济。接着叫来王婆，对王婆说："今来是是非人，去是是非者。一客不烦二主，还起动你领他出去，或聘嫁，或打发，叫他吃自在饭去罢。我男子汉已是没了，招揽不过这些人来。说不的当初死鬼为他丢了许多钱底那话了，就打他怎个银人儿也有。如今随你聘嫁，多少儿交得来，我替他爹念个经儿，也是一场勾当。"（按：月娘此话三义，字字狠话、句句戳心。一、你王婆介绍来祸害西门府的人，由你王婆自行领走处理后事；二、说西门庆与金莲骚事花钱太多，金莲自当认账滚出西门府；三、卖金莲赚的钱，她月娘要平分。）如此打发了金莲又以五两银子卖了秋菊。（按：如果不是秋菊反复告发金莲与经济偷情之事，月娘没有正当理打发金莲出西门府。待打发金莲之后，月娘却立马要卖秋菊，可见月娘心不善。后写月娘七十善终而亡，真是讽刺到了家！）

七年，十二月。

月娘与清河县同知范氏结成儿女亲家。（按：孝哥儿后在普静寺度化，圆了月娘向佛的因缘，却为《金瓶梅》一部旷世写实小说蒙上了一层魔幻现实主义的色彩。）

八年，二月初旬。

时，天气融和，吴月娘与孟玉楼、孙雪娥、西门大姐、小玉等，在大门站立，观看来往车马。见一行脚夫僧，月娘叫小玉从家中拿"一顶僧帽，一双僧鞋，一吊铜钱，一斗白米"布施。（按：一部《金瓶梅》有众多的关于佛道，尤其是佛教的情节和故事。除月娘外，其他诸人似乎都不太虔诚，而且所许之诺大都未应，而且讽刺、挖苦、披露佛道的虚伪甚至黑暗的桥段不少。但写月娘信佛一事，却正正经经。而且一部大书结束时，月娘竟成因缘：儿子孝哥剃度、自己长寿。不过，就在这一布施时，故事却逆转。）见小玉有些轻佻时，月娘立马大发雷霆："怪堕业的小臭肉儿，一个僧家，是佛家弟子，你有要没紧，怎谤他怎的？不当家化化的，你这小淫妇儿，到明日不知堕多少罪业！"然后写了一段月娘与小玉的对话。（按：对话写得极有风致。一见月娘信佛的尊严，二见小玉情窦初开。最要紧的是，月娘骂小玉轻佻，却是月娘的春心一闪。月娘说小玉"他一个佛家之子，你也消受不的他这个问讯"，小玉回的一句"他是佛爷儿子，谁是佛爷女儿?"月娘此时便答非所问了:"想这比丘尼姑僧,是佛的女儿。"好一个"佛的女儿"。"崇祯本"眉批"戏谑得有韵有趣,可作《世说》补"。此批虽指小玉,实指月娘也!月娘看似信佛却是春心一闪,此段真可入《世说》补!)

八年,二月初旬。

薛姑子来西门府。告诉月娘三事:一、西门庆亲家陈经济之父已死;二、春梅买棺葬了金莲;三、春梅在周守备家为周守备每日供着,事事由她且家产管理全由春梅一人。听此,"月娘、雪娥都不言了"。(按:无言处《金瓶梅》却写道:"你只说我心中不好,改日望亲家去罢。"好一个"改日望亲家去罢"。"崇祯本"眉批"月娘为德不卒,到此未免有惭色"。岂止"惭色"?月娘不甘心不服气。遥想当初,卖春梅、撺金莲,月娘何有一丝温情。此处,与金莲这个性权利的胜利者霸王花,月娘争时也处下风,但同样在西门庆那里得到好处并由此成长起来的春梅,月娘何时放在眼里?金莲已死,阴魂不散。现在却又来了一个在周守备家里吃香的,喝辣的,快要产子,快要扶正的庞春梅。月娘一句"改日望亲家去罢",何等的不甘心,却又何等的酸楚和悔恨。《金瓶梅》虽对月娘信佛处家多有异议,但没有张竹坡那样对月娘的憎恨。此也可见《金瓶梅》的悲悯。)

八年,二月上旬。

薛嫂把经济骂月娘一事说给了月娘听,月娘气得发昏:"恁个没天理的短命囚根子!当初你家为了官事,搬来丈人家居住，养活了这几年，今日反恩将仇报起来了……"对着大姐说："孩儿，你是眼见的，丈人、丈母那些儿亏了他来？你活是他家人，死是他家鬼，我家里也难以留你……"（按："崇祯本"眉批"养活女婿几年，便以为恩。收女婿许多东西便不提。这烧香好佛人大都如此"。此批，深得《金瓶梅》对世事对人心的洞悉。经济绝非善类，但当初西门大姐嫁陈洪之子西门家也算攀了一门好亲，亲家是八十万禁军杨提督亲家陈洪。陈洪因杨被参劾连带落难时，经济携西门大姐和陈家的"箱笼家活"即一大笔财产而入赘西门府，毕竟对西门府不是敌人。月娘先是埋汰他人的不对，接着却让已出虎口的西门大姐再入虎口。叫西门大姐回经济处，从伦理上讲看似无可挑剔，实则推包袱。西门大姐一不是自家亲生，二是西门庆已死，西门府由她月娘管事，三是从此不再与惹是生非的经济扯上关系，四因经济与金莲有染，所以忌恨经济。人心之暗，都在冠冕堂皇的说辞中。《金瓶梅》不动声色的叙述，让读者读之胆寒。但张竹坡此回所批月娘"贪癖、刻癖、阴毒、无耻之癖"，恐缺悲悯。）

八年，三月清明节。

月娘携家人到五里原西门庆新坟上坟。见一庵院落盖得十分齐整，便入寺歇息（按：《金瓶梅》又一次写道"那和尚光溜溜一双贼眼，单睃直趁施主娇娘；这秃厮美甘甘满口甜言，专说诱丧家少妇"。可见《金瓶梅》对当时佛道糜烂状况的憎恨。另，此段韵语，"绣像本"不载）。巧遇春梅。月娘见春梅穿着打扮不凡，又见春梅小夫人气派，月娘不肯出来便托说:"长老不见罢。天色晚了,俺们告辞去了。"(按:"崇祯本"眉批"月娘为狠,轻薄春梅,为申二姐骂春梅,临卖又为与一件衣脬,今日无颜见春梅"。春梅本是月娘侍女,金莲来西门府时,给了金莲。月娘因妒忌金莲,一并便恨了春梅。今见春梅风光无限,不说见了,恨不得钻土罢了。真是应了"早知今日,何必当初"之俗语。万事万物,真如佛家因果?佛家因果西来的演化和中国化,也成就了它的教化功能。月娘与春梅见面时自称"奴"的场景,不经意处,《金瓶梅》便把这一"教化"付诸这一想笑但不能笑的叙事里。这样的桥段,真是妙极了。)月娘先为春梅不计前嫌把自家簪儿插在孝哥儿帽儿上欢喜得不得了,后听春梅进香烧纸的对象是金莲,立马"就不言语了"。(按:前景月娘之善,后景月娘之恶。)

八年,清明节后。

月娘从永福寺回家途中,知县相公儿子李衙内,年约三十余岁,"一生风流博浪,懒习诗书,专好鹰犬走马,打球蹴踘,常在三瓦两巷中走,人称他为'李棍子'"(按:又是一个西门庆),看上了孟玉楼。(按:西门庆死、悍妾金莲被月娘所撵,紧接被武二残杀死亡,妾李娇儿重入青楼,春梅被月娘所卖,西门大姐被经济虐待,现在轮到西门庆另两个妾孟玉楼和孙雪娥了。"鸟兽散"的大结局已经展开。《金瓶梅》在披露社会之暗,丁点情面都不留的。虽然这一切在《金瓶梅》中都看似淡然。正是这一淡然场景和现场看,真的让读者惊悚。)

月娘回家见孝哥儿口中出冷气,就大骂如意儿。(按:凡与西门庆有染的,西门庆在时,月娘睁只眼闭只眼;西门庆死后，月娘便睚眦必报。金莲死了，春梅卖了，现在轮到西门庆外宠如意儿了。）

被西门庆撵出西门府的来旺来看月娘（按：实看玉楼），月娘说"几时不见你，就不来走走"。（按："崇祯本"眉批"月娘一味以诚待人，虽不失好人，然祸乱绑此好人酿成也，世亦何有此好人哉"。从此眉批观，与前眉批对月娘憎恶，其旨义有些相悖。可见，或许"崇祯本"的眉批夹批，并非一人所为。）

八年，三月中旬。

月娘看孝哥儿出花，心中不快，睡得早。雪娥与西门庆在时就有奸情的来旺乘机逃出西门府（按：雪娥、来旺私奔，是西门庆的报应。却从另一面可以看出，女性的自由和解放，即便那个"礼崩乐坏"的时代，好像也端不到桌面上的。《金瓶梅》如实地显现了那一时代的特质。而且，雪娥、来旺被官府抓被卖与春梅，更是把社会之暗凸显于后世。）

八年，四月上旬。

月娘怕经济以收他家许多金银箱笼细软一事状告官府，便依了经济收使女元霄儿。

八年，四月十五。

月娘送西门庆妾孟玉楼出嫁李衙内。孟玉楼出嫁时，街头巷尾："此是西门庆家第三个（按："绣像本"无"第三个"）小老婆，如今也嫁人了。当初这厮在日，专一违天害理，贪财好色，奸骗人家妻女。今日死了，老婆带的东西，嫁人的嫁人，拐带的拐带，养汉的养汉，做贼的做贼，都野鸡毛儿零撂了。常言三十年远报，而今眼下就报了。"（按：《金瓶梅》除了判词、楔子诗词外，很少在故事的叙事中议论，在孟玉楼以西门庆未亡的媚妇身份明媒正娶地嫁人时，《金瓶梅》来了这么一段议论。这无疑是《金瓶梅》一书的一个关节。一个果报故事的关节。）玉楼出嫁第二天，月娘这边送完茶饭。（按：月娘昔日的威风没有了、昔日的面子也没有了。月娘这谦恭的举动为鸟兽散作了最好的注脚。孟玉楼在《金瓶梅》里并不是一个重要角色，却在她离开西门府时寻找到了当初嫁西门庆想得到的生活："女貌郎才"且"每日燕尔新婚"，如鱼似水"正合着油瓶盖上"。后被经济敲诈，经济反被玉楼将计就计当作贼捉了送官。再后来又反转，玉楼被打了三十大板撵出李通判之家任由改嫁，最后与李衙内远走故乡读书去了。至此，除了稍后的孙雪娥，西门庆的众妾都有了去处："嫁人的嫁人，拐带的拐带，养汉的养汉，做贼的做贼"，再加上一句，"作死的惨死（按：潘金莲）"。只剩下正室吴月娘。孟玉楼的结局，与潘金莲、庞春梅、李娇儿、孙雪娥比似乎都要好的。玉楼这有些喜剧样式的结局，足见《金瓶梅》对那个黑暗的社会和黑暗的人心的深刻把握和深切的悲怆。）

八年，四月下旬。

月娘听说大姐自杀吊死，经济娶娼的（按："绣像本"作"唱的"，"词话本"有时也作"唱的"。看来，《金瓶梅》的文字错讹，无论是"词话本"还是"绣像本"，都是一个问题。

即便如戴鸿森这样精到的校点和王汝梅的汇校本，依然还有些不尽如人意处）在家，便将经济拿住，揪来乱打。并一纸告到了官府。但经济用一百两银子换成轻罪。（按：此贪赃枉法，照应西门庆买通清官陈文昭之事，照应西门庆第一桩断案就枉法放走韩二捣鬼之事，照应西门庆枉法受赃放走苗青一事等。贪赃枉法在《金瓶梅》里比比皆是。这是《金瓶梅》社会叙事的重要内容和重要章节。第四十七回"王六儿说事贪财　西门庆受赃枉法"浓墨重彩地写了那个社会的贪赃枉法的全过程。到了一部大书快要结束时，《金瓶梅》依然没有忘记对这种社会恶瘤持之以恒地披露。）月娘只得作罢。

八年，八月十五。

又到月娘生日。促如意与来兴婚配；促小玉与玳安婚配。

八年，八月中下旬。

促小玉与玳安婚配（按：如《金瓶梅》口头禅："合当有事"），大玳安两岁的平安未能得到月娘重视，便偷家计倒卖。正遇吴恩典（按：《金瓶梅》人名谐音，决定了人名后面的人的品质。吴恩典者，恩将仇报也）巡检当事。苦打平安成招诬月娘与玳安有奸。吴恩典便以此陷害（按：昔日西门庆陷害他人，在月娘处果报，非天理也非地理，却为人之恶理）月娘。"月娘忧上加忧，眉头不展。使小厮请吴大舅来商议，教他寻人情对吴恩典说，掩下这桩事罢。吴大舅说：'只怕他不受人情，要些贿赂打点他。'月娘道：'他当初这官，还是咱家照顾他的，还借咱家一百两银子，文书俺爹也没收他的，今日反恩将仇报起来。'吴大舅说：'姐姐，说不的那话了。从来忘恩背义，才一个儿也怎的？'"（按："从来忘恩背义，才一个儿也怎的"一句，"崇祯本"眉批道"说得透"。月娘兄妹的这段对话，冤屈、悔恨、愤怒、无奈等五味杂陈，说尽人间恩怨相生、相克、相报和不可知，更说尽社会之黑和人性之暗。）月娘后求春梅，春梅请周秀帮了月娘避免了飞天横祸（按：春梅有此力量，是春梅夫君的官比吴恩典大；月娘受冤，是因为月娘为孀居寡妇。两两指向，在男权社会里，女性即便如金莲之霸王花、月娘之城府、春梅之娇媚、瓶儿之温顺等，所有这一切都不及男权的一根指头的力量。在《金瓶梅》的社会叙事里或在《金瓶梅》的女性叙事里，一方面对女性的解放和自由给予了肯定甚或赞扬，一方面一样地对铁桶一般的男权社会持以嘲弄。不过，这一嘲弄却是无可奈何的。）

月娘经此事后，关了典当，只剩下生药铺。（按：西门庆发迹的生意，由此，显赫一时的西门一族被打回至原点。）

九年，正月二十一。

孝哥儿生日，西门庆三周年忌日。春梅送礼，月娘收了。月娘见春梅来西门府，问寒问暖，且无微不至，无话找话："姐姐，你是几时好日子？我只到那日买礼看姐姐去罢。"（按：好一个"姐姐"，可见月娘的世故与市侩。）

九年，四月二十五。

春梅生日，月娘允诺送礼到周府。玳安回西门府说遇到了陈经济，月娘道："怪小囚儿，休胡说白道的。那羔子知道流落在那里讨吃？不是冻死，就是饿死，他平白在那府里做甚么？守备认的他甚么毛片儿，肯招揽下他？"玳安道："奶奶敢和我两个赌，（按：一家丁敢与西门府主人打赌，可见此家丁非彼家丁。此为玳安成为西门安伏笔，也为一部旷世巨著的大结局伏笔。）我看得千真万真，就烧的成灰骨儿我也认的。"月娘道："我不信，不信。"（按：世界上没有什么不可能的。月娘一副经风雨见世面的样子。其实，无论在西门庆生前还是身后，月娘并不是一个精明强悍的人。到了后来委身于玳安，更表明月娘这一品质。这与田晓菲所论的月娘有很大的差异。）月娘到了周府知道了经济确实在春梅处，于是两家都不相往来。

那时。（按：此时，时间已经不再重要。事实上，西门庆一死，对于西门府这一家族和相关的人，时间已不再重要。时间是对生命的质量重要，而在《金瓶梅》看来，当一部旷世巨著的男主西门庆死后，其他人的生命便已经随男主而去，所有与西门庆相关的人和事，便没有了质量。"那时"，《金瓶梅》第一次写时间用"那时"，表明时间已经停止，至少时间对于《金瓶梅》里人物的命运已经无关紧要。这样看来，时间，已经提升到了哲学的层面。）

那时，吴月娘见番兵到了，家家都关锁门户，乱窜逃去，不免也打点了些金珠宝玩，带在身边。那时，吴大舅已死，同吴三舅、玳安、小玉，领着十五岁孝哥儿出门躲兵逃难。（按：《金瓶梅》最后写到战争，看似轻挂一笔，实是《金瓶梅》社会叙事的重要关节。它不仅决定了月娘最终的去向和命运归宿，同时与西门庆一家最终走向寂灭构成一个完整的转喻：性事的战争与争夺财产、争夺土地，其本质是一样的，而且终将在战争中被毁灭。）途中，到空野十字路口（按："词话本"一百回的回目作"韩爱姐湖州寻父　普静师荐拔群冤"，"绣像本"作"韩爱姐路遇二捣鬼　普静师幻度孝哥儿"。此回为旷世巨著《金瓶梅》的大结局。从大结局看，"词话本"回目前句更接近文本旨义，"绣像本"后句更接近文本旨义。"词话本"与"绣像本"存在的重大文本差异，直接关涉两本的旨义与趣味的差异。这当是另一展开的话题。《金瓶梅》的大结局是：西门庆遗腹子十六岁孝哥儿为普静寺和尚普静禅师度化，月娘与西门庆家丁玳安合伙称西门小员外，月娘长寿七十岁。加上与番兵的战争的胜利，这是一中国古典文学的标配，大团圆结局。不过，这一大团圆结局，却是"鸟兽散"后的残渣而已），见一个和尚，与月娘打了个问讯高声大叫道："吴氏娘子，你到哪里去？还与我徒弟来！"月娘先惊后醒，跟着和尚到了普静寺。月娘身边唯一侍女小玉此时南柯一梦，梦见西门府所死诸人的惨状。（按："崇祯本"眉批："试看全传收此一段中，清清皎皎，如琉璃光明，映彻万象。所谓芥子纳须弥，亦如如是观。"在月娘巧走普静寺承诺孝哥儿为普静寺出家这一庄严中插入小玉一段梦呓，文虽短，意实长。是总结前尘也非总结前尘，是昭示后世也非昭示后世。芥子，须弥，大者小也、小者大也，无大无小，无小无大。欲即非欲，非欲即欲。灭即不灭，不灭即灭。一部旷世巨著，竟在小玉的梦呓和孝哥儿的出家中结尾。真是万象俱净又万象光明。一部旷世巨著，到此圆满。）

火曰：吴月娘，不在"金""瓶""梅"之中，却在"金""瓶""梅"之外牵动"金""瓶""梅"。大陆学者吴星说月娘为"阴险主妇"。此论源于张竹坡，张在点评《金瓶梅》时，第二十一回说月娘"专利其财"，又说月娘行"奸险之事"，又说月娘"贪人财，乘人短，种种不堪"，即便对西门庆也是"全是一团做作，一团权诈"。张竹坡最后得出月娘"真是权诈不堪之人也"。台湾学者孙述宇说："张竹坡太夸张了。辞不了偏颇之名。吴月娘肯定不是没有缺点，可是她明白是非和很想做好，并以贤妻良母自勉；说她奸诈，她一定会指天誓日否认。依作者的写法，她确实是比较善良的，待人较为宽厚，有同情心，而且有道德勇气。"华裔美国学者田晓菲说："月娘也不一定是恶人，月娘只是一个贪财自私、俗笨粗鲁、缺乏魅力的女人耳。"好与坏，恶与善，本就没有此即此、彼即彼截然的两分对立。月娘是好是坏，是恶是善，在《金瓶梅》里月娘就是一个具有复杂多面性的普通人。或者说，在一部《金瓶梅》里就没有一个无一丝光明的坏人或恶人。当然，也没有一个尽善尽美的人。《金瓶梅》本身就不是写光明、写美、写善的书，而是一部写暗、写丑、写恶的书。一部在此之前没有过的、在此之后罕见的，写暗、写丑、写恶的旷世巨著。在这一巨著里，月娘不仅仅串联了《金瓶梅》故事的始与终，也串联了《金瓶梅》所有的人物。一部旷世巨著，不以西门庆死亡作结，而是西门庆正室吴月娘在西门庆死后十六年时作结，可见《金瓶梅》作者对月娘的态度，重要的是，月娘有时的可怜远比金莲更容易让人同情。

跋

对《金瓶梅》的研究，与后来对《红楼梦》的研究很相似，或者说，比《金瓶梅》迟的《红楼梦》研究与《金瓶梅》研究很相似。即在小说文本出来的同时，伴随它们的研究就业已展开。最早的大约可以追溯到生活于明嘉靖万历年间的沈德符（1578—1642）的《万历野获编》。在《金瓶梅》可能还是抄本时，《万历野获编》就已经提及。卷第二十五"词曲"章里专辟一节"金瓶梅"，称《金瓶梅》"可以疗饥"。明万历丁巳年即 1617 年，东吴弄珠客为《金瓶梅》作"序"时，虽称该书为"秽书"，但却指出"读《金瓶梅》，而生怜悯心者，菩萨心也；生畏惧心者，君子也；生欢喜心者，小人也；生效法心者，禽兽也"。这部录有东吴弄珠客"序"的《金瓶梅词话》一般认为就是《金瓶梅》的第一个刻本，即所谓的"万历本"。也就是说，对《金瓶梅》的研究是伴随《金瓶梅》诞生起就开始了的。这算得上"金学"的开创阶段。

也就不到三十年的时间，万历过了天启、天启过了崇祯，崇祯十七年甲申年即 1644 年，清盛明灭。《金瓶梅》便来到了清王朝。由于多种原因（当然主要是秽的原因），清初将《金瓶梅》定为禁书。当清初的动荡过去后，张竹坡二十六岁时（康熙三十四年即 1695 年）写下了关于《金瓶梅》十多万言的评点文字，并响亮地称《金瓶梅》为"天下第一奇书"。张以夫子卫道的方式，站在《金瓶梅》作者一边，说《金瓶梅》的"作者不幸，身遭基难，吐之不能，吞之不可，搔抓不得，悲号无慈，借此以自泄。其志可悲，其心可悯矣"。张的评点，开创了真正意义上的《金瓶梅》研究。如果有"金学"的话，张的《金瓶梅》评点便是"金学"的筚路蓝缕和开山鼻祖。这也让"金学"一开始就有了很高的标尺。

进入民国，20世纪30年代初，由于发现了《金瓶梅词话》，这一版本与张竹坡评点的和整个清代所看到的《新刻绣像批评金瓶梅》即所谓的"绣像本"版本不一样，于是，郑振铎、吴晗等一批青年学者从新发现的"词话本"入手，兴起了20世纪第一波的"金学"。虽然它们不及早些时候的清末民初勃兴的"红学"，但是它们并非如彗星那样从天空划过了事。30年代对"词话本"研究的成果，使得《金瓶梅》研究，步入现代的进程。

由于"左"的意识形态，《金瓶梅》在20世纪50—70年代，几乎可以说得上是"死寂期"。就在这一时期，由于日本藏有若干个《金瓶梅》的版本（包括国内没有的残本），日本的"金学"取得了重要的成绩。特别是在版本的源流和不同版本的比较方面，鸟居久晴（1956、1963）、上村幸次（1963）、寺村正男（1978）等，做出了重要的贡献。而在台湾，则在《金瓶梅》的艺术和社会价值的探索方面，取得了重要的成就。如1961年孙述宇发表的长文（《〈金瓶梅〉的艺术》就是其中的佼佼者。这时的大陆，1957年，人民文学出版社，经毛泽东主席批准，按1933年印"词话本"（现藏北京图书馆），影印了2000部，在省部级领导干部中发行。之后直到1985年，人民文学出版社才公开出版了由戴鸿森校点的删节本《金瓶梅词话》（事实上该书直到 1992 年才第一次印刷）。"文革"的结束，带来了《金瓶梅》研究的新机遇。最早的大约是吴星于 1980 年在百花文艺出版社出版的《〈金瓶梅〉考证》，随后张远芬的《〈金瓶梅〉新证》（1983 年），胡文彬、张庆善选编的《论金瓶梅》（1984），卜健的《金瓶梅作者李开先考》（1988），刘辉、杨扬主编的《金瓶梅之谜》（1989）等专著、选本相继印行。上海古籍出版社在出版了《红楼梦鉴赏辞典》之后，1990 年出版了《金瓶梅鉴赏辞典》，虽说这一辞典仍有禁锢的影子，但所收 6779 条词汇，毕竟为"金学"研究提供了重要的参考。20 世纪 80 年代，《金瓶梅》的研究，呈现一种爆炸式发展的态势，"金学"从此蔚为大观。这态势与整个80 年代的思想解放密不可分。进入 21 世纪后，一些非专业的著名作家和海外学者介入了《金瓶梅》的研究，如田晓菲的《秋水堂论〈金瓶梅〉》（2013）、格非的《雪隐鹭鸶》（2014）、刘心武的《刘心武揭秘〈金瓶梅〉》（2016）等。特别是海外学者田晓菲，以女性观点观察《金瓶梅》。如为"荡妇""淫女"潘金莲、庞春梅写下了许多同情或赞扬的话，让"金学"有了别样的声音，也为"金学"研究提供了新的路径。

20 世纪 70 年代末至 80 年代初，我在一远离城镇的公社中心学校教书，自然不可能接触到所谓"金学"。那时读的书，又多是当时风尚的西方文哲方面的译本。还好的是，在那个前不挨村、后不着店的公社（后叫乡）的中心校，逐字逐句读完了《红楼梦》（后有读红的文字面世），逐字逐句读完了《杜诗镜铨》（后也有读杜的文字面世）、逐字逐句读完了《古诗源》（后也有相关的文字面世）等。虽后来由于"为稻粱谋"

干起了与教书和写作完全不相干的事，但西洋的和中国古典的书籍阅读没有丢。书依然在读，文也依然在写。只是业余时光里，成了当代文学批评的票友。读写《金瓶梅》却完全出于偶然。2015年，《中华遗产》约写一篇关于美食的小文，因在《金瓶梅》里去寻找物证，所以翻开了我很久以前买的却从来没有认真读过的《金瓶梅》。阴差阳错，我却从此结缘于《金瓶梅》。于是，就有了这么一本书。

民国二十九年即1940年，在天津出版了一部叫《瓶外卮言》的《金瓶梅》论文集。集中收录了当时学界、文化界重量级的人物如吴晗、姚灵犀等人的"金学"文章。吴晗的《金瓶梅的著者时代及其社会背景》一文，是中国"金学"最早的关于《金瓶梅》著者探源的文章之一。这一文章直到1983年，日本学者日下翠还以《〈金瓶梅〉成书考》、副标题为"吴晗《〈金瓶梅〉的著作（火按：应为"著者"）时代及其社会背景》批判"一文与吴文商榷。姚灵犀的《金瓶小札》恐是"金学"中的第一篇关于《金瓶梅》方言俚语俗语方面的论述。本书取名《瓶内片言》，一看便知书名源流。《瓶外卮言》有外证有内证，且是大家。我这拙著，没有外证，只有内证，且是偶然闯入者。取这名，因为只是内证，大概与沾光扯不上关系。再者，学问、作文从来没有先来后到之说。重要的是，你有没有兴趣与认真。更重要的是，一个偶然的闯入者，写成此书，除了致敬《金瓶梅》这样一部旷世巨著外，同样也是向"金学"前辈致敬。

己亥年乙亥月于叙州田坝八米居